Si me deseas

Kresley Cole

Si me deseas

RBA

Título original: *If you desire*

Pocket Books, Simon and Schuster, Inc., Nueva York, 2007

Publicado de acuerdo con el editor original, Pocket Books, un sello de Simon and Schuster, Inc.

Diseño de la cubierta: Adland Comunicación

ISBN: 978-84-473-7426-7
Depósito legal: B-26364-2011

Impreso por Liberdúplex
Impreso en España - *Printed in Spain*

La disciplina sirve para no cometer errores. Al final, los hombres disciplinados siempre prevalecen.

Hugh Logan MacCarrick

Hacer que un hombre se arrodille es fácil. Lo difícil es lograr que se quede de rodillas...

Jane Farraday Weyland

Prólogo

Reino de Marruecos, Norte de África
1846

—¡Dispara de una vez, MacCarrick! —le ordenó David Grey de nuevo. Su tono de voz, aunque severo, fue lo bastante bajo como para no delatar su posición en la desolada cima del monte Atlas.

Hugh le ignoró. Era la primera vez que iba a matar a alguien, y sabía que una vez lo hubiera hecho no habría vuelta atrás; era una decisión muy difícil para un chico de tan sólo veintidós años.

Dispararía cuando estuviera listo. Maldita fuera.

Hugh apartó el ojo de la mirilla, cogió el rifle con una mano y con el antebrazo se empujó el sudor y la arena que hacían que los ojos le escocieran como mil demonios. Había llegado el verano, y el cielo, desierto de nubes, brillaba con una irreal luz azul. Hugh parpadeó ante la cegadora luminosidad que le impedía ver el sol.

—¿Por qué diablos estás dudando? —lo riñó Grey—. Ya es mediodía.

Tenían el sol justo encima, proyectando las únicas sombras de ese día. Unas sombras que se burlaban de lo que aquellos tiradores pretendían.

Hugh no quería defraudar a Grey. Éste era mayor que él, y lo más parecido que tenía a un mentor. Era también el único amigo de Hugh fuera del clan MacCarrick, y la única persona con la que

Hugh pasaría su tiempo libre, a excepción de sus hermanos. También el único por el que estaría dispuesto a matar, sin contar, claro, a cierta chica de melena color caoba. Sonrió amargamente y volvió a colocarse el rifle encima del hombro.

En cierto modo, iba a matar por ella.

Eliminar a un extraño a sangre fría era cruzar la línea. Y eso era lo que él quería.

—¡Por Dios santo, MacCarrick! —Grey sacó su rifle y la mira de su bolsa y empezó a montarlos—. Tendremos que esperar otras cuatro semanas antes de volver a tener un disparo como éste.

Eso era cierto. El traidor sabía que se había ordenado su asesinato, y se había pasado el último mes huyendo hasta ir a parar a aquella granja bereber abandonada que ahora tenían a tiro. En aquella parte del mundo, incluso una cabaña destartalada y sin apenas techo como aquélla, tenía un patio trasero con un oasis privado; y allí estaba sentado el hombre al que buscaban. Se había situado frente a la única vía de acceso al patio, con una pistola en el regazo y un rifle a su lado, pero estaba desprotegido de las alturas.

El disparo era claro; sin embargo, ambos sabían que Grey nunca acertaría a un blanco tan alejado. El arma preferida de Grey eran los cuchillos, en cambio Hugh había cazado y disparado desde el día en que pudo sujetar un rifle. Por otra parte, Hugh quería hacerlo mientras el hombre estuviese solo.

—Dispararé yo —farfulló entre dientes mirando a Grey. Se negó a creer que lo que vio brillar en la expresión del otro fuera placer. Se trataba de un trabajo, un trabajo estúpido. Era imposible que Grey disfrutara con ello.

Hugh le dio la espalda y volvió a enjugarse las gotas de sudor. La brisa era suave, pero el objetivo estaba a más de trescientos metros. El resplandor del sol era un factor importante; el metro veinte del cañón de su rifle estaba ardiendo, y sólo tenía una bala en la recámara. Lo tuvo todo en cuenta.

Acarició el seguro con el dedo índice antes de colocar la yema, más sensible, encima del gatillo, y empezó el ritual que, casi de manera inconsciente, seguía cada vez que iba a disparar. Sujetó la culata con la otra mano, acarició la madera con el pulgar un par de veces y contuvo la respiración.

Finalmente, apretó el gatillo con suavidad; dentro de sus oídos, el disparo sonó como un cañonazo, y sin justificación alguna le pareció mucho más estridente que cuando salía a cazar.

Apenas dos segundos más tarde, la bala atravesó la frente del hombre y lo tiró al suelo. De la parte de atrás de su cráneo la sangre salía a borbotones, tanta que empapó la arena, y aquellas piernas sin vida levantaron una nube de polvo al desplomarse.

Ya está. Ya estaba hecho.

Hugh lo había hecho.

De nuevo creyó ver placer en los ojos de Grey.

—Nunca he visto disparar a nadie como tú, escocés. —Grey le dio una palmada en la espalda antes de coger la petaca que siempre llevaba consigo y de abrirla sonriente.

Por su parte, lo único que Hugh sentía era asco, y una extraña sensación de alivio.

Sin perder ni un segundo más, montaron a caballo y descendieron por las sendas de la montaña como alma que lleva el diablo. Al cabo de una hora, llegaron al valle, cerca del pueblo, y redujeron la marcha.

—Cuando regresemos a Londres —dijo Grey, que seguía contento y excitado—, le diré a Weyland que ya estás listo para ir por libre.

La expresión de Hugh debió de delatar lo incómodo que se sentía ante la alegría de Grey, porque éste añadió:

—No me mires así, MacCarrick. Dedícate a esto tantos años como yo y ya verás si eres capaz de no disfrutar haciéndolo.

¿Disfrutar? Hugh sacudió la cabeza y le respondió en voz baja:

—Sólo es un trabajo. Nada más.

—Créeme. —Grey le sonrió condescendiente—. Cuando sea lo único que tienes... se convertirá en algo más.

1

Londres, Inglaterra
1856

Un duro asesino, uno que había mantenido a raya su obsesión durante una década.

Ése era el hombre que Edward Weyland había vuelto a introducir en la vida de su hija con un críptico mensaje: «Jane está en peligro».

Desde que, estando en Francia, había recibido la carta de Weyland dos días atrás, Hugh la había leído y releído, cada vez con los nudillos blancos por la furia con que sujetaba ese trozo de papel.

Si alguien se había atrevido a hacerle daño...

Ahora, después de cabalgar día y noche tan rápido como había podido, Hugh había llegado por fin a la mansión de los Weyland. Descendió de su caballo y casi se le doblaron las piernas, pues, tras tanto cabalgar, apenas podía sentirlas. Su montura estaba tan destrozada como él, cubierta de sudor y jadeante.

Hugh se dirigió a la puerta trasera, por donde él siempre solía entrar, y en la escalera se topó con el sobrino de Weyland, Quinton Weyland, que también trabajaba para su tío.

—¿Dónde está Jane? —preguntó Hugh sin más preámbulos.

—Arriba —respondió Quin, que parecía preocupado y un poco aturdido—. Preparándose para... para salir.

—¿Está a salvo?

Cuando Quin asintió sin prestarle demasiada atención, Hugh sintió cómo el alivio inundaba todo su cuerpo. Se había pasado todas las horas del camino imaginando que la vida de Jane estaba en peligro. Había rezado por que ella estuviera bien, para no llegar demasiado tarde. Ahora que sabía que estaba a salvo, el hambre y la sed que había ignorado durante dos días empezaban a pasarle factura.

—¿Quién está ahora con ella?

—Rolley —respondió Quin—, y esta noche yo voy a acompañarla.

Rolley era el mayordomo de Edward Weyland. Como la mayoría de mayordomos de aquella exclusiva zona de Piccadilly, era un hombre que había crecido en el ambiente de distinción que correspondía a la antigüedad de la fortuna de la familia a la que servía. Rolley tenía treinta y pocos años, era musculoso y su nariz, casi informe, había sido fracturada muchas veces. Tenía los dedos llenos de cicatrices debido al uso incesante de los puños. Hugh sabía que ese hombre estaba dispuesto a morir por Jane.

—¿Está Weyland? —preguntó Hugh.

Quin negó con la cabeza.

—Llegará tarde. Me dijo que si por casualidad conseguías llegar aquí esta noche, te dijera que quiere verte por la mañana para contarte todos los detalles.

—Voy a entrar y...

—Yo que tú no haría eso.

—¿Y por qué no, si puede saberse?

—Por varios motivos; en primer lugar, estás cubierto de polvo y tienes la cara hecha una pena.

Hugh se pasó la manga por la mejilla y se acordó de los cortes que cubrían su rostro.

—En segundo lugar, no creo que Jane quiera verte.

Hugh había cabalgado sin descanso durante días, todo su cuerpo era una masa de músculos doloridos que se quejaban de viejas heridas y se lamentaban de las nuevas, y la cabeza parecía que le fuera a estallar. Lo único que le había permitido seguir adelante era la idea de volver a estar cerca de Jane.

—Eso no tiene sentido. Ella y yo éramos amigos.

Quin lo miró de un modo extraño.

—Bueno, ella ahora es... distinta. Completamente distinta y completamente incontrolable. —Miró a Hugh a los ojos—. No sé si soy capaz de estar otra noche con ellas. —Sacudió la cabeza con fuerza—. Ya no puedo más. Y después de lo que hicieron anoche...

—¿Quiénes? ¿De quiénes hablas? ¿Qué hicieron?

—De las Ocho. O al menos de tres de ellas. ¡Y pensar que dos son hermanas mías!

Las famosas Ocho Weyland eran Jane y siete de sus primas. Al acordarse de las travesuras a que instaron a Jane, a Hugh le empezó a hervir la sangre.

—Pero no es por eso por lo que se me ha hecho venir aquí, ¿verdad? —Hugh no había abandonado a su hermano pequeño, Courtland, herido en Francia, ni casi matado a su caballo, un precioso espécimen obsequio por los servicios prestados, por esa tontería—. Dime que no me han traído porque Weyland necesita que alguien la controle.

Era imposible que Weyland fuera tan estúpido como para pedirle a Hugh que regresara por ese motivo. Weyland sabía a qué se dedicaba. Era su superior, y era él quien le pedía que matara a gente en nombre de la Corona. Y además, no tenía ni idea de lo mucho que Hugh deseaba a Jane. Ni del tiempo que hacía que tenía esos sentimientos.

Una obsesión. Llevaba más de diez años obsesionado con ella...

Hugh sacudió la cabeza. Weyland nunca habría exagerado en un asunto como ése.

—¿Weyland no te contó lo que pasa? —Quin frunció el cejo—. Creía que te había escrito una carta.

—Con muy poca información. Ahora dime, qué demonios...

—¡Maldición! —Rolley apareció enfurecido—. ¡Maldición, maldición! ¡Quin!, ¿la has visto?

—¿Rolley? —Quin se puso en pie de un salto—. Se supone que tienes que vigilarla hasta que sea la hora de irnos.

El mayordomo miró a Quin sarcástico.

—Ya te dije que sabía lo que estábamos haciendo. Seguro que ha saltado por la ventana. Y habrá convencido a esa doncella suya para que se quede en la habitación probándose sus vestidos.

—¿Que se ha ido? —Hugh cogió a Rolley de la camisa con los puños apretados—. ¿Adónde ha ido y con quién?

—A un baile —respondió Rolley, pero de inmediato miró a Quin.

Hugh sacudió a Rolley a sabiendas de que se arriesgaba a enfurecer a éste, y que, si lo hacía, sus puños de acero no tardarían en entrar en acción.

—Adelante —le dio permiso Quin—, Weyland siempre se lo cuenta todo.

—Va a un baile de máscaras con las hermanas de Quin y una de sus amigas.

—¿Qué tipo de baile? —preguntó Hugh, aunque empezaba a hacerse una idea.

—De esos a los que asisten libertinos y cortesanas —respondió Rolley—. En un almacén, en la calle Haymarket.

Hugh farfulló unas maldiciones, soltó a Rolley y obligó a sus piernas a llegar hasta su caballo, que lo miraba incrédulo, pues creía que su largo viaje ya había acabado. Pese al quejido de sus músculos, Hugh apretó los dientes y montó.

—¿Vas a ir tras ella? —preguntó Rolley—. Se supone que somos nosotros quienes la seguimos. Weyland no quiere que ella se entere.

—Tranquilo, MacCarrick —intervino Quin—. Seguro que han cogido un carruaje. El tráfico está imposible, así que tengo tiempo de sobra de montar en mi caballo y llegar allí antes que ellas...

—Entonces sígueme, pero yo voy a ir ya. —Hugh tiró de las riendas y se dispuso a partir—. Será mejor que me digas a qué me enfrento.

La solemnidad que tiñó la expresión de Quin hizo que Hugh apretara con fuerza los puños alrededor de las riendas.

—No es qué, sino quién. Weyland cree que David Grey ha venido a matar a Jane.

2

Al volver a verla después de diez años, Hugh se olvidó de respirar. Dejó de sentir el dolor que le atravesaba todo el cuerpo, el hambre y el cansancio.

Se precipitó hacia donde estaba y se pegó como una sombra al grupo de chicas que, tras bajarse del carruaje, caminaban por Haymarket.

En cuanto oyó mencionar el nombre de Grey, Hugh decidió que iba a llevarse a Jane allí.

Una enorme mano lo cogió por el hombro y lo echó hacia atrás.

—Te podría haber clavado un puñal en la espalda al menos una docena de veces en los últimos diez minutos —dijo una voz profunda detrás de él—. ¿Estás perdiendo facultades?

—¿Ethan? —Hugh intentó soltarse de las garras de su hermano mayor y darse la vuelta para poder observarlo—. ¿Qué estás haciendo aquí?

—Dios mío, ¿qué te ha pasado en la cara? —lo interrumpió Ethan.

—Una explosión. Desprendimientos de montaña. —Hugh había estado bajo una lluvia de pizarra, en medio de una batalla que había tenido lugar en Andorra apenas unos días antes; la misma batalla en la que Courtland casi había perdido una pierna—. Ahora responde mi pregunta.

—Fui a casa de Weyland. Me encontré con Quin justo antes

de que se fuera —le contestó—. Y tienes suerte de que haya sido así. No es propio de ti actuar con tan poca precaución, y menos en un sitio como éste. ¿En qué estás pensando?

—Estoy pensando en que tengo que llevarme a Jane de aquí.

—Weyland sólo quiere que la sigan. Deja de menear la cabeza..., Grey aún no ha llegado a Inglaterra. —Al ver que Hugh seguía sin parecer convencido, Ethan añadió—: Y tal vez no llegue con vida. Así que cálmate y afronta tu misión de niñera como un hombre.

—¿Y para eso me han pedido que regresara? ¿Por qué Weyland me quiere a mí precisamente?

—Al parecer, él cree que yo la pondría demasiado nerviosa —dijo Ethan casi sin darle importancia. Era sabido que la cicatriz que atravesaba su rostro asustaba a las mujeres—. Y la especialidad de Quinton es sonsacar secretos a las damas extranjeras a su peculiar manera. No, Weyland necesita a un tirador. Y tú eres el que mejor conoce a Grey.

Hugh volvió a mirar a Jane, que en ese momento cruzaba la calle hacia donde él estaba escondido. Pasó tan cerca, que pudo oír su voz grave y sensual, pero no lo bastante cerca como para distinguir lo que decía. Llevaba un vestido de un precioso color verde, con un escote que dejaba al descubierto sus hombros de alabastro y revelaba lo mucho que su cuerpo había cambiado. Tenía la cara parcialmente cubierta por una máscara de plumas verde oscuro que le caían a ambos lados del rostro, como las alas del animal al que se las habían arrancado.

Con ese vestido y esa máscara, se la veía muy... seductora.

A Hugh no le sorprendió notar que tenía la frente empapada de sudor. Su cuerpo siempre había reaccionado ante Jane. Se acordaba perfectamente de todos los síntomas que había aguantado estoicamente el último verano que pasó con ella; el corazón latiéndole desbocado, la necesidad de tragar saliva media docena de veces por minuto, el estremecimiento de placer que lo recorría ante la más leve de sus caricias.

Sólo con que ella le susurrara algo al oído, tenía que morderse la lengua para no gemir...

—¿Courtland ha regresado a Londres contigo? —preguntó Ethan.

Sin dejar de mirar a Jane, Hugh respondió:

—Tuve que dejarlo cuando recibí la carta de Weyland. Con la pierna herida, Court no podía cabalgar lo suficientemente rápido.

—¿Dónde lo dejaste? —quiso saber Ethan—. Espero que lejos de *ella.*

La misión de Hugh no consistía sólo en lograr que Court regresara a Inglaterra, se suponía que también tenía que evitar que su hermano cambiara de opinión y fuera otra vez a buscar a su mujer, Annalía Llorente.

—Lo dejé en Francia. Court no irá a buscarla. Es consciente del daño que eso puede hacerle a ella —contestó Hugh convencido, aunque en el fondo se preguntaba si era así.

Lo que sentía Court por esa mujer era tan fuerte que podía palparse. Pero al saber que Jane estaba en peligro, Hugh no había tenido más remedio que abandonarle.

—¿Se puede saber de qué va esto de Grey? —preguntó Hugh. Hasta hacía un par de años, ese hombre había sido amigo suyo.

—Weyland lo mandó a una misión suicida. Falló.

Esa frase hizo que Hugh mirara a Ethan.

—¿Formabas tú parte de ella? —A veces, muy a menudo, Hugh deseaba que ni él ni Ethan hubieran sido reclutados por Weyland.

Su hermano mayor dibujó una sonrisa helada que distorsionó la blanca cicatriz que le cruzaba la cara, y fue como si le dijera: «Hermanito, si yo hubiera estado allí no habría fallado».

Entonces contestó de viva voz:

—No, yo no estaba, pero me ofrecí voluntario para eliminarlo. Al parecer, Weyland creyó que estaba demasiado involucrado a nivel personal y no aceptó.

—¿Te ofreciste voluntario? —repitió Hugh enfadado.

Ethan se encogió de hombros sin inmutarse.

—Bueno, vamos. No quiero que por mi culpa sigas aquí parado. Sigámoslas y así podrás verla de frente.

Hugh frunció el cejo, pero como Ethan ya estaba al tanto de lo que sentía por Jane, no tenía sentido negarlo.

—No la he visto desde hace años —replicó a la defensiva, caminando junto a Ethan por la calle—. Siento curiosidad.

—Todo esto es como presenciar cómo un carruaje desbocado está a punto de estrellarse —farfulló Ethan—. Primero Court y su chica, y ahora tú vuelves a por Jane... de nuevo. Gracias a Dios que yo soy inmune.

Hugh ignoró ese comentario y volvió a esconderse entre las sombras de la calle.

—¿Por qué está Weyland tan seguro de que Grey va a por Jane?

—Grey busca venganza —dijo Ethan sin tapujos—. Destruirá lo que Weyland más ama.

En ese instante, Jane se rió de algo que había dicho su prima y Hugh volvió a mirarla. Ella siempre había sido de risa fácil, una cualidad para él totalmente desconocida, pero que lo tenía fascinado. Una vez, tiempo atrás, Jane le cogió la cara entre sus delicadas manos y, mirándolo a los ojos, le dijo que, si era necesario, ella reiría por los dos.

—De modo que Grey tiene intención de matar a Jane —murmuró Ethan a su espalda—. Quiere degollarla, como ha hecho ya con otras mujeres. Al parecer, le ha cogido el gusto. Es como si disfrutase con su sufrimiento.

—Basta —espetó Hugh apretando los dientes y sin apartar la mirada de la sonrisa de Jane.

A pesar de que sabía que probablemente era la única solución, en principio a Hugh no le había gustado la idea de eliminar a Grey. Ahora ya no tenía ninguna duda.

—Seguro que en estos momentos desearías que no hubieran rechazado mi oferta de matarlo —dijo Ethan, entendiendo perfectamente lo que sentía—. Pero no tienes de qué preocuparte, hermanito, seguro que ahora sí me dejarán hacerlo. Weyland hará todo lo que sea necesario para protegerla.

Y Ethan señaló con la barbilla a Jane, miró a Hugh, y luego volvió a mirar a las chicas. De repente, se quedó inmóvil. Un brillo inusual apareció en sus ojos, seguido luego de una llamarada que dejó a Hugh sin habla, pues era algo de lo más inusual.

«¿Interés? ¿En los ojos sin vida de Ethan?»

Hugh apretó los puños. ¿Esa mirada hambrienta iba dirigida a Jane?

Antes siquiera de darse cuenta de lo que iba a hacer, Hugh empujó a su hermano contra la pared y lo inmovilizó colocándole el antebrazo debajo del cuello. De pequeños, solían pelearse constantemente, pero cuando se dieron cuenta de que podían acabar matándose el uno al otro, decidieron hacer las paces.

Ahora Hugh estaba dispuesto a romper esa tregua.

Sin inmutarse por el ataque, Ethan miró a Hugh cansado:

—Tranquilo, no estoy mirando a tu preciosa Jane.

Hugh tardó un rato en soltarlo; le costaba concebir que un hombre no sintiera lujuria hacia Jane.

—Entonces, ¿a quién estabas mirando?

Ethan seguía haciéndolo por encima del hombro de Hugh, así que éste optó por seguir la dirección de sus ojos.

—¿A Claudia? ¿La que lleva la máscara roja?

Haría buena pareja con Ethan. Hugh recordó que Jane le había dicho que Claudia era muy atrevida e intrépida.

Como su hermano no le contestó, Hugh insistió:

—¿Belinda? ¿La alta de pelo castaño?

Ethan negó con la cabeza, despacio, sin apartar ni un segundo la mirada de su objeto de deseo, la tercera chica, una rubia pequeña que llevaba una máscara azul y a la que Hugh no conocía.

Desde que recibiera la herida en el rostro, Ethan había perdido interés por muchas cosas, incluidas las mujeres, que tanto le habían gustado antes. Pero en ese instante fue como si años de algún tipo de necesidad que había mantenido oculta subieran de golpe a la superficie.

Al parecer, su hermano no era tan inmune.

A Hugh le costó reaccionar ante ese cambio.

—No la conozco, pero seguro que es amiga de Jane. Y parece joven, de unos veinte años. Demasiado joven para ti. —Ethan era mayor, un viejo de treinta y tres años.

—Si soy tan malo como tú, Court y todo el clan creéis, ése sería motivo suficiente para que me sintiera atraído por ella, ¿no crees? —En un abrir y cerrar de ojos, Ethan alargó la mano y arrancó una máscara de dominó a uno de los transeúntes. El hombre abrió la boca para protestar, pero al ver la expresión de Ethan cambió de opinión.

—No juegues con ella, Ethan.

—¿Tienes miedo de que estropee tu relación con Jane? —le preguntó el otro mientras se ponía la máscara—. Odio tener que recordártelo, hermano, pero esa relación ya estaba estropeada incluso antes de que la conocieras. Y hay un libro que te lo demuestra.

Sentenciados a caminar con la muerte...

—Tu destino es tan penoso como el mío —le recordó Hugh—, y aun así vas a ir detrás de esa mujer.

—Ah, pero es que yo no corro el riesgo de enamorarme de ella. —Se dirigió hacia el baile y gritó por encima de su hombro—. Y ella no corre peligro de enamorarse de mí.

Con un gemido de frustración, Hugh lo siguió hacia el interior.

3

Jane sabía que, para pasear por la calle Haymarket, era necesario llevar como protección un ladrillo escondido dentro del bolso, pero el peso le estaba destrozando la muñeca.

Tanto Jane como sus acompañantes, sus dos intrépidas primas y su amiga, que estaba de visita, hacían cola para entrar en el almacén de Haymarket, así que Jane volvió a cambiarse el bolso de mano.

Aunque esa noche no era ni mucho menos la primera vez que se metían en los barrios bajos de Londres —sus anteriores escapadas ya las habían llevado a visitar las casas de apuestas más sórdidas, los espectáculos más picantes, y el Circo Erótico Ruso en su visita anual—, la lasciva escena que tenía ante sus ojos hizo que Jane sintiera miedo.

Una horda de cortesanas defendía la casa como el más feroz ejército. Todas llevaban máscaras, lucían vestidos que dejaban claro que sus servicios habían sido muy bien remunerados, y se paseaban frente a los hombres, degustando a alguno o varios de vez en cuando, antes de elegir al que se iban a llevar dentro con ellas.

—Janey, al final no nos has dicho qué ha sido lo que te ha hecho cambiar de opinión sobre lo de asistir a esta fiesta —comentó su prima Claudia con voz tranquila, en un intento de relajar a las demás—. Pero yo tengo una teoría. —Seguro que temía que las otras dos se acobardaran y decidieran irse. A «La pícara Claudie», que ese día llevaba su negra melena escondida detrás de una máscara color escarlata, le encantaba asistir a eventos como ése.

—Cuéntanosla —pidió su hermana Belinda, que era completamente opuesta a Claudia. Belinda era brillante y muy seria, y esa noche las acompañaba para investigar, y no lo decía en sentido figurado. Belinda quería eliminar las «flagrantes diferencias sociales», pero quería escribir sobre ellas con conocimiento de causa. Jane estaba segura que, en ese mismo instante, detrás de su máscara color crema, Belinda estaba analizando la escena con ojos reformistas.

—¿Necesitamos alguna razón para querer estar aquí —preguntó la misteriosa Madeleine Van Rowen—, además del hecho de que esto sea un baile de cortesanas?

Maddy era amiga de Claudia desde la infancia, e iba a estar el Londres de visita un par de semanas. Era inglesa de nacimiento, pero en esos tiempos vivía en París. Si los rumores eran ciertos, en uno de los barrios más sórdidos.

Jane sospechaba que Maddy había viajado a Londres para visitar a su amiga y ver de paso si podía conquistar al hermano mayor de Claudia, Quin. A Jane eso no le molestaba lo más mínimo. Si Madeleine podía conseguir que Quin sentara la cabeza y se casara, merecía quedarse con él y con todo su dinero.

De hecho, a Jane le caía muy bien esa chica, y encajaba a la perfección con su grupo. Jane, Belinda y Claudia eran tres de las componentes de las Ocho Weyland; ocho primas famosas por sus travesuras y sus bromas, y que habían nacido y crecido en Londres. Como el resto de los jóvenes adinerados de la capital, se pasaban los días y las noches disfrutando de los nuevos placeres que esa loca ciudad ofrecía, y, dentro de unos límites, también de los viejos pecados.

Jane y sus primas tenían dinero, pero no pertenecían a la aristocracia. Poseían modales, pero también desparpajo; se podía decir que eran unas damas, pero no unas flores delicadas. Y lo mismo que Jane y sus primas, Maddy sabía cuidarse, y estaba dispuesta a asistir a ese atrevido baile.

Como si les estuviera confesando un secreto, Claudia dijo:

—Jane va a aceptar por fin casarse con el atractivo Freddie Bidworth.

A Jane la invadió la culpabilidad y se ajustó la máscara para ocultar su sonrojo.

—Me has descubierto, Claudie.

Freddie Bidworth y ella habían estado viéndose con asiduidad, y todo el mundo, incluido Freddie, estaba convencido de que Jane se casaría con él. Pero ella aún no había aceptado al guapo y rico aristócrata.

Y Jane temía no poder hacerlo nunca.

Fue llegar a esa conclusión lo que la hizo decidirse a asistir al baile; necesitaba distraerse y alejar su mente del dilema al que se enfrentaba. A los veintisiete años, Jane sabía que pretendientes como él no iban a aparecer muy a menudo. Y si no se casaba con Freddie, ¿con quién lo haría? Jane sabía que ese tren estaba a punto de partir, y aun así no podía subirse a él.

A sus primas les había dicho que dudaba porque la madre y la hermana de Freddie eran insoportables. Pero la verdad era que, a excepción de su propio padre, Jane no confiaba en los hombres.

Hacía ya un par de años que Jane se había dado cuenta de que estaba perdida. No su reputación, eso no. No importaba lo mal que se portaran las Ocho Weyland, nunca lograban estropear su reputación. Por otra parte, Jane no entendía cómo su padre, un mero hombre de negocios, tenía tanta influencia entre los aristócratas y los miembros más importantes del gobierno, porque, ante la atónita mirada de sus primas, las invitaciones nunca dejaban de llegar.

No, lo que la había perdido había sido un moreno escocés de voz profunda y sensual e intensa mirada. Y eso a pesar de que, por mucho que ella lo hubiese tentado, él nunca la había tocado; ni siquiera la había besado.

Belinda la miró incrédula:

—¿Te has resignado a emparentar con la familia de Bidworth?

—Sí, creo que sí —respondió Jane con cautela—. Pero es una decisión muy importante, y quiero tomarme mi tiempo. —¿Tomarse su tiempo? Ya hacía un año que Freddie le había pedido matrimonio por primera vez.

—¿Y ésta es tu última locura? —preguntó Maddy, y Jane se preguntó qué opinaría de aquella fiesta una chica que vivía en una parte no demasiado bonita de París. A veces, en sus salidas nocturnas en búsqueda de aventuras, Maddy parecía... aburrida—. ¿Tu despedida?

—¿Necesitamos alguna razón para querer estar aquí —contestó Jane irónica, repitiendo las palabras de Maddy—, además del hecho de que esto sea un baile de cortesanas?

Por suerte, llegaron al cuello de botella que era la puerta, y cuando un empleado de calva reluciente que llevaba una máscara de cerdo les pidió el precio de la entrada dejaron de hablar del asunto. Las cuatro hicieron malabarismos para evitar que las faldas se les ensuciaran demasiado al pasar entre toda aquella aglomeración. Jane pagó una guinea por cada una de ellas. Lo hizo para así poder invitar a Maddy sin herir su orgullo.

A pesar de que Maddy lucía un precioso vestido color zafiro, Jane había visto sus baúles en la habitación de Claudia y sabía que sus medias y camisones habían sido remendados miles de veces y que sus joyas eran falsas. Maddy hablaba de mansiones francesas y fiestas elegantes, pero Jane sospechaba que vivía al filo de la pobreza. En ocasiones, Maddy parecía dispuesta a enfrentarse sola contra el mundo.

Una vez que el empleado las dejó pasar, Jane cruzó despreocupada la puerta principal y las demás la siguieron de cerca. Dentro del almacén, miles de cuerpos perfumados ocupaban la pista central para charlar o bien bailar al son de la música que tocaba una banda de siete miembros. Legalmente, ese lugar podía ser calificado como «una sala de fiestas no autorizada».

Aquellos que habían oído hablar de él o habían estado allí, lo llamaban La Colmena.

Si el aspecto exterior de La Colmena era austero y sobrio, el interior era lujoso. Los muros estaban tapizados en seda y el incienso más exclusivo impregnaba el local con su aroma, dejando una tenue capa de humo que flotaba justo por encima de las cabezas de los invitados. De las paredes, sujetos por unas brillantes cadenas de acero, colgaban unos enormes murales de ninfas y sátiros en posturas lujuriosas mientras que el suelo bajo ellos estaba cubierto con alfombras persas y pilas de almohadones. Allí, las cortesanas besaban a todos aquellos libertinos y acariciaban con destreza sus partes íntimas, o bien eran acariciadas por ellos.

Jane supuso que si alguno de ellos quería hacer algo más, debían de trasladarse a una de las habitaciones que había al final del pasillo.

Belinda, que estaba felizmente casada, murmuró:

—Mira lo que tienen que hacer esas mujeres para ganar algo de dinero.

—¿Para ganar dinero? —preguntó Claudia fingiendo ignorancia—. ¿Quieres decir que...? ¡Ah! ¡Y pensar que yo lo he estado haciendo gratis!

Belinda la miró con desaprobación, pues sabía de sobra que

Claudia, a sus veintiocho años, estaba viviendo un tórrido romance con uno de los mozos de las caballerizas de su familia.

—Eso sólo se hace si estás casada, Claudia.

Entonces empezó una especie de espectáculo y todo el mundo se calló. Así se evitó otra pelea entre las hermanas.

Unos hombres y mujeres con el cuerpo completamente afeitado fingían ser estatuas. Estaban cubiertos de una fina capa de arcilla y, mientras se mantenían inmóviles, varios invitados los acariciaban y admiraban.

—Ha valido la pena venir —dijo Claudia levantando una ceja y sin apartar la mirada de un musculoso y bien dotado espécimen.

Jane tuvo que darle la razón. No había nada como un montón de cuerpos desnudos jugando a las estatuas, para quitarle de la cabeza cualquier pensamiento sobre el matrimonio, el paso del tiempo y escoceses de voz sensual que desaparecen sin decir una palabra.

Debido a la multitud de asistentes que se agolpaban a sus espaldas y las empujaban, apenas tuvieron tiempo de admirar la escena. Cuando pasaron por delante de una mesa en la que un chico con máscara de zorro y medio desnudo servía ponche, las cuatro aceptaron encantadas una copa y se acercaron a una de las paredes para apartarse de la aglomeración.

Jane se bebió su copa de golpe.

—Bueno. Nadie nos dijo que llevar cubierta la parte superior del cuerpo fuera opcional... para ambos sexos —comentó Jane al ver cómo una mujer, al igual que el chico del ponche, medio desnuda, le sonreía sinuosamente y balanceaba sus pechos para ella. Jane, como dictaban las normas, le devolvió la sonrisa—. Si nos lo hubieran advertido —continuó un poco molesta—, me habría puesto un vestido más escotado y habría traído un ladrillo mucho más grande.

Maddy olió el contenido del vaso y lo estudió con expresión

seria. Luego se lo bebió de un trago a la vez que Claudia levantaba su copa y decía:

—Estoy contenta de asistir a una fiesta en la que no tengo que avivar el ponche.

Desde el día en que vio cómo Quin, su hermano mayor, lo hacía, con maravillosos resultados, Claudia nunca se olvidaba de llevar su petaca y animar así a los invitados.

Un libertino de mediana edad se ofreció a las mujeres que había tumbadas sobre los almohadones, en la alfombra persa; ellas se rieron. Al verlo, Belida frunció el cejo y, sin perder un minuto, le dio su copa a Jane y empezó a tomar notas como si fuera un juez apuntando todas las faltas de un menor. Jane se encogió de hombros, dejó su propia copa, vacía, en una bandeja y empezó a beberse la de Belinda.

Casi se atragantó al ver a un hombre altísimo, con una máscara blanca y negra, que atravesaba la multitud como si buscara a alguien. Su cuerpo, su forma de caminar, la línea agresiva que dibujaban sus labios por debajo del velo que caía de su careta, todo él le recordó a Hugh, aunque ella sabía que era imposible que fuera él. Hugh no estaba en Londres.

Pero, ¿y si lo era? Tarde o temprano él regresaría a la ciudad, y entonces acabarían encontrándose. Jane se negaba a verlo allí, en aquella alfombra, de rodillas y con los ojos en blanco porque una mujer estuviera manoseándolo. Ese pensamiento hizo que Jane vaciara de golpe la copa de Belinda.

—Voy a por más ponche —farfulló sin poder permanecer por más tiempo entre toda aquella masa de cuerpos sudados.

—Trae más copas —dijo Claudia.

—Para mí que sea doble —añadió Maddy, ausente. Estaba fascinada mirando al hombre, también muy alto, que cruzaba el salón junto con el otro.

De camino hacia la mesa en la que estaba el ponche, Jane reconoció perfectamente el malestar que empezaba a sentir en el estómago. Desde que tenía uso de razón, sentía una ansiedad como si le faltara algo, como si supiera que estaba destinada a algo mejor que no podía alcanzar. Cuando eso le sucedía, se impacientaba.

Ahora, después de ver a ese hombre que se parecía tanto a Hugh, y de imaginárselo con otra mujer dándole placer, Jane sintió una repentina urgencia de salir a tomar aire fresco. Eso, o vomitaba el ponche que había bebido.

Con las copas en las manos, Jane regresó junto a su grupo para preguntarles si les molestaría salir a tomar aire.

Pero Maddy no estaba allí.

—Me he dado la vuelta y había desaparecido —comentó Claudia sin preocuparse demasiado.

Maddy tenía por costumbre desaparecer siempre que le apetecía. Cuanto más lo pensaba, más consciente era Jane de que Maddy no encajaba en un sitio como La Colmena.

—¿La buscamos por la pista de baile? —preguntó tras un suspiro.

Las tres empezaron a moverse entre la multitud. Por desgracia, Maddy era muy bajita y delgada, y tenía una extraña habilidad para camuflarse con el entorno. Media hora más tarde, seguían sin encontrarla.

El sonido estridente de un silbato desgarró el aire; Jane levantó la cabeza de golpe. La banda paró de tocar en seco.

—¡Policía! —gritó alguien cuando empezaron a oírse más silbatos—. ¡Es la maldita policía!

—No, no, eso es imposible —exclamó Jane. Los que organizaban esos bailes se encargaban de sobornar a la policía. ¿Quién había sido el estúpido que se había olvidado de pagar por su «protección»?

De golpe, riadas de gente gritando se desbordaron hacia la salida, arrastrándolas con ellos. La Colmena se convirtió en una botella de champán sacudida antes de descorcharla. El edificio entero pareció temblar a medida que la gente huía por todas partes, y Jane y sus primas, tras sufrir varios empujones, acabaron separándose las unas de las otras.

Jane luchó con todas sus fuerzas para mantenerse junto a ellas, pero cuanto más lo intentaba más se alejaba. Cuando Belinda señaló la puerta trasera, Jane sacudió enérgicamente la cabeza, aquella salida estaba completamente bloqueada. Allí las aplastarían asfixiándolas. Prefería pasar la vergüenza de ver su nombre impreso en la primera página de *The Times* a acabar así.

Cuando Jane se dio cuenta de que había perdido de vista a sus primas y que se había quedado sola, se acurrucó contra la pared. Pero la masa de gente seguía corriendo y volvió a engullir a Jane. Incapaz de encontrar un sitio donde refugiarse, sintió como si el mundo girase sin control.

Unas manos la empujaron con fuerza y perdió el equilibrio. Se dio la vuelta blandiendo el bolso. Consiguió hacerse con un poquito de espacio, pero no logró golpear a nadie, y de repente se dio cuenta de que su bolso había desaparecido. Su dinero, su protección...

El siguiente empujón no la tomó desprevenida, sin embargo, alguien le estaba pisando la falda y, pese a que Jane movió los brazos, no pudo evitar caerse al suelo.

Sin perder tiempo, intentó levantarse, pero sus faldas estaban desparramadas por la pista de baile como las alas de una mariposa clavadas en una vitrina. Aunque intentó incorporarse una y otra vez, siempre había un nuevo par de zapatos apresándola.

Jane movió las manos hacia sus tobillos y, desesperada, tiró de la tela con fuerza para intentar liberarse.

No podía respirar debajo de tanta gente. ¿Cómo podía haber salido todo tan mal?

Una bota estuvo a punto de aplastarle la cabeza. Para esquivarla, Jane rodó hacia la pared lo más lejos que pudo, y allí, a pesar de la conmoción, pudo oír claramente el ruido seco del metal quebrándose.

Temerosa, levantó los ojos y vio cómo uno de los murales que había justo encima de ella se balanceaba sin control. Uno de los eslabones de la cadena que lo sujetaba había empezado a ceder bajo tanto peso.

Igual que un disparo, el eslabón estalló y la cadena se soltó como un látigo. El mural empezó a desplomarse.

4

Cuando David Grey perseguía al dragón, no tenía recuerdos.

En ese estado de duermevela inducido por el opio, el dolor de su cuerpo retrocedía y dejaba de ver los rostros de todos aquellos hombres, mujeres y niños a los que había matado.

«Perseguir al dragón», pensó Grey mientras inhalaba de nuevo y mantenía la mirada fija en la roñosa pintura que mal cubría el techo de su piso secreto, al este de Londres. Qué gran modo de describir ese vicio... y su vida.

En el pasado, ese humo había bastado para apaciguar la rabia que inundaba su corazón, pero al final, sus ansias de venganza habían sido mucho más fuertes que la falsa serenidad del opiáceo.

Se incorporó de la cama sudada en diversas etapas, luego cruzó la habitación hasta donde había un balde lleno de agua y se lavó la cara. Se puso delante del espejo y estudió su cuerpo desnudo.

Cuatro heridas de bala destacaban en el pálido torso y le servían para recordar que habían intentado matarlo. Aunque ya hacía seis meses que Edward Weyland, para el que Grey había asesinado sin rechistar, lo había mandado a una muerte segura, las heridas todavía no habían cicatrizado del todo. Había pasado medio año y Grey aún podía recordar a la perfección el orden en el que había recibido cada uno de los disparos hechos por el joven trío de asesinos sedientos de sangre que Weyland había mandado.

Por sorprendente que fuera, Grey había logrado sobrevivir.

Había perdido mucha masa muscular, pero le quedaba fuerza suficiente para llevar a cabo sus planes.

Se deslizó un dedo por el pecho y, fascinado, dibujó cada una de las heridas. Weyland debería haberle mandado a su mejor asesino, pero él siempre evitaba que Hugh MacCarrick se ocupara de los trabajos más «significativos», aquellos que podían cambiar a un hombre para siempre.

Ese tipo de encargos deberían haberse repartido equitativamente entre Grey y Hugh, pero Weyland los escogía y asignaba con esmero. A Hugh siempre le tocaba matar a gente que eran el mal en persona, gente peligrosa que solía luchar para conservar esa vida que Hugh había ido a arrebatarles. A Grey le tocaba ejecutar a los casos no tan claros, los periféricos. Y, al final, a éste le había dejado de importar si algún niño se cruzaba en su camino.

En sus sueños aún veía todos esos ojos vacíos de vida.

«Weyland, ese maldito bastardo, ni siquiera me ha mandado a Hugh para asesinarme.»

Eso era lo que más enfurecía a Grey, lo que más lo carcomía por dentro.

Pero pronto encontraría su venganza. Weyland sólo quería a una persona en el mundo, su hija Jane. MacCarrick llevaba años amándola a distancia. Si eliminaba a Jane, destruiría a los dos. Para siempre.

Le había costado un poco de trabajo pero había averiguado que Weyland y sus hombres sabían que estaba tramando algo. Con astucia y un par de cadáveres, se había asegurado de que creyeran que seguía en el continente. A esas alturas, seguro que Weyland había asignado a su mejor pistolero la protección de su preciosa hija.

Perfecto. Grey quería que Hugh viera cómo acababa con la vida de Jane. Tanto MacCarrick como Weyland iban a sentir el dolor en su estado más puro.

Saber que no tenía nada que perder le daba mucho poder. Años atrás, Weyland le había dicho a Grey que ese trabajo se le daba tan bien porque no tenía piedad, pero entonces eso no era cierto. Años atrás Grey habría sido incapaz de degollar a Jane alegremente. En el presente en cambio sí lo era.

Con un grito, Jane rodó por el suelo para evitar quedar aplastada por el mural, que se desplomó justo a su lado. Pero antes de que pudiera asustarse de lo cerca que había estado de morir, volvió a ser arrastrada por la multitud. No podía respirar. Gritó de nuevo y, medio agachada, se cubrió la cabeza con el brazo.

Segundos más tarde, Jane apartó el brazo y, confusa, frunció el cejo.

La multitud no la arrastraba, la esquivaba.

Por fin, tuvo oportunidad de maniobrar, oportunidad de...

¡Se negaba a morir aplastada por el mismo espectáculo que había ido a presenciar! Al fin pudo liberar su falda, e hizo otro intento de levantarse y ponerse en pie. Rodó por el suelo y se echó hacia adelante. ¡Libre!

¡No! La alegría le duró muy poco, pues de nuevo cayó al suelo. Se puso a cuatro patas pero entonces se dio cuenta de que no podía moverse. Algo retenía de nuevo su falda. Apareció más gente corriendo...

El libertino de mediana edad al que antes había visto se cayó al suelo junto a ella, apretándose la nariz, que no le dejaba de sangrar y, horrorizado, miró tras ellos. Antes de que pudiera reaccionar, otro hombre le pasó volando por encima y aterrizó de espaldas allí mismo.

De repente, sus faldas se movieron, y una cálida y áspera mano le apretó el muslo. Jane abrió los ojos sobresaltada. La otra mano del hombre empezó a tirar de la tela para romperla.

—¿Qué... qué está haciendo? —preguntó asustada, moviendo nerviosa la cabeza. Tenía la máscara ladeada y, como el pelo le caía sobre la frente, apenas podía ver quién era el que estaba entre la jungla de piernas que los rodeaban—. ¡Suélteme ahora mismo! —Dio una patada con fuerza.

Se apartó el pelo con el reverso de la mano y logró ver un poco a su atacante. Con los labios apretados, esbozaba una sonrisa ladeada que dejaba entrever unos dientes muy blancos. Tenía tres arañazos en la mejilla y la cara sucia.

Sus ojos irradiaban el enorme enfado que sentía.

Jane dejó de verle la cara cuando él se volvió para apartar a otro individuo que habría caído también encima de Jane, y luego volvió a agacharse junto a ella. Las manos del hombre se dedicaban a derribar a posibles agresores y rasgar su falda y enaguas.

Jane se dio cuenta de que por fin se había detenido, pero antes de que pudiera reaccionar, la cogió en brazos y se la colocó encima del hombro.

—¡Cómo se atreve! —exclamó, mientras golpeaba su ancha espalda. Aquel hombre enorme la había levantado como si no pesara nada. Iba recostada encima de un hombro inmenso, y el brazo que la sujetaba lo hacía con fuerza y sin inmutarse, con la mano abierta y los dedos cubriéndole todo el trasero.

—¡No haga eso! ¡Suélteme! —exigió Jane—. ¡Cómo se atreve a manosearme y a destrozarme la falda y las enaguas! —Tan pronto como dijo eso, Jane vio que el lugar donde había estado atrapada y lo que allí quedaba de su falda era aplastado por un mural de un sátiro acostándose con una ninfa. Se ruborizó por completo.

Con el brazo que tenía libre, el hombre apartaba de su camino a todo el que se interpusiera en él.

—Pequeña, no he visto nada que tú no me hubieras enseñado antes.

—¿Qué? —Se quedó boquiabierta. *¿Hugh MacCarrick?* ¿Ese impresentable de mirada asesina era su dulce gigante escocés?

Después de diez años había regresado.

—¿No te acuerdas de mí?

Oh, sí, sí se acordaba. Y al recordar lo mal que lo había pasado la última vez que el escocés desapareció de su vida, Jane se preguntó si tal vez no habría sido mejor morir aplastada por aquella multitud de borrachos.

5

Una vez fuera, en vez de seguir por la calle principal que se alejaba de Haymarket, Hugh giró sin perder tiempo por un pequeño callejón que había detrás de una licorería y allí la depositó en el suelo.

Antes de que Jane pudiera decir una sola palabra, Hugh empezó a recorrerle el cuerpo con las manos.

—¿Te has hecho daño? —preguntó preocupado.

Como ella apenas podía hablar, Hugh le levantó de nuevo la falda para mirarle las piernas, y luego deslizó las manos por sus brazos con las palmas abiertas, para ver si tenía algún hueso roto o dañado; le inspeccionó los codos, las muñecas y los dedos. Por sorprendente que fuera, Jane había logrado salir ilesa.

—Jane, di algo.

—Yo... ¿Hugh? —Casi no lo reconocía, pero sabía que él había ido allí por ella. Era Hugh, pero al mismo tiempo no lo era—. Estoy bien. —Pronto, sí, pronto, recuperaría el aliento y dejaría de mirarlo embobada.

¿Cuántas veces se había imaginado cómo sería su primer encuentro después de tanto tiempo? Había pensado que ella se mostraría distante, y que cuando Hugh le rogara que se casara con él, lo rechazaría. Él le suplicaría que lo perdonara por haberla abandonado sin decirle nada.

La realidad estaba siendo muy distinta. Claro que Jane estaba borracha, y era incapaz de hacer nada más aparte de mirarlo como una tonta. Oh, sí, y además acababa de escapar de una redada de la policía y de una muerte casi segura por aplastamiento.

Hugh le puso bien la máscara y tomó aliento.

—Ah, pequeña, ¿en qué diablos estabas pensando al venir aquí? —A pesar de que su aspecto había cambiado, su voz era la misma; aquel profundo y sensual acento que la derretía.

Para recuperar un poco el control, Jane se apartó y se alisó el estropeado vestido.

—No habría pasado nada si se hubieran pagado los sobornos pertinentes.

—¿Ah, sí?

—Sí —movió enfáticamente la cabeza—. Voy a escribir una carta a la dirección. —Jane vio que Hugh no sabía si hablaba o no en serio. Pero ella no acostumbraba a gastar bromas cuando no era el momento.

Cuando empezó a tirar de los lazos de su máscara para quitársela, él dijo:

—Déjatela por ahora. Hasta que te meta en un coche.

Sonaron más silbatos, y una estrepitosa trompeta anunció la llegada del furgón de la policía. Hugh la cogió de la mano y empezó a caminar para poner el máximo de distancia entre ellos, el almacén... y sus amigas.

—Hugh, tienes que detenerte. ¡Tengo que volver!

Cuando intentó clavar los talones, él tiró de ella sin ningún esfuerzo.

—¡Hugh!, mis primas y mi amiga siguen allí.

—Están bien. Pero si tú regresas allí en este estado, te arrestarán.

—¿En este estado?

—Borracha.

—Bueno, ya que lo mencionas, deja que te diga que, en este

estado, la idea de regresar allí para salvar a mis amigas me parece de lo más lógica y necesaria.

—Ni hablar.

El callejón se acabó y se plantaron delante de la fila de carruajes. ¿Así que Hugh iba a mandarla de regreso a casa? Perfecto. Le diría al conductor que se alejara una manzana y luego se bajaría y regresaría.

Como de costumbre, aparecieron un montón de conductores dispuestos a negociar el precio de la carrera. Pero Hugh levantó un dedo y con sólo una mirada los hizo callar a todos; luego señaló el mejor carruaje. El conductor del elegido se montó en él y les acercó el vehículo.

Hugh empujó a Jane dentro, y a continuación se dio la vuelta y le dijo al conductor que se dirigiera hacia la calle donde él había dejado su caballo. Cuando Jane se dio cuenta de que Hugh pretendía acompañarla, abrió la puerta y, sin pensarlo dos veces, saltó del coche.

—Maldita sea, Jane. —Hugh corrió tras ella y, cuando la atrapó, la levantó en vilo y, con un brazo, se la colocó pegada a la cadera.

Él volvía a llevarla en brazos, así que ella se resignó a cerrar los ojos detrás de la máscara que aún la cubría.

—Tus amigas están a salvo —repitió Hugh al meterla de nuevo en el carruaje sin soltarla al sentarse junto a ella. Dio un portazo y luego cerró también la puerta del otro lado. Cuando se pusieron en marcha, Hugh por fin se relajó un poco.

Nunca podría olvidar lo que sintió al verla allí dentro, al ver cómo desaparecía debajo de aquel río de gente. Nunca, por mucho que viviera.

—¿Cómo sabes que están a salvo? —exigió saber ella.

—Quin entró justo cinco minutos antes que yo. Y, confía en mí, Quin no permitirá que sus hermanas se queden para buscarte.

—¿Qué estaba haciendo Quin allí? —Jane entrecerró los ojos.

—Sospechaba que sus hermanas iban a asistir al baile.

Jane enarcó una ceja y miró por la ventana hacia el almacén.

—¿De verdad? —Cuando decía eso, tan despacio, con su perfecto y educado acento, siempre sonaba como «*veerdad*».

Oh, sí, ella era muy lista y sospechaba algo. Esa noche no había saltado por la ventana de su cuarto porque sí.

De repente, Jane se sobresaltó y volvió a mirarlo.

—Pero ¡hemos perdido a Maddy!

—¿La rubia del vestido azul?

—¿Te has fijado en ella? —Jane se quedó seria—. Creía que las rubias no eran tu tipo.

Al oír su tono de voz, Hugh también se puso serio.

—Al parecer, es el tipo de mi hermano. A Ethan le ha gustado, y quería... hablar con ella. —A pesar de que Hugh lo había seguido dentro y le había advertido que no buscara a la chica, Ethan no quiso detenerse—. Tu amiga Maddy...

—Madeleine. Madeleine Van Rowen.

Van Rowen. Oír ese nombre fue como recibir un puñetazo. Era imposible que su hermano se sintiera atraído por esa muchacha. ¿Qué diablos haría Ethan cuando se enterara de quién era su padre?

—Tu amiga estará a salvo. —«Al menos de la policía y de la multitud», pensó—. Ethan no dejará que le hagan daño. —«Se lo hará él mismo»—. Pero cuando vuelvas a verla, quiero que la adviertas sobre Ethan. Él no es un hombre demasiado recomendable.

En eso, todos estaban de acuerdo. A Hugh le gustaría poder decir que, después de recibir la herida en la cara, Ethan había cambiado. O que lo había hecho cuando su prometida murió la víspera de la boda. Pero su hermano seguía siendo duro y distante; incluso de joven sentía indiferencia hacia los sentimientos de los demás y apenas tenía ninguna relación.

—Oh. —Jane frunció el cejo—. A decir verdad, Hugh, eres tú quien debería advertir a tu hermano sobre ella. La pequeña Maddy no es tan dulce e indefensa como aparenta. Yo me preocuparía más por Ethan. —Él la miró incrédulo, pero ella le ignoró y continuó—: Así que tanto Quin como tu hermano estaban allí. Y yo me pregunto, ¿qué estabas haciendo tú en un sitio como ése? —Al ver que Hugh se limitaba a encogerse de hombros, Jane apretó los labios—. No hace falta que me contestes, ya puedo imaginármelo. Aunque es curioso que a ti no te escandalice que yo estuviera allí.

¿Eso era lo que quería? Porque sí se había sentido furioso al verla en aquel lugar, un sitio tan peligroso.

—Nada de lo que puedas hacer me escandaliza, Jane.

—¿No piensas decir nada sobre mi comportamiento?

—Ya eres una mujer adulta, ¿me equivoco?

—Hugh, no hace falta que alteres tus planes de esta noche para acompañarme a casa. —Su tono de voz era cortante—. Y hay un local muy parecido a La Colmena cerca de aquí. Puedo darte la dirección. Dentro hay muchos entretenimientos para un hombre.

—No he ido allí por eso —respondió él con calma.

—Entonces, ¿para qué demonios has ido?

Hugh estudió la ventana que había junto a Jane y farfulló:

—Me dijeron que podías estar allí. —Se volvió a mirarla. La sonrisa de Jane era tan desconcertante como arrolladora. Sin apartar los ojos de él, se quitó la máscara. De algún modo, logró impregnar de sensualidad sus movimientos, como si se estuviera desnudando sólo para él.

El deseo se apoderó de sus músculos, y Hugh se acercó a ella obedeciendo todos sus instintos, que le gritaban que lo hiciera.

Jane dejó caer la máscara y él soltó unas palabras muy mal sonantes. Maldición, ¿cómo podía ser que estuviera aún más bella? Hugh tenía la esperanza de haberse imaginado su belleza. Creía que ella ya habría perdido ese brillo de la juventud, que el fuego de su personalidad ya se habría apagado. Ahora, al verla de nuevo, supo que esas cualidades nunca iban a palidecer.

Y se repitió la misma pregunta que se había hecho miles de veces: ¿estaría mejor si nunca la hubiera conocido?

En ese mismo instante creía que sí, pero a pesar de ello ansiaba verla, llenarse de su belleza, estudiar su cara hasta saciarse.

Sus ojos eran de un verde hipnotizador. Los pómulos elegantes y marcados, la nariz fina e impertinente. Bajo la tenue luz del interior del carruaje, su suelta melena se ondulaba alrededor de su cara y en contraste con sus hombros parecía más oscura, casi negra, pero en realidad era de un profundo color caoba. Tenía unos labios carnosos, y en la ocasión en que se atrevió a acariciarlos con el pulgar, se sorprendió de lo suaves y generosos que eran...

—¿He pasado la inspección? —murmuró Jane casi sin aliento y sonriéndole de aquel modo que hacía que el corazón le retumbara en el pecho.

—Como siempre. —Se reprimió para no tocar ese rizo que le acariciaba la mejilla, ese rizo que le estaba volviendo loco.

—Tú, por lo contrario, vas muy sucio —dijo ella mirando sus ropas con desaprobación—. Y tienes la cara llena de cortes. —Sus palabras le estaban haciendo otros más profundos—. Hugh, ¿en qué diablos te has metido?

—He cabalgado sin parar durante días. —Ni siquiera se había detenido para curarse las heridas y, al creer que ella estaba en peligro, tampoco había perdido tiempo en asearse. Pero ahora deseaba con todas sus fuerzas tener aspecto de triunfador, que se viese bien claro que se había convertido en un hombre muy rico. Todos los hombres querían parecer ricos y poderosos delante de la mujer que amaban. En vez de eso, Hugh se había presentado ante ella herido y con las ropas cubiertas de mugre.

¿Parecer un triunfador? En esos momentos, Hugh se conformaría con estar limpio.

—¿Y qué te trae a Londres? —preguntó Jane.

«Tú. Finalmente tengo permiso para verte.» Hugh nunca antes le había mentido, pero la última vez que la vio tenía diez años menos, y era un joven aún preocupado por el honor. En esos momentos ya no.

Abrió la boca para hablar, pero la mentira que tenía preparada se negó a salir de sus labios. Así que le dijo la verdad:

—Tu padre me pidió que viniera.

—¿Algún negocio importante? —preguntó ella y lo miró a los ojos, comprensiva.

Hugh se quedó mirándola e intentó recuperar el habla. Cuando por fin lo logró, farfulló:

—Ni te lo imaginas.

Sólo pensar en Hugh degustando los placeres que ofrecía La Colmena o en la posibilidad de que él mostrara cierto interés por Maddy había hecho que Jane hirviese de celos. Ella no tenía ningún reparo en que Maddy quisiera echarle el lazo a Quin, el único varón de esa generación de Weylands, sólo por su dinero, pero la idea de Hugh y Maddy juntos había hecho que Jane tuviera ganas de arrancarle los ojos a ésta.

Pero en ese instante, Hugh había confesado la verdad en voz baja y sus palabras habían conseguido tranquilizarla un poco, con lo que bajó la guardia.

—¿Cómo te encuentras, Sìne? —preguntó él.

Sìne era la traducción al gaélico de Jane, y él lo pronunciaba *Shee-ah-na*. Al parecer, Hugh no se había dado cuenta de que siempre lo utilizaba como un mote cariñoso, sólo para ella. Al oír cómo sonaba en boca de él, Jane tuvo que cerrar los ojos. Ese acento sería su perdición.

—Pequeña, ¿estás temblando?

—Demasiadas emociones —contestó ella, pero sabía perfectamente que no temblaba por eso. En el almacén se había asustado, verlo de nuevo la había dejado sin habla, y encima lo había oído pronunciar su nombre en su lengua materna, cosa que siempre la hacía estremecer.

—Hugh, alguien debería echar un vistazo a esto. —Sin ni siquiera pensarlo, le acarició las tres heridas que tenía en la cara, pero él se apartó como si se hubiese quemado—. ¿Te he hecho daño? —Le apoyó una mano en el brazo y él lo retiró con brusquedad—. Lo siento.

—No te preocupes.

Entonces, ¿por qué se había alejado de ella hasta sentarse en el otro extremo del banco, sin decir ni una palabra? Hugh miraba por la ventanilla, con los ojos fijos en la calle, como si buscara algo, y Jane aprovechó para estudiarle.

No podía decidir si los años se habían portado bien o mal con Hugh. Era aún más alto y fuerte que cuando tenía veintidós años, lo cual ya era mucho, pues en aquella época ya era impresionante. Entonces debía de medir unos dos metros, más o menos, como mínimo, unos cincuenta centímetros más que ella. Pero ahora su cuerpo parecía además contener muchos más músculos.

Se lo veía en plena forma, y los años habían acentuado la fuerza que emanaba de todo su cuerpo.

Viril, masculino, fuerte. Todas esas cualidades que a ella la habían fascinado antes, ahora habían aumentado, tal como dejaba clara su heroica acción de esa noche.

Pero si su cuerpo había mejorado con el paso de los años, su cara no lo había hecho. Tenía tres largas heridas en una mejilla y una arruga le cruzaba la frente, mientras una cicatriz estropeaba la piel de su cuello. Y sus ojos castaños parecían más oscuros, como si aquellos destellos de ámbar que a ella tanto le gustaban hubieran desaparecido.

Y, tal como había descubierto esa noche en la avalancha, Hugh parecía... peligroso. El serio y responsable Hugh que ella había conocido se había convertido en un hombre intenso... terrible.

Pero también parecía muy triste. Dondequiera que hubiese estado todo ese tiempo durante el cual ella no lo había visto, no había sido feliz. Ella podría haberlo conseguido, haber hecho feliz al highlander, y eso era lo único que quería. Tener la oportunidad de...

—¿Y yo, he pasado la inspección? —preguntó Hugh despacio, volviéndose a mirarla.

—Los años te han tratado bien —respondió ella, intentando ser educada.

—No, no lo han hecho. Y ambos lo sabemos. —La recorrió con la vista—. Pero al menos con uno de nosotros sí han sido amables.

Sintió tal calor con el cumplido, que Jane se sonrojó de la cabeza a los pies. Por suerte, en ese momento el carruaje se detuvo junto al caballo de Hugh, y Jane se ahorró tener que responder. El pobre animal estaba tan sucio y cansado como Hugh, pero a pesar de las capas de polvo que lo cubrían, Jane pudo apreciar que se trataba de una montura excepcional.

Hugh ató el caballo detrás del carruaje y regresó a su lado.

—Has tenido suerte de que nadie te robara ese caballo —comentó Jane—. ¿Por qué no lo dejaste en los establos de la ciudad, en la otra manzana?

—No tuve tiem... —De repente se enfadó y se detuvo—. Porque no.

—Oh, ya veo —dijo ella frunciendo el cejo. Tras un rato en silencio, volvió a intentar mantener una conversación con él. Sólo faltaban quince minutos para que llegaran a su casa, pero como parecían incómodos el uno con el otro y tan sólo intercambiaban palabras de cortesía, para Jane fue el trayecto más largo de toda su vida. Y pensar que ellos dos solían estar tan a gusto juntos.

Por fin llegaron. Cuando Hugh la cogió por la cintura para ayudarla a bajar, no tuvo ninguna prisa en apartar las manos, y, con una de ellas aún en su espalda, la acompañó hasta la entrada.

—No tengo llave. —Jane palpó los inexistentes bolsillos de su falda—. He perdido el bolso.

—Seguro que Rolley está despierto —contestó Hugh, pero no hizo ningún esfuerzo por llamar. La miró como si fuera a decirle algo, pero fuera lo que fuese lo que vio en su mirada, optó por mantenerse en silencio.

Estaban allí, de pie delante de la puerta, mirándose a los ojos como si ambos esperaran que sucediera algo. ¿Podía ver Hugh lo mucho que ella deseaba que se disculpara, o, como mínimo, le diera alguna explicación? El momento se hizo interminablemente largo.

«Hugh, éste sería el momento ideal para arreglar las cosas entre nosotros.» Pero no lo hizo. En vez de eso, su mirada se volvió más intensa y juntó las cejas.

«¡Va a besarme!», pensó Jane nerviosa y con la respiración agitada. «¿Nuestro primer beso? ¿Ahora?»

Jane empezó a irritarse. Él no merecía sus besos. Los podría haber tenido durante los últimos diez años si hubiera querido.

Hugh se le acercó.

«¿Y no piensa disculparse siquiera?» Tenía tantas ganas de abofetearlo que sentía incluso cosquillas en la palma de la mano.

De golpe, se abrió la puerta.

—Me pareció oír algo —dijo Rolley serio en medio de la entrada.

Hugh se apartó y carraspeó para lograr articular:

—Entra. Regresaré mañana para verte.

—¿Para verme? —parpadeó ella sorprendida—. ¿Y se puede saber por qué?

6

Las primas de Jane lo llamaban Hugh «Años y Lágrimas» MacCarrick porque ella había gastado un montón de ambas cosas pensando en él.

Ahora que los nervios de volver a verlo y los efectos del potente ponche ya se habían disipado, Jane estaba sentada en su tocador, peinándose el pelo después del baño. Cuando se vio los ojos en el espejo, se dio cuenta de que iba a derramar muchas más lágrimas. Dejó el cepillo al lado de la nota que le había enviado Claudie para decirle que habían llegado a casa sin problemas, luego apoyó la cabeza en las manos y se apretó los ojos con las palmas, como si así pudiera detener el llanto.

En los últimos diez años, había gastado muchísimas noches llorando. ¡Precisamente Jane, que sabía lo precioso que era el tiempo!

Cuando tenía apenas seis años, su madre murió de una neumonía, y desde entonces ella no había vuelto a ser feliz. Tal vez porque sabía que la vida podía escapársele en un segundo, y eso la hacía estar inquieta. Tal vez porque ella no estaba destinada a ser feliz.

Jane se moría de ganas de viajar, de conocer nuevos y excitantes lugares, pero ¿era porque tenía ganas de conocer mundo o sencillamente porque quería estar en otro lugar? Diez años atrás, con Hugh a su lado, esa necesidad se había apagado hasta tal punto que casi había desaparecido. Ella no entendía por qué.

Luego, él la dejó sin una palabra.

Jane le había echado de menos, había llorado su ausencia, había deseado que volviera y había malgastado casi la mitad de su vida por él.

¡Maldito fuera, nunca más!, se juró a sí misma. Pero aun así, volvió a recordar su historia y, como siempre, siguió preguntándose qué había hecho ella para que él se marchara...

«El escocés es mío.»

Jane hizo esa declaración de intenciones a sus primas cuando lo conoció. El corazón le latió descontrolado al verlo, y ella decidió entonces que lo haría feliz; que lograría que sus ojos no estuvieran tan serios. Jane tenía entonces trece años y él dieciocho.

Hugh y sus hermanos habían llegado desde Escocia para pasar el verano en Ros Creag, la casa que su familia tenía en el lago que compartía una cala con Vineland, la casa de la familia de ella. Cuando Jane se le acercó para presentarse, él se rió y la llamó «pequeña», y, con su acento, sonó maravilloso. Lo seguía a todas partes y él siempre era bueno con ella.

A fuerza de insistir, Jane consiguió que su padre visitara a los tres reservados hermanos, y se hicieron amigos suyos, pero no se interesaron por el resto de los Weyland. De algún modo, luego su padre los convenció para que regresaran el verano siguiente, y Jane se puso muy contenta. Como él no tenía hijos, estaba empeñado en que ellos tres trabajaran para él en su negocio de importaciones.

Durante esas vacaciones en el lago, cada vez que le picaba una abeja o se hacía un rasguño, corría al lado de Hugh.

El verano en que cumplió quince años, los hermanos volvieron a la casa, pero Hugh se pasó la mayor parte del tiempo mirándola mal, como si no supiera qué hacer con ella. Cuando cumplió dieciséis, justo cuando comenzaba a tener curvas, él la evitó por completo. Hugh empezó a trabajar para su padre, y se pasaba todo el tiempo con él en Ros Creag, hablando de negocios.

Ella lloraba porque echaba mucho de menos a su enorme y serio escocés. Sus primas le decían que podía conseguir a cualquier hombre, y que no querían que perdiera el tiempo con «ese rudo MacCarrick», pero al ver que no iban a disuadirla, le sugirieron que jugara sucio, y sus primas sabían de lo que estaban hablando. Su lema era «Los hombres se inclinan delante de las Ocho Weyland. Y si no, hacemos que lo hagan».

Claudia dijo:

—Tenemos que trazar un plan, Jane. El verano que viene nos aseguraremos de que tus vestidos tengan un buen escote, que tus manos sean suaves como la seda. —Sonrió traviesa—. Y de que te comportes como una descarada. Tu highlander no sabrá ni lo que le pasa.

Pero el verano siguiente él no fue, y Jane se quedó destrozada. Hasta esa noche en que le sonrió la suerte, y él apareció para entregar un mensaje urgente a su padre. Jane no podía ni imaginar qué podía haber de urgente en un negocio de reliquias y antigüedades.

Antes de que Hugh pudiera desaparecer de nuevo, ella se aseguró de que la viera, y él se quedó boquiabierto, como si no la reconociera. Esa noche se convirtió en dos, y luego en tres, era como si él no sc cansara nunca de estar con ella.

Sus primas mayores le habían enseñado muchas cosas durante todo el año, y cada día que Hugh estuvo allí, Janc lo atormentó y torturó por todo el tiempo que había estado fuera.

Ella vio que si le susurraba al oído, él cerraba los ojos y entreabría los labios, y que si le acariciaba el pelo con los dedos, se le aceleraba la respiración. Tan a menudo como podía, le pedía que fueran juntos a nadar, especialmente después de esa primera vez, en que él se quedó petrificado mientras se quitaba la camisa, observando en silencio cómo ella se desabrochaba la falda y la blusa hasta quedarse sólo con las medias, las enaguas y la camisola. Después de nadar, Jane, que nunca había sido demasiado recatada, salió del agua con la ropa transparente y pegada al cuerpo, y siguió la ardiente mirada con que Hugh la devoró, antes de volver la cara de golpe.

—Hugh, ¿puedes ver a través de la tela?

Cuando él la miró de nuevo con aquellos ojos tan oscuros y a modo de afirmación movió la cabeza muy despacio, Jane dijo:

—Bueno, cariño, mientras sólo puedas verlo tú.

Ella se dio cuenta de que ese día él tardó mucho rato en salir del agua.

Esa tarde, que resultó ser la última que pasaron juntos, estuvieron tumbados en el prado, uno junto al otro, y Jane se puso encima de él para hacerle cosquillas. Hugh odiaba que ella le hiciera cosquillas; luego se pasaba horas irritable y tenso, con la voz ronca. Pero esa vez, en lugar de quitársela de encima, levantó los brazos hacia el lazo de su recogido y le soltó el pelo.

—Eres tan bonita... —dijo mientras le acariciaba el labio con el pulgar—. Pero supongo que ya lo sabes, ¿no?

Jane se inclinó para besarlo. No aquellos leves besos en la oreja con que lo torturaba antes de susurrarle algo, ni aquellas caricias que llevaba todo el verano depositando en su cuello con los labios, ella quería su primer beso de verdad.

Pero Hugh la cogió por los hombros y la apartó.

—Eres demasiado joven, pequeña.

—Voy a cumplir dieciocho años, y ya he recibido ofertas de matrimonio de hombres mucho mayores que tú.

Al oír eso, él frunció el cejo y luego sacudió la cabeza.

—Sìne, cariño, yo me voy a ir pronto.

Ella le sonrió con tristeza.

—Ya lo sé. Siempre que acaba el verano haces lo mismo. Vuelves al norte de Escocia. Y cada invierno yo te echo mucho de menos, hasta que vuelves aquí, a mi lado.

Él se quedo mirándola, como si quisiera memorizar su cara.

Jane no volvió a verlo ni a oír hablar de él nunca más. Nunca, hasta esa noche.

Hasta que él desapareció, Jane siempre había estado convencida de que Hugh se casaría con ella; lo daba por hecho, y que lo único que tenía que hacer era esperar a que pasaran los días hasta que él dejara de considerarla demasiado joven. Confiaba tanto en Hugh, estaba tan segura de que acabarían juntos. Sin embargo, él siempre había sabido que iba a dejarla, que iba a estar años lejos de allí. Lo había hecho a conciencia, y a ella nunca le había contado el porqué.

No le había pedido que lo esperara, ni siquiera le había dado la oportunidad de hacerlo feliz.

Y ahora, diez años más tarde, Jane seguía mirando en su espejo cómo las lágrimas le resbalaban por las mejillas.

Esa noche, las mujeres que Jane había visto en el baile de máscaras tenían una experta mirada de seducción y altanería. Estaban amargadas, pero a diferencia de lo que Belinda creía, no era sólo por sus circunstancias o por su situación económica. Esas mujeres tenían esa mirada endurecida porque los hombres las habían herido.

Jane la reconocía perfectamente porque era la misma mirada que veía reflejada en su espejo día tras día. Por fin era capaz de admitirlo.

Pero iba a hacer todo lo que estuviera en sus manos para huir de ese destino. La amargura era una sentencia de muerte, y ella aún estaba a tiempo de evitarla.

Se secó las lágrimas... por última vez.

A primera hora de la mañana, aceptaría la proposición de matrimonio de Freddie.

7

A primera hora, la puerta de servicio de casa de los Weyland estaba abierta.

Hugh se puso en alerta y, sin dudarlo, desenfundó la pistola y subió a toda prisa la escalera enmoquetada en busca de Jane. Tal vez Weyland no había llegado aún a su domicilio.

La casa estaba en silencio, pero oyó que alguien se movía en la habitación que había al final del pasillo y siguió esos ruidos. A través de la puerta entreabierta, vio a Jane de rodillas, buscando a tientas algo debajo de la cama.

Respiró hondo para recuperar el control y guardó el arma debajo de su chaqueta.

Incapaz de contenerse, entró en la habitación de Jane y se acercó a ella en silencio, sin apartar la mirada de aquel cuerpo cubierto sólo por un camisón de seda. Jane se incorporó despacio, sosteniéndole la mirada. Tenía los ojos más verdes que él había visto jamás.

—¿Se puede saber qué estás haciendo en mi cuarto? —exigió saber ella. A pesar de que apenas iba vestida, y de que aquel camisón enseñaba más piel de la que cubría, Jane empezó a caminar de un lado a otro, removiendo montones de ropa en busca de algo, sin importarle estar casi desnuda.

Hugh podía ver sus pechos debajo de la fina seda, y tuvo que tragar saliva. ¿Por qué con el paso de los años no se había vuelto más recatada? Nunca había conocido a una mujer tan poco pudorosa. Pero tampoco podía decirse que, cuando ella quiso nadar con él el último verano que estuvieron juntos, Hugh se hubiese quejado demasiado.

—¿Qué quieres, Hugh?

—¿Adónde ha ido tu padre tan temprano?

Jane se encogió de hombros y una tira del camisón se deslizó hacia abajo. No volvió a subírsela, típico de ella.

—No lo sé. ¿Has comprobado si está en su despacho? Últimamente suele pasarse allí las veinticuatro horas del día.

Esa mañana estaba distinta. Distinta de la noche anterior, cuando él se fue para evitar besarla. Ahora estaba más fría y distante. Podía sentirlo.

—No lo he visto. La puerta de servicio estaba abierta y a Rolley no se lo ve por ningún lado.

—Entonces tú sabes tanto como yo. ¿Por qué no vas abajo y lo vuelves a comprobar? —Se dio la vuelta a modo de despedida.

—Tú vienes conmigo. Ponte una bata.

Como ella le ignoró, Hugh estudió la habitación en busca de un chal. No le extrañaba que Jane hubiera perdido lo que fuera que buscase. Había zapatos, medias, camisones, corsés de seda por todas partes. Los vestidos seguían hechos un montón en el suelo, donde ella se los había quitado. Estaba todo muy desordenado. Hugh lo odiaba; el orden presidía todos los aspectos de su vida.

Por fin encontró algo con que cubrirla.

—Ponte esto.

—No pienso bajar hasta que esté vestida como Dios manda. Ya llego tarde a mi compromiso. —Y se rió como si hubiera dicho una broma que sólo ella podía entender.

—Entonces tenemos un problema. —Por lo que sabía, podía ser perfectamente que tanto Weyland como Rolley hubieran sido eliminados—. Porque yo no pienso perderte de vista.

—¿Y eso por qué?

—Porque no hay nadie en la casa y la puerta estaba abierta.

—Llámalos y verás cómo aparecen.

Hugh se acercó a la puerta.

—¡Weyland! —gritó con todas sus fuerzas. Nadie contestó—. Ponte la bata, Jane.

—Vete al infierno, Hugh.

¿Por qué tenía que ser ella la única mujer en el mundo que no se sintiera intimidada por él?

—Ya te he dicho que bajaré cuando esté lista.

—Entonces, vístete —gruñó él.

—Sal de la habitación.

—Ni hablar.

—Como mínimo date la vuelta. —Cuando vio que él no lo hacía, Jane se dio unos golpecitos en la mejilla y dijo—: Claro, no vas a ver nada que no hayas visto antes, ¿me equivoco?

A Hugh le sorprendió la indiferencia con que ella lo decía, y respondió furioso:

—Ya te dije anoche, pequeña, que hay muy pocas cosas que no me hayas enseñado.

A Jane le brillaron los ojos de rabia.

—Tú has cambiado. Yo también. —Irguió los hombros y se apartó la melena hacia atrás, pues sabía que así resaltaría su figura que en esa época era más atractiva que años atrás.

Hugh se pasó una mano por la boca y a punto estuvo de decir algo de lo que luego se arrepentiría.

—Vístete —le ordenó de nuevo.

Al darse la vuelta, se vio reflejado en el espejo que había encima del tocador. Era perfectamente consciente de que los años no lo habían tratado bien, y una noche más de insomnio no lo había ayudado a sentirse y parecer menos exhausto. Por otra parte, por culpa de las heridas de la cara, hacía tres días que no se afeitaba.

¿Hacía sólo tres días que había regresado de una batalla? ¿Que había matado?

El reflejo de Jane captó su atención. A través del espejo, vio cómo ella levantaba un delicado pie y lo apoyaba en un taburete para subirse con cuidado una media por su larga pierna.

Se dio cuenta de que estaba apretando la mandíbula con fuerza al ver cómo la media llegaba a la parte superior del muslo, donde Jane la sujetaba al liguero más sensual que él hubiese visto nunca. Mientras Hugh observaba a Jane hacer ese gesto, cerró las manos alrededor del mármol del tocador con tanta fuerza que temió romperlo.

Se obligó a apartar la mirada, y cuando oyó el susurro de una tela, se atrevió a preguntar:

—¿Aún no has terminado?

Ni él mismo reconoció su voz.

—Ten paciencia conmigo, Hugh.

¿Cuántas veces había escuchado esa frase?

Soltó el aire que retenía y contestó como solía hacerlo.

—Lo intento, pequeña.

«Piensa en otras cosas.»

Hugh vio que el arco de Jane estaba recostado contra el marco de la puerta, y se dio cuenta de que las plumas de las flechas eran nuevas. Le gustó ver que seguía practicando el tiro con arco.

Él le había comprado su primer arco, y la había enseñado a apuntar. Al final del verano, Jane era capaz de partir en dos una brizna de paja a más de cien pasos de distancia. Era como si hubiera nacido para disparar.

Tal vez fuera así. En el pasado, cuando no lo estaba torturando con sus dulces sonrisas o sus suaves palabras y caricias, Jane solía ser un poco... feroz.

Hugh desvió la mirada hacia el escritorio y vio que tenía en él un libro titulado *La aprendiz de dama*. Conociéndola, seguro que era una obra satírica. Cogió el libro y vio que la cubierta era falsa; la retiró para ver la auténtica. Juntó las cejas, lo abrió y, tras leer por encima algunas páginas, entendió perfectamente de qué trataba el libro. Con un simple vistazo a una de las escenas supo que era mucho más lascivo que nada de lo que él hubiera leído jamás.

La idea de que Jane leyera eso no lo enfureció, sino que lo excitó, y a cada palabra que leía, la sangre se le iba acumulando en la entrepierna. Tragó saliva dos veces y dijo:

—¿Dónde consigues este tipo de libros? —Sin darse la vuelta, lo levantó por encima de su hombro.

—Los venden en todas las imprentas de la calle Holywell —contestó ella en tono monótono y aburrido.

—¿Es esto lo que soléis leer las chicas jóvenes de ahora?

—En su mayor parte. Las mujeres son quienes hacen que, cada noche, sus libreros favoritos vayan desde sus roñosas tiendas de Holywell a las casas que tienen en las afueras de la ciudad. No dan abasto para imprimir. Ya puedes darte la vuelta.

No... no, no podía.

Cuando por fin creyó poder mantener a raya su erección, se volvió y se encontró con la mano de Jane ofreciéndole un collar.

—¿Hugh?

Se acercó a ella y lo cogió antes de que Jane le diera la espalda. Mechones de su rojiza melena descansaban sobre la piel de alabastro de su cuello. Hugh nunca en su vida había deseado nada tanto como besarla allí, y estuvo a punto de hacerlo. En vez de eso, inhaló su perfume suave, la mera insinuación de una fragancia, y aun así enormemente sensual.

Luego, sus enormes manos, que sólo eran torpes cuando ella estaba cerca, se pelearon con el cierre durante unos segundos.

Cuando lo consiguió, perdió la lucha que mantenía consigo mismo y con el reverso de los dedos le recorrió la suave y sedosa piel del cuello.

Cuando Jane se estremeció, Hugh cerró los ojos.

—Hugh, ¿acabas de acariciarme? —preguntó ella con voz sensual. Como él no dijo nada, Jane se dio la vuelta para mirarlo. Jane tenía la respiración entrecortada y él apenas respiraba.

Hugh tenía la mirada fija en sus labios y ella lo sabía.

—¿Lo has hecho?

—Suele pasar cuando pones un collar, ¿no?

Jane frunció el cejo intrigada, pero Hugh, sin esperar a que respondiera, la cogió de la mano y la arrastró fuera de la habitación, hacia la escalera.

Encontraron a Weyland en su despacho, mirando ausente el retrato de su mujer ya fallecida. Estaba enrollando una carta del mismo modo que un mapa. El hombre ocultó en seguida sus sentimientos, pero Hugh siempre había sabido lo mucho que echaba de menos a su esposa, a la que Jane se parecía muchísimo. Weyland los miró y, aunque forzó una sonrisa, se le veía exhausto. Parecía veinte años mayor que la última vez que Hugh lo había visto, apenas hacía unos meses.

—MacCarrick, me alegro de verte, hijo.

Como Hugh aún tenía a Jane de la mano, no le saludó.

—Lo mismo digo, Weyland.

—Papá —intervino Jane soltándose—, ¿serías tan amable de decirme por qué se le ha permitido a Hugh que entrara en mi habitación mientras aún estaba vistiéndome?

Cuando Weyland enarcó sus grises cejas, Hugh, turbado, miró a Jane.

—No había nadie y la puerta estaba abierta. Pensé que era... raro.

—Oh, sí, bueno. Rolley estaba conmigo. Ese maldito vendedor de carbón quería volver a estafarnos —dijo Weyland, como si a él le preocuparan esos asuntos domésticos—. Jane, quiero que esperes fuera de mi despacho unos minutos.

—No puedo, papá. Esta mañana he quedado con Freddie en Hyde Park —dijo despreocupada.

A Hugh le dio un vuelco el estómago. «¿Freddie?»

—Ah, dale recuerdos a Frederick de mi parte.

«¿Quién diablos es Frederick?»

Jane asintió y se fue de la habitación sin mirar a Hugh.

—Voy con ella, si no tienes a nadie para seguirla —dijo Hugh.

—Quin lo tiene todo controlado. Sólo va una calle más abajo —lo tranquilizó Weyland, pero Hugh seguía mirando cómo se iba—. ¿Sabes que todos los pretendientes de Jane la han apodado «La amarga Jane»? —Weyland se rió—. Supongo que hoy en día los jóvenes confunden el sarcasmo con la ironía. Pero bueno, ha habido tantos. Del único que logro acordarme es de Frederick Bidworth porque está aguantando mucho más que los demás.

Ahora Hugh miraba furioso la puerta. ¿Pretendientes? ¿Y cuánto tiempo exactamente hacía que «Freddie» aguantaba?

—Supongo que tu último trabajo fue bien, ¿no? —preguntó Weyland.

Hugh se dio la vuelta y no entendió a qué se refería hasta que Weyland le señaló los cortes de la mejilla.

—Sí, todo un éxito —contestó, riñéndose interiormente por no estar atento. Sólo era un pretendiente más. Sólo habían quedado para un inocente paseo por el parque. Entonces, ¿por qué tenía ese nudo en el estómago?

—Supongo que quieres saber cómo está la situación con Grey. —Cuando Hugh asintió, Weyland continuó—: Te acordarás de que se estaba volviendo cada vez más inestable, pero llegó un punto en que fue incontrolable. Intentamos eliminarlo. Sin embargo, nunca había visto a un asesino tan audaz. Sobrevivió, y sus ansias de venganza lo han enloquecido por completo. Ha amenazado con hacer pública una lista de los miembros de nuestra organización. Tal vez ya lo haya hecho.

—¿De todos? —Hugh apretó los puños.

—Cuando llegaste, acababa de recibir las últimas noticias de un mensajero. Por lo que hemos podido averiguar, sí, de toda la organización. Si esa lista se hace pública, puedes considerarte oficialmente retirado.

Hugh nunca había creído que su carrera terminaría de ese modo.

—¿Lo sabe Jane? —preguntó él intentando no desvelar lo mucho que eso le preocupaba—. ¿Sabe lo que soy?

—No, ella sigue creyendo que tú y yo tenemos negocios juntos. Y tengo intenciones de que siga así hasta que tengamos la absoluta certeza de que la lista se ha hecho pública. Después, ya no importará. Todo el mundo lo sabrá.

Hugh soltó el aliento, preocupado.

—Weyland, ¿eres consciente del peligro que corres? Y no me refiero sólo a Grey.

—Lo soy —asintió Weyland—. La última vez que lo comprobé, yo era el hombre de Inglaterra al que más gente quería ver muerto. Y algunos querrán más que eso; información, secretos, presos políticos... Será una pesadilla. Por eso necesito que alejes a Jane de aquí durante un tiempo.

—¿Y tú? —Para Hugh, Weyland era como un padre, y no iba a permitir que le hicieran daño—. No dejaré que te enfrentes solo a esos chacales.

—Ésta es la peor crisis de toda la historia de nuestra organización. No puedo ocultarme. Pero pediré ayuda y, si tengo suerte, lograré que Grey salga de su escondite. Deja de menear la cabeza, hijo. Ethan me ha estado pidiendo una oportunidad para enfrentarse a Grey. Quin y Rolley se mueren de ganas de entrar en combate. Pero mi hija tiene que irse.

Saber que Ethan estaba metido en el asunto tranquilizó a Hugh, que empezó a relajarse un poco.

—Lo primero que tienes que hacer es casarte con Jane. Por eso te pedí que vinieras.

8

El casi-prometido de Jane era la cara opuesta de Hugh.

Mientras Jane observaba los oscuros ojos azules de Freddie Bidworth, se dio cuenta de que era el hombre perfecto. Era el chico dorado, un Adonis; su aspecto hacía que las mujeres suspiraran a su paso. Y si el sol se reflejaba en su pelo, entonces ya empezaban incluso a desmayarse.

Cuando se reía, y lo hacía a menudo, echaba la cabeza hacia atrás y todo él se entregaba a esa risa. Mientras que Hugh era taciturno y solitario, Freddie era alegre, y se llevaba bien con todo el mundo. La gente lo adoraba. Y él los adoraba a ellos.

A pesar de que aún no se había recuperado de sus encuentros con Hugh, Jane no podía dejar de sonreír al ver lo afortunada que era de que Freddie la hubiera esperado tanto tiempo. Él solía bromear acerca de que sería el caballero que lograría domar a «La amarga Jane». Según sus palabras, la consideraba «compañera en el viaje de la vida» y le prometió que ambos lo pasarían en grande en ese viaje. La dejaba ser ella misma y, como él era mucho más prudente, le gustaba ver que ella era más alocada.

Y, además, era el conde de Whiting.

—Escapémonos juntos, Freddie —murmuró Jane. Dado que al parecer Hugh iba a quedarse en la ciudad, ella había decidido que lo mejor sería irse—. Vayámonos de Londres a pasar unas vacaciones fuera, lejos de todo el mundo.

—Eres incorregible, ¿lo sabías? —suspiró Freddie—. No puedo escaparme contigo.

—Nadie tendría por qué saberlo. Además, a ti te gusta que sea incorregible.

—Eso es cierto. —Freddie le dio un golpecito en la nariz—. Pero tenía intenciones de hablar contigo de tus travesuras. Mi madre me ha pedido que te convenza para que seas más reservada. Como todos asumen que nos vamos a casar, ella dice que tu comportamiento afecta a toda nuestra familia.

—¿«Convencerme», Freddie? —preguntó Jane un poco triste.

—Sólo hasta que Lavinia encuentre marido.

¿Su hermana, la antipática Lavinia casada? Claro, tan pronto como se pusiera de moda casarse con arpías recatadas y mojigatas.

A Jane, Lavinia no le caía nada bien, y mucho menos después de enterarse de que tanto ella como la condesa hacían lo innombrable, lo imperdonable: donar fondos para la Sociedad para Suprimir el Vicio. La sociedad que era la cruz de la existencia de la mayoría de las Weyland. La S. S. V. La misma sociedad que recibía cartas odiosas cada vez que Jane se sentaba a su escritorio.

Jane se preguntaba qué pensarían si supieran que la próxima lady Whiting era una de las fundadoras de la Sociedad para la Defensa del Vicio. Aunque eso de momento fuera sólo una idea.

—Bueno, si algún día aceptas convertirte en mi esposa —prosiguió Freddie—, ya sabes que las condesas tienen que hacer sacrificios. Y sólo será por un tiempo.

¿Por un tiempo? No, sería un sacrificio larguísimo. Tan largo como el escalofrío que sentían los hombres al ver a una mujer tan amargada como Lavinia. Se puso seria. ¿Y quién era ella para opinar? Ella misma se estaba convirtiendo en una mujer amargada.

—Lavinia puede tardar mucho tiempo en casarse —aventuró cauta.

—¡Claro que se casará! —sonrió él—. ¿Puedes hacerlo por mí, pícara?

Jane forzó una sonrisa. Odiaba que la llamase así. La noche anterior, Jane había podido volver a escuchar cómo aquel escocés con cuerpo de dios la llamaba «Sìne» y, mientras que el sensual acento de MacCarrick le hacía arder la sangre, el insulso «pícara» de Freddie le resultaba indiferente.

«¿Sigues comparando a todos los hombres con Hugh, Janey?»

—Bésame —dijo ella de repente, y le puso las manos en el pecho—. Dame un beso, ¿quieres, Freddie? —preguntó casi desesperada. Ellos se habían besado ya cientos de veces antes, pero ésa sería la más importante de toda su vida.

«Sé el hombre que logrará hacer que le olvide.»

—¿Qué? —Hugh no podía haberlo oído bien. Era imposible—. Hay algo que deberías saber... Yo nunca voy a casarme. Nunca.

—Tienes que casarte con ella —insistió Weyland—. Si se hace pública la lista, quiero que esté lejos de aquí al menos durante dos meses. Alejada del escándalo y del peligro. Si eres su marido, podrás llevarla contigo.

—Eso también puedo hacerlo sin casarme con ella.

—No, Hugh, tienes que...

—Tú sabes lo que soy. Sabes lo que he hecho. —Era imposible que Weyland quisiera que su hija se casara con un francotirador con el cuerpo destrozado y las manos manchadas de sangre—. ¿Cómo puede ser que me elijas a mí para esta... misión?

—Precisamente porque sé lo que eres y lo que has hecho es por lo que quiero que seas tú. ¿Sabes el mensaje que recibirá cualquiera que quiera hacerle daño cuando se entere de que os habéis casado? Jane pasará a ser una MacCarrick. Si no se sienten intimidados por tu reputación, seguro que la de Ethan hará que se lo piensen. Será su cuñada. Y también la de Courtland. La única mujer de la familia. ¿Quién se atreverá a hacerle daño y provocar la ira de vuestro clan?

A Hugh le iba a estallar la cabeza, era como si una enredadera le estuviera apretando las sienes.

—Maldita sea, ¿y se te ha ocurrido pensar que tal vez yo no quiera casarme? Cuando disparé mi primer tiro supe que nunca iba a tener esposa...

—Hay varios miembros de nuestra organización casados.

—Y por culpa de eso la vida de esas familias está en peligro.

—La vida de Jane ya está en peligro.

Hugh gimió frustrado.

—¿Y has pensado que tal vez es con ella en concreto con quien no quiero casarme?

—En absoluto. —Weyland lo miró comprensivo—. Esa idea ni se me pasó por la cabeza.

Hugh disimuló su sorpresa. O tal vez no lo hizo. Al parecer, tampoco había sido capaz de disimular nunca lo que sentía por Jane.

Weyland continuó:

—Si puedes escoger, siempre eliges la misión que te manda más lejos, y nunca vienes a mi casa a no ser que Jane esté fuera de la ciudad. Eso me dice lo empeñado que estás en mantenerte alejado de ella.

Hugh no podía negar nada de lo que estaba oyendo.

—Pensé que serías más receptivo a la idea, pero si de verdad te opones, entonces puedes obtener la anulación del matrimonio una vez se haya resuelto todo.

—No —exclamó Hugh—. No lo haré.

—Tienes que hacerlo. No confiaré su vida a nadie que no seas tú. —Como Hugh seguía negándose, Weyland se llevó las manos a las sienes—. Estoy cansado hijo, muy cansado, y tengo que enfrentarme a la peor batalla de toda mi vida. No puedo ganar al asesino más despiadado y sanguinario del mundo si mi mayor debilidad está tan a su alcance. Sería como mostrarle un capote rojo.

Con una hija soltera tan guapa y temeraria como Jane no era de extrañar que Weyland tuviese mala cara.

—Weyland, tú no lo entiendes. —¿Acaso Weyland se había olvidado de que a Hugh no le gustaba estar con gente y que era antisocial y arisco? A su lado, Jane se moriría lentamente—. Yo no puedo hacerla feliz.

—¡Hugh, al diablo con su felicidad! —Dio un puñetazo al escritorio—. Lo único que quiero es que esté viva.

Hugh no se dejó intimidar por su tono.

—Mira, vamos a imaginar qué puede pasar. Lo más probable es que logres atrapar a Grey y que Ethan elimine como mínimo a un par de esos posibles asesinos mandados para matarte. Además, conociéndolo, lo hará de un modo que al resto se les quitarán las ganas de intentarlo. Entonces todo volverá a la normalidad, pero como habremos exagerado y me habré casado con Jane, en vez de ocultarla durante un par de meses, ella y yo estaremos atrapados durante el resto de nuestras vidas.

—Si eso pasa, una vez las cosas se calmen puedes pedir la anulación del matrimonio, ya te lo he dicho. Si los dos estáis de verdad decididos a no seguir casados, lo único que tenéis que hacer es no consumar el matrimonio. —Hugh sacudió la cabeza, pero Weyland siguió hablando—. Imaginemos otra cosa. Tú sabes que puede que yo no salga con vida de ésta. —Al ver que Hugh abría la boca para interrumpirle, levantó la mano—. Si muero, sabré que mi hija está casada con el único hombre capaz de protegerla. No moriré preguntándome qué será de ella. ¿Puedes comprender lo importante que es para mí saber que Jane está a salvo contigo? ¿Saber que por fin tiene una familia? ¿Quieres negarme eso?

—No sabes lo que me estás pidiendo. Ella estaría mucho más a salvo lejos de mí.

—No quería llegar a este punto, pero en fin. Grey no ha amenazado a Jane sólo para hacerme daño a mí. Sé que hace años le diste una paliza. Y sé que fue en defensa de Jane. —Hugh apretó los dientes con fuerza y Weyland dijo—: También quiere hacerte daño a ti. Si yo soy capaz de separarme de ella, también tú tienes que hacer todo lo necesario para mantenerla a salvo. Los dos se lo debemos. Si nosotros no nos sacrificamos, ella pagará por nuestras acciones.

Hugh se pasó la mano por el pelo.

—Tu brillante idea tiene un grave problema: Jane nunca aceptará.

Hugh sólo había sido un pasatiempo de verano para una joven de diecisiete años. Hacía apenas unos instantes, en su habitación, ella ni siquiera había querido darle cinco minutos de su precioso tiempo.

—De acuerdo, te propongo una cosa. Si ella acepta, os casáis y te la llevas de aquí hasta que las cosas se calmen. Si se niega, te la llevas igual pero sin ningún vínculo entre los dos; en el mejor de los casos, sólo perderá su reputación.

Ante ese comentario, Hugh frunció el cejo, pero tozudo, insistió:

—Ella no aceptará. —En aquel mismo momento estaba con el pretendiente que había aguantado tanto.

¿Estaba Jane enamorada del tal Bidworth? Sólo de pensarlo se ponía enfermo.

—¿Tenemos un trato? ¿Hugh? —insistió Weyland al ver que seguía ensimismado.

Convencido de que Jane se negaría, Hugh miró a Weyland y aceptó.

—Me alegro. Bueno, entonces será mejor que lo hagamos lo antes posible. Esta mañana si puede ser.

—No puedes obtener una licencia tan... —Al ver la expresión ofendida de Weyland se calló.

—Si todo fuera igual de fácil —dijo éste—. Tienes que ir a buscarla al parque, Jane suele ir a la glorieta que hay junto a la fuente. Dile que tengo que hablar de ella.

Demonios, lo único que Hugh quería era apartarla de ese Bidworth.

—Hijo, ¿puedo sugerirte algo antes de que ella vuelva? Si tuvieras un anillo de compromiso, seguro que Jane se lo tomaría todo mucho mejor.

Hugh frunció el cejo.

—No tengo ni idea de dónde comprar un anillo.

—¿Nunca le has comprado joyas a una mujer?

—Por Dios, no.

—En Piccadilly, de camino a la casa de tu familia, está Ridergate. Allí saben qué medida de anillo tiene Jane.

Hugh enarcó una ceja; incluso un bruto como él conocía la reputación de esa exclusiva joyería.

—¿Sabes algo sobre mis finanzas que yo no sepa?

—Vamos Hugh, no te hagas el tonto. Sé que te has convertido en un hombre muy rico.

Hugh se encogió de hombros.

—Y creo que una parte de ti siempre ha estado ahorrando para algún día tener una esposa y una familia —concluyó Weyland.

—Si es así, ni yo mismo lo sabía —farfulló entre dientes. Se dio media vuelta y salió de la habitación.

Una vez fuera, Hugh se dio cuenta de que el corazón le latía descontrolado. Y todo porque quizá al cabo de unas horas estaría casado con Jane.

No. Si Hugh se casaba con ella, si pronunciaba esos votos y le daba su nombre, expondría a Jane a la maldición que pesaba sobre su vida.

Podía llevársela lejos de allí sin casarse con ella. Y eso era lo que haría cuando Jane, como era de esperar, se negara a contraer matrimonio con él.

Hugh convencería a Weyland de que les permitiera esconderse sin necesidad de esa unión entre ellos. El anciano no sabía que si Jane se casaba con él correría aún más peligro que el que suponía la amenaza de Grey. *Nunca se casarán...*

¿En qué estaba pensando? Jane *nunca* aceptaría casarse con él.

«Pero ¿y si lo hace?»

Hugh llegó al parque y vio a Quin sentado en un banco, cerca de la glorieta, entretenido admirando a las chicas que paseaban bajo el sol.

—Buenos días, MacCarrick —dijo al verlo, y se levantó, de modo que le bloqueaba la vista de la glorieta.

—¿Pasó algo más ayer por la noche en el almacén? —preguntó Hugh.

—Perdimos a la amiga de Claudia, Maddy.

«Maldición, Ethan.»

—Obligué a mis hermanas a regresar a casa y yo me quedé buscándola. Más tarde, me di por vencido y decidí volver a casa a ver si ella también había vuelto; justo entonces entraba por la puerta. Estaba pálida y abatida, pero ilesa. Creo que se asustó tanto que ha aprendido la lección —concluyó Quin, y soltó un largo suspiro—. En cambio mis hermanas siguen igual de inconscientes.

Hugh se alegró de oír que las ansias de Ethan no habían tenido consecuencias demasiado graves. Seguro que su hermano había acompañado a la chica de regreso a casa.

—Todas mis primas deberían haberse casado ya con alguno de esos ilusos norteamericanos —añadió Quin medio gruñendo—. Y bueno, ¿qué haces por aquí tan pronto?

—Weyland me ha pedido que viniera a buscar a Jane.

—En seguida la traigo —respondió Quin al instante.

—No, ya voy yo.

Algo muy parecido a la pena apareció en los ojos de Quin.

—Ella está con alguien —aclaró.

En ese instante, Hugh se dio cuenta de dos cosas: una, Quin sabía que él quería a Jane, y dos, Freddie la estaba besando, sino algo peor, en ese mismo momento.

Apartó a Quin de en medio, aunque éste lo siguió de todos modos.

—¿Cómo lo supiste, Quin? —preguntó Hugh en tono amenazador.

Quin no fingió no entender de qué le estaba hablando.

—Me lo dijo Grey. Dijo que tú... estabas enamorado de ella.

¿A quién más se lo habría dicho Grey? ¿Quién más sentía lástima de aquel torpe bruto escocés obsesionado con la preciosa Jane?

Furioso, corrió hacia la glorieta.

9

—¿Aquí, Jane? —preguntó Freddie nervioso mientras miraba a su alrededor—. ¿Quieres que te bese aquí en el parque?

Jane asintió y se acercó a él.

—No nos ve nadie. —Cogió a Freddie del cuello y tiró de él. Por fin sus labios encontraron los de ella.

No, besarse no era nada nuevo para ellos. Lo nuevo fue que Jane se dio cuenta de que ese beso sólo hacía que sintiera como si alguien le estuviera dando golpecitos cariñosos en la mejilla. La noche anterior, sentir la mano de MacCarrick en la suya había sido mucho más excitante que aquello.

Decepcionada, Jane besó a Freddie con más ganas, y tiró de sus hombros para ver si así lograba que él hiciera algo más. Necesitaba desesperadamente convencerse de que podía vivir sólo con eso durante el resto de su vida. Mientras forzaba sus movimientos, intentó recordar los libros que había leído, esos textos eróticos que estaban prohibidos, y comprendió que entre un hombre y una mujer había mucho más de lo que Freddie le estaba dando. Había pasión, deseo, ansias. Pero no con él...

El cuerpo de Freddie fue apartado de ella y salió despedido hacia el suelo.

Jane aturdida miró hacia arriba.

—¿Hugh?

Los salvajes ojos de éste no se apartaban de ella y su melena negra le golpeaba el rostro. Tenía la mandíbula apretada y los puños cerrados. La miró furioso y luego se dio la vuelta hacia Freddie, como si tuviera intención de matarlo.

Jane se levantó y, excepto contemplar la escena, no supo qué más hacer. Freddie, que también estaba desconcertado, intentó ponerse en pie.

—¡No, MacCarrick! —exclamó Quin bloqueándole el paso. Y en voz baja, añadió—: Fácilmente podrías matarlo.

—Es una idea genial —gruñó Hugh.

Los siguientes instantes pasaron a cámara lenta. Jane vio cómo Hugh apartaba a Quin. Freddie se puso en pie justo a tiempo de recibir un puñetazo de Hugh. Se tambaleó de espaldas y le empezó a sangrar la nariz.

Quin atrapó el brazo de Hugh, Jane gritó y corrió hacia Freddie; lo sujetó por debajo de los brazos e intentó que volviera a levantarse sin dejar de mirar por encima de su hombro. Freddie era corpulento, pero había bastado un puñetazo de Hugh para que saliera volando por los aires.

—Tienes que irte de aquí antes de que aparezca la policía —le advirtió Quin—. No sé si lo sabes, pero acabas de romperle la nariz a un respetado conde.

La mirada de odio de Hugh se hizo aún más profunda.

—Tienes que llevarte a Jane de aquí —insistió Quin—. Con toda esta locura le estás haciendo más daño del que te imaginas.

Hugh apartó a Quin con tanta facilidad que Jane se dio cuenta de que hubiera podido hacerlo en cualquier momento antes. Luego se dirigió hacia ella, la cogió del hombro y la alejó de Freddie.

Esa mañana, cuando Hugh le acarició el cuello, su roce había sido tan dulce que ella apenas lo había notado. En ese instante, su enorme mano la apretaba con fuerza.

—Es obvio que Quin me estaba espiando —dijo ella con voz estridente—. Pero ¿qué demonios estás haciendo tú aquí?

Como él no le contestó, Jane empezó a tironear para poder regresar junto a Freddie. Al ver que sus esfuerzos no lograban que la soltara, miró furiosa la mano de Hugh.

—¡Quiero comprobar que no le has matado!

—Freddie está bien, Jane —dijo Quin—. Me quedaré con él, pero tú tienes que irte.

—No pienso... —Hugh tiró de ella y se quedó con la frase a medias. La arrastraba hacia su casa sin importarle que todos los transeúntes los observaran ni que tuvieran que apartarse de su camino.

—¡Hugh, suéltame ahora mismo! —exclamó ella—. ¿Qué diablos te pasa?

—Yo iba a hacerte la misma pregunta. —Cuando perdieron de vista la glorieta, Hugh se detuvo y, con manos temblorosas, la cogió por los hombros.

Hacía apenas unos instantes, su visión se había teñido de rojo y lo único que quería era arrancarle a aquel hombre las extremidades, una a una. Hugh era consciente del aspecto que debía de tener, pero Jane no se amilanó, sino que irguió aún más la barbilla.

—¿Quién es ese hombre? —inguirió Hugh, e intentó no fijarse en que ella tenía los labios hinchados—. ¿Por qué estabas allí, besándote con un hombre cualquiera, querías que todo el mundo te viera?

«Que yo te viera.»

—Su nombre es Frederick Bidworth, *lord* Whiting.

Naturalmente, Jane había estado besándose con un noble. Uno que no había visto acercarse a Hugh porque estaba demasiado aturdido por sus besos.

—No «un hombre cualquiera» —continuó Jane—. ¿Cómo

puede ser que reacciones así cuando ayer mismo me viste en un baile de cortesanas? ¡Esto es una minucia! Ayer me dijiste que ya era una mujer adulta.

Eso había sido antes de que supiera que iba a casarse con ella. Antes de que existiera la posibilidad de que él la tomase bajo su protección. Ahora todo era distinto.

—¿Por qué te comportas así, Hugh? Exijo una respuesta. ¡Ahora!

«Porque quería matarlo por haberte tocado.» Era el primer hombre al que realmente había *querido* matar.

—Porque la hija de un amigo de la familia estaba siendo comprometida. —Eso no era ninguna mentira. Cuando ella empezó a negarlo, él dijo—: Tú sabes que él no debería haberte besado en público y poner así en peligro tu reputación.

—¿Y eso a ti qué te importa? —Entrecerró los ojos—. ¡A ti no tengo que darte explicaciones! Esto no es asunto tuyo.

—¿No? Bueno, tal vez *aún* no lo sea —replicó él, y eso hizo que ella frunciera el cejo.

Hugh sabía que no se estaba comportando bien, pero la idea de casarse con ella, por rocambolesca que fuera, había abierto la veda a todos sus instintos posesivos. Cuando había visto a ese bastardo besándola, un único pensamiento le cruzó la mente: «Es mía. Está cogiendo algo que es mío».

De camino al parque, Hugh había tratado de pensar qué hacer y, a pesar de que todo su ser se moría de ganas de poseerla, intentó tomar una decisión fría y lógica. «¿Qué supone mayor sacrificio, que me case con ella o que no?», se preguntaba a cada maldito paso que daba.

En esos momentos en cambio estaba tan furioso que era incapaz de razonar. Lo único que sabía era que no quería que Bidworth volviera a tocar o a besar a Jane jamás.

Hugh sabía que había un modo de garantizar que no pudiera volver a hacerlo.

Cuando entraron de nuevo en la casa, Hugh la arrastró hasta el despacho de Weyland tratando de ignorar la mirada de odio que Jane le lanzó.

—Logra que acepte, Weyland —le gritó Hugh al anciano sin que éste se inmutara.

¿Sabía Weyland que Hugh encontraría a Jane en una situación comprometida? Por supuesto. Weyland lo sabía todo. Y Hugh estaba respondiendo tal como esperaba; lo estaba manipulando.

—Haz que acepte.

—Considéralo hecho —asintió Weyland con solemnidad—. ¿Por qué no vas a preparar tu maleta, hijo; y a hacer esas compras que tienes pendientes? Necesito hablar con Jane a solas.

Hugh salió del despacho y cerró la puerta, pero se quedó un momento escuchando lo que decían.

—Papá —empezó Jane—, ¿por qué permites que me trate así y me dé órdenes? Si supieras lo que ha hecho...

—Lo permito y lo acepto —la interrumpió Weyland—, porque Hugh va a convertirse en tu marido.

—¿Te has vuelto loco? ¿Casarme yo con Hugh MacCarrick? —Su risa fue estridente—. ¡Nunca! ¡Nunca jamás!

10

—¿Qué te pasa? —preguntó Jane tan pronto como oyó a Hugh dar un portazo y salir de la casa—. ¿Te has dado un golpe en la cabeza desde que me he ido hace media hora? Hugh parecía alterado, ¿te ha golpeado él? —Chasqueó los dedos—. ¡Ah, ya entiendo! ¡Demencia senil!

—¿Quieres calmarte? —La arrugada cara de su padre estaba muy seria. Había tensión en sus amables ojos azules.

—¿Cómo quieres que me calme? Hugh acaba de atacar a Freddie. —Hugh parecía tan fuera de sí que Jane había creído que iba a matarlo—. Parecía un loco...

—Seguro que no le ha hecho nada grave.

—¿Y tú quieres que me case con él? Para que lo sepas, esta misma mañana he decidido aceptar la propuesta de matrimonio de Freddie.

—¿En serio?

Jane se sintió ofendida por su tono de voz, al ver que su padre no reaccionaba. Aquel hombre que tenía delante era mucho más duro que el relajado padre al que había visto esa misma mañana.

—Ya sé que es difícil de aceptar —dijo él—. Pero he decidido plantarme.

—¿Plantarte? ¡Tengo veintisiete años! No puedes obligarme a casarme con él.

Él prosiguió como si ella no hubiera hablado:

—He fingido no enterarme de lo que hacías con tus primas.

—Cuando ella suspiró y fijó la mirada en el techo, él continuó—. Sé que Samantha es cliente asidua de la imprenta de la calle Holywell. Sé que Claudia tiene una aventura con el mozo de las caballerizas. Sé que a Nancy le gusta vestirse con ropa de hombre. Y que es más que probable que tu prima Charlotte esté ahora mismo haciendo cola ante el tribunal de divorcios para enterarse de primera mano del último escándalo.

—Ya lo he pillado —replicó Jane arisca, y se preguntó cómo era posible que su padre supiera todo eso... ¡Quin! Quin se lo había dicho. Tenía que ser eso. Sin embargo, él debía de saber que no podía provocar la ira de las Ocho Weyland y salir ileso.

—He tolerado todas estas cosas porque creía que toda vuestra generación os habíais vuelto locos.

—Ya no estamos en la regencia, papá. —Jane enarcó las cejas.

—Pero también lo he permitido porque, en su lecho de muerte, tu madre me hizo prometerle que te daría la misma libertad que ella tuvo, y que jamás intentaría aplastar tu espíritu.

—¿Eso hizo? —Jane miró el retrato de su madre. Lara Farraday había sido la única hija de un famoso artista, y ella también había tenido mucho talento. Al ser su padre un reconocido pintor, la gente había aceptado la extravagante educación de Lara—. No lo sabía.

—Cuando tenías seis años, ya te parecías mucho a ella. Y yo he mantenido mi promesa, incluso cuando me ponía enfermo de preocupación.

—¿Es por eso por lo que Quin me ha estado espiando? —Jane entrecerró los ojos.

—No. No es por eso. Quin te ha estado espiando por el mismo motivo por el que yo ahora voy a romper la promesa que le hice a tu madre.

—No lo entiendo.

—He tenido problemas con uno de mis socios. He tomado algunas decisiones que han afectado gravemente a sus finanzas y quiere vengarse; está dispuesto a hacerme daño donde más me duela. Y todo el mundo sabe que tú eres lo que más quiero en este mundo.

—¿Hacerte daño? —repitió Jane despacio.

—Es un adicto al opio. Tiene alucinaciones. Podría ponerse violento.

—¿Y quién es ese sanguinario hombre de negocios que ha logrado que te asustes? —preguntó Jane sarcástica—. ¿Que ha logrado que obligues a tu hija a contraer matrimonio con alguien, deja que te lo diga, mucho peor que el que ella misma habría elegido?

Weyland ignoró sus gritos.

—¿Te acuerdas de David Grey?

—¿Estás de broma? —replicó ella, al tiempo que un escalofrío le recorría el cuerpo.

—Ni mucho menos.

—Tomé el té con él un par de veces mientras te esperaba.
—De todos los hombres que podía haber mencionado...

El día en que Jane conoció a Grey, la impresionaron sus sensibles ojos azules, sus facciones de niño travieso y su mente despierta. Iba excepcionalmente bien vestido y tenía un aire cosmopolita que completaba a la perfección su carácter amable.

Pero aun así, cada vez que estaba cerca de él se le ponían los pelos de punta.

Una vez lo pilló observándola de un modo muy extraño. No se trataba de lujuria, eso a Jane no la habría afectado. En aquel momento no entendió lo que pasaba, pero por primera vez en toda su vida, y por aquel entonces tenía ya veinticinco años, deseó tener una carabina.

—Me daba escalofríos —reconoció Jane en voz baja.

—Entonces, ¿te das cuenta de que es un hombre capaz de utilizar la violencia?

—Sí —admitió ella—. Pero ¿por qué tomar medidas tan drásticas?

—Hugh conoce a Grey de antes, lo conoce mejor que nadie. Puede protegerte.

—Freddie podría protegerme.

—Jane, por encima de todo ambos somos realistas y muy pragmáticos. Y ambos sabemos que de lo único que puede protegerte Freddie es de vestir pasada de moda.

Ella se quedó boquiabierta ante tal insulto, pero su padre se encogió de hombros y añadió:

—Sabes que es verdad.

—¿Y por qué no llamamos a la policía? —inquirió ella—. Con lo influyente que eres, seguro que para antes de la hora del té podrías lograr que encarcelaran a Grey.

—Ya he pedido ayuda y diversos favores para solucionar este problema, pero no le encontramos. No tenemos ni idea de dónde está ni de cuándo piensa atacar.

Jane se levantó y, sin prisa, se dirigió hacia la ventana.

—¿Así que ahora mismo podría estar espiándome?

Por increíble que fuera, su padre no hizo ningún esfuerzo para tranquilizarla.

—Podría ser. Pero no creemos que sea así. Grey fue visto por última vez en Portugal, y nada indica que haya llegado a Inglaterra, sólo sabemos que es aquí adonde se dirige.

Jane miró cómo dos mamás paseaban sus cochecitos de bebé y se arrimaban la una a la otra para cotillear. En un extremo del parque había un niño jugando con un palo y un aro. Parecía todo tan tranquilo... Se mordió el labio inferior. A pesar de que todo sonaba irreal, ella había oído contar historias peores.

Al fin y al cabo, vivían en Londres.

Por mucho que a ella le gustara esa ciudad, era consciente de los peligros y de la violencia que habitaban en ella a diario. Apenas hacía un año, un perfecto desconocido había echado encima de Samantha un tubo de vitriolo. Por suerte, sólo le quemó el vestido y le irritó un poco la pierna, a diferencia de a otra mujer a la que le sucedió lo mismo el verano pasado, y cuya cara quedó destrozada. Había ladrones de tumbas y vendedores de cadáveres que se impacientaban si no recibían material. Y a Jane la habían asaltado tantas veces que si pasaban muchos días sin que eso sucediera, se preguntaba si sus vestidos eran demasiado recatados.

Ella había leído sobre los adictos al opio como Grey y sabía que cuando estaban dominados por sus alucinaciones podían agredir a los demás.

Londres era como un animal peligroso; se podía admirar, pero había que ser consciente del riesgo que eso implicaba. Si su padre creía que Grey era peligroso y que ella tenía que irse de la ciudad, no se lo discutiría. Jane había leído muchas historias truculentas en *The Times*, historias que no sólo revelaban el nombre de los criminales, sino también el de sus víctimas.

Sintió un escalofrío.

—Aceptaré irme de Londres por una temporada. Pero no con Hugh. No es necesario. ¿Por qué motivo aceptaría él casarse conmigo?

—Acuérdate de que hace diez minutos no es que estuviera aceptando casarse contigo, más bien lo estaba exigiendo.

—Tienes razón. Se ha comportado como un lunático, igual que el hombre del que quieres protegerme.

Esa frase afectó a su padre, pero no del modo en que ella esperaba. Weyland se puso aún más serio y apretó los labios.

—Ellos no se parecen en nada, Jane. ¡*Nunca jamás* vuelvas a decir eso!

Jane miró atónita a su padre, pues él no solía enfurecerse tanto.

—¿Papá?

—Hugh es un buen hombre. Un hombre honorable. Él y Grey trabajaron juntos y compartieron muchas experiencias. Podría haber tomado el mismo camino que Grey, pero no lo hizo.

—De... de acuerdo. —Tragó saliva—. Entonces me iré con Hugh. Pero para eso no hace falta que nos casemos.

—¿Y qué te hace pensar que permitiré que mi única hija, que aún está soltera, se vaya de viaje con uno de mis socios? —Cuando ella abrió la boca para hablar, él la interrumpió—: Sí, ya sé, pero eso se ha acabado. Además, si de verdad eres tan desgraciada con él puedes pedir la anulación del matrimonio cuando todo esto acabe.

—No puedes obligarme a casarme con él. Lo único que tengo que hacer es ir a ver a Freddie y pedirle que huyamos juntos.

—Sí. Seguro que la condesa y la arpía de su hija te recibirán con los brazos abiertos. Seguro que no les importará que no tengas dote.

—¡No serás capaz! —Abrió los ojos de par en par.

Su padre asintió sin inmutarse.

—¿Quién eres? —preguntó ella sin salir de su asombro. La personalidad de su padre se habría transformado igual que la de Hugh—. Me quedaré con mis primas. Samantha, Belinda y sus familias se van a Vineland esta semana...

—¿Y cuánto tiempo crees que podrás ir de prima en prima? ¿De casa en casa?

Jane cruzó la habitación decidida a hacerle entrar en razón.

—Padre, tú sabes que si hago esto no habrá vuelta atrás —dijo, acariciándole el brazo—. Cuando todo esto termine, no podré volver a casarme.

—Seguro que sí. John Ruskin anuló su matrimonio el año pasado y la que era su mujer ya se ha vuelto a casar. Y piensa en todas esas chicas que se escapan a Escocia. Cuando sus familias dan con ellas y las obligan a regresar, todas anulan sus matrimonios sin ningún problema, y un par de años más tarde se vuelven a casar. Si me dieran una libra por cada vez que eso ha pasado esta temporada...

—Esas chicas tienen dieciocho o diecinueve años. Tienen tiempo para esperar y volver a casarse. —Levantó la mano que tenía apoyada en el brazo de su padre y se masajeó la sien—. ¡Yo soy demasiado mayor para eso! Y sabes que con todo este asunto mis posibilidades de casarme con Freddie se irán al traste.

—Si cuando todo esto acabe sigues queriendo casarte con él, usaré todas mis influencias para que eso ocurra.

Jane se desplomó en un sofá.

—¿Y por qué diablos iba Freddie a esperarme?

—Ha esperado todo este tiempo.

Al oír eso, se mordió el labio y luego dijo:

—Sigo sin entender por qué Hugh ha aceptado. ¿Cómo puedes obligarle a casarse con una mujer a la que no quiere?

—¿Estás segura de que no te quiere?

—¡Por supuesto que no!

—Yo creo que cuando erais más jóvenes, él sentía algo muy fuerte por ti. ¿No te parece que se comportaba como si le importaras mucho?

—Si yo le importaba tanto, ¿por qué se fue sin decirme nada? —Al mirar atrás, a Jane le resultaba muy difícil creer que Hugh hubiera sido algo más que el típico chico que disfruta al ver cómo una chica pierde la cabeza por él.

—Ya sabes que me pidió que te dijera adiós si alguna vez preguntabas por él.

—¿*Si alguna vez preguntaba por él?* —Jane miró a su padre del mismo modo que lo hizo la última vez que dijo semejante tontería—. Ya no tiene importancia. Él ahora tiene su vida y ya casi no nos conocemos.

—Sí, él tiene su vida, y en todo este tiempo ha ganado suficiente dinero como para poder ocuparse de ti. Sé que solíais llevaros muy bien. ¿No puedes volver a conquistarle? ¿Hacer que vuelva a estar bien contigo? Seguro que no te será muy difícil. Tal vez al final podríais seguir casados.

—¿Y por qué escogería a Hugh antes que a Freddie?

—Porque a Freddie nunca le has amado.

No, no lo amaba, pero sentía cariño por él y lo pasaban bien juntos. Y al no amarle, Jane sabía que Freddie no tenía el poder de herirla.

—Tal vez eso sea cierto... pero Freddie nunca me ha hecho daño.

—¿No creerás que Hugh quería hacerte daño? Acuérdate de todas las tardes que te llevó a cabalgar con él y de las horas que se pasó enseñándote a usar el arco. Él tenía mucha más paciencia contigo que yo. —Jane no dijo nada y trató de recuperar esos recuerdos de infancia—. En las próximas semanas quiero que pienses en lo que voy a decirte: Hugh lo intentará. Intentará hacerte feliz.

—Das por sentado que voy a aceptar casarme.

—Piénsalo, Jane. Seguro que él te llevará lejos de Inglaterra.

—¿Lejos? ¿Adónde? —preguntó en seguida, y se sonrojó al ver que su padre la había descubierto. A Jane siempre había deseado viajar—. ¿A Carrickliffe?

—Sí, probablemente quiera estar con su clan. Es decisión suya, pero sé que tiene intención de ir hacia el norte. Y que nunca estará a más de un día de camino del puesto de telégrafos más cercano. En el mismo instante en que puedas regresar a casa, me pondré en contacto contigo. Si para entonces sigues queriendo que se anule vuestro matrimonio, me encargaré de ello.

«Janey, instinto de supervivencia. ¿Qué pasará si vuelves a encariñarte con él?»

Mientras ella seguía negando con la cabeza, su padre volvió a hablar:

—Jane, no te lo estoy pidiendo. Vas a irte de Londres, y lo harás esta misma mañana.

Jane llegó a la conclusión de que no reconocía a su padre, y justo cuando iba a decirle a aquel extraño que lo que él quisiera no le importaba, volvió a ser el hombre amable a quien ella quería.

—Ah, hija, siempre eres tan valiente, pero ahora estás muerta de miedo, ¿no es así?

—Bueno, sí, pero sólo porque Grey me miró de ese modo tan espeluznante...

—No me refiero a Grey. Tienes miedo de que Hugh vuelva a hacerte daño.

Abrió los labios, pero no pudo negarlo.

—Hugh me dejó una vez para no regresar jamás. Sé que lo invitaste una y otra vez y él nunca apareció.

—Pero Jane, ha vuelto cuando era necesario.

11

¡Nunca! ¡Nunca!

Con las palabras de Jane aún resonando en su mente, Hugh atravesó Grosvenor Square como en trance. Le era imposible digerir todo lo que había pasado esa mañana. Cuando la vio besando a otro hombre, casi se desmoronó por completo.

Y luego, después de pasarse tantos años obligándose a mantenerse alejado de Jane, lo obligaban a estar con ella... no, a casarse con ella. A Hugh le daba miedo reconocer las ganas que tenía de que Weyland la convenciera para que aceptara.

Aunque sabía que no podría quedársela para siempre.

¿De verdad había visto a Jane besando a otro hombre?

Llegó a la plaza y entró en la mansión familiar de los MacCarrick. Ellos la llamaban la «mansión familiar» pero en realidad pertenecía a Ethan. Al ser el primogénito, Ethan heredó todas las propiedades MacCarrick, así como el ducado de Kavanagh —aunque si alguien se dirigía a él por ese título, tenía muchas posibilidades de recibir una paliza.

Como siempre, Hugh ignoró todos los recados que su madre le había dejado en la bandeja de plata de la entrada. No es que odiara a esa mujer, pero culpaba a sus hijos de la muerte de su marido, su padre. Y eso hacía que fuera muy difícil tratar con ella. Sus hermanos opinaban lo mismo. Los mensajes que había dejado para ellos también estaban sin abrir.

A pesar de todo, Ethan aún no la había echado de la propiedad. Según un acuerdo tácito, si uno de sus hijos estaba en Londres, ella nunca aparecía por la casa; pero Hugh se apostaría todo lo que tenía a que su madre sobornaba al servicio para obtener información sobre ellos. Seguro que todos, menos Erskine, el mayordomo, se la ofrecían. Ese hombre de gesto avinagrado se tomaba su trabajo muy en serio, y había convertido en reto personal impedir que recibieran ningún tipo de visitas; además, era leal hasta la médula.

Con el repicar de sus botas en el suelo de mármol por toda compañía, Hugh se fue directo a su despacho. Sabía perfectamente donde estaba el *Leabhar nan Sùil-radharc,* el Libro del Destino. Seguía encima de la mesa de caoba. Semanas atrás Hugh había visto cómo Courtland cogía ese libro con reverencia y lo leía como si estuviera pidiéndole algo.

Como siempre, a Hugh le sorprendió comprobar que el volumen seguía inalterable con el paso de los años. Y no hacía falta decir que la única mancha que el libro había conservado era sangre.

Mucho tiempo atrás, un vidente del clan predijo el destino de diez generaciones de MacCarrick y lo escribió en el *Leabhar.* Todas las predicciones, fueran tragedias o triunfos, se habían hecho realidad.

A pesar de que Hugh se lo sabía de memoria, buscó la última página, la que estaba dedicada a su padre.

Para el décimo Carrick:
Tu bella esposa tres hijos oscuros te dará.
Y hasta el día en que leas esta maldición te llenarán de felicidad.
Cuando tus ojos se encuentren con estas palabras, tu vida terminará.
Morirás sabiendo que tus tres hijos malditos están.
Sentenciados a caminar con la muerte o a caminar con la soledad.

Nunca se casarán, no sabrán lo que es amar, si lo hacen, a su destino se deberán resignar.

Tu familia contigo desaparecerá, y futuras generaciones no habrá de nuevo jamás.

La muerte y la desgracia los atraparán.

Las tres últimas líneas estaban manchadas de sangre que era imposible limpiar.

¿Tragedias y triunfos? Hugh suspiró agotado. A él y a sus hermanos no les había augurado ningún triunfo. No, ninguno de ellos tenía hijos, tal como decía el libro, habían matado a su padre, y siempre hacían daño a quienes amaban.

Hugh recorrió con el dedo la arrugada página de la maldición, y sintió cómo la piel se le enfriaba y se le helaba la sangre. Allí había algo oculto, el poder del *Leabhar*. La última persona ajena a la familia que lo había tocado se apartó de golpe y empezó a santiguarse.

Hugh se retiró asqueado y salió de la habitación. Se obligó a preparar una maleta, pero seguía sin tener claro que Weyland pudiera convencer a Jane, a no ser que recurriera al chantaje...

—¿Qué diablos estás haciendo? —ladró Ethan desde la puerta, y miró a Hugh, que seguía cogiendo cosas de su armario para echarlas en su bolsa de viaje.

—Me voy de Londres.

—¿Con ella?

—Sí. Weyland me ha pedido que... me case con ella y que me la lleve lejos de aquí. —Hugh se puso a la defensiva.

—¡Otra vez no! —La cicatriz de Ethan estaba palideciendo—. ¿Justo acabamos de apartar a Courtland de su mujer y tú te vas con la tuya?

—¿Y qué me dices de ti? —contraatacó Hugh, y escogió furioso unas camisas—. Ayer por la noche mostraste un interés por esa chica como el que nunca te había visto demostrar por ninguna mujer.

—Ah, pero yo sólo jugué un rato con mi pícara rubia. —Se frotó la cicatriz de un modo inconsciente.

¿Había pasado algo la noche anterior que le hacía volver a odiarla? ¿Acaso aquella chica le había parado los pies? Hugh confió en que fuera lo segundo.

—Pero Court y tú —continuó Ethan— siempre queréis más.

—He aceptado casarme con Jane... de un modo provisional. Y sólo con el fin de poder llevármela lejos hasta que capturéis a Grey y se resuelvan los problemas causados por esa lista. Le he dejado claro a Weyland que, cuando eso ocurra, el matrimonio se anulará, y él así lo ha entendido.

Ethan sacudía la cabeza.

—No piensas con claridad. Te ha bastado con verla una vez después de todos estos años para perder el maldito juicio. ¿Y en el clan dicen que tú eres el más razonable?

—Soy razonable —gruñó Hugh, y apretó con tanta fuerza la ropa en su maleta que parecía que las costuras fueran a estallar.

—¿Y vas a huir con la única mujer que hizo que perdieras la cabeza para casarte con ella? ¿De un modo provisional? Sí claro, eres la viva imagen de la sensatez —se burló Ethan— . Dios mío, tú mismo le echaste un sermón a Courtland sobre esto. Y tenías toda la razón.

Hugh apartó la mirada. Al sermonear a Courtland se había portado como un engreído; y lo había hecho porque se sentía orgulloso de su disciplina al haberse mantenido alejado de Jane durante todos aquellos años.

—Hugh, ¿cómo puedes ignorar todo lo que ha pasado? Court decidió casarse con Annalía, y a los pocos días una bala casi le vuela la cabeza a ésta delante de la puerta de su casa. Y mírame a mí. ¿Te has olvidado de mi prometida? Fuiste tú quien encontró el cuerpo de Sarah sin vida. ¿Quieres exponer a Jane a esos peligros?

«Dios, no. Jamás.»

—No consumaré el matrimonio. No me quedaré con ella —dijo en voz baja—. No será un verdadero matrimonio. Además, yo ya la he puesto en peligro. Grey quiere hacerle daño por mi culpa. Lo sé. Si no estoy con ella, Grey logrará matarla. Yo tal vez sólo le haga daño.

—Aunque esté chiflado, Grey puede ser letal. Y, por mucho que odie reconocerlo, su instinto es inigualable. —Ethan lo miró a los ojos—. ¿Por qué no dejas que sea yo quien me lleve a Jane?

Sólo de pensarlo a Hugh le hirvió la sangre.

—Mientras yo esté con vida, Grey nunca le hará daño. Escúchame bien, Ethan. Nunca.

Su hermano levantó las cejas.

—Entonces más te vale rezar para que yo lo encuentre antes de que él la encuentre a ella. ¿Crees de verdad que serás capaz de protegerla cuando no puedes ser objetivo? No como lo es Grey. Lo único que vas a conseguir es que os mate a ambos, a ti y a la chica.

—Maldita sea. Yo puedo protegerla...

—¿Y mantener tus manos alejadas de ella al mismo tiempo? —Ethan lo miró incrédulo.

—Soy muy disciplinado. Haré lo que tenga que hacer. —Hugh fue a sus cajones para coger algunas cosas imprescindibles; su pistola de reserva, que siempre llevaba oculta, y otro rifle para complementar el que ya tenía en la silla de montar. También empaquetó gran cantidad de munición para todas las armas—. He conseguido mantenerme alejado de ella todo este tiempo, ¿no?

—Ya lo sé, pero también sé que tienes años de deseo atrapados dentro de ti. Puede que externamente se te vea calmado, pero en tu interior estás hirviendo.

«Hirviendo.» Era la palabra exacta para describir cómo se sentía.

—No importa. Ella me odia. —«En especial desde esta mañana»—. Diablos, lo más probable es que se niegue. —Aunque no podía evitar dudarlo. Weyland siempre conseguía lo que quería. Pero bueno, Jane era igual. Era posible que las ganas que Weyland tenía de que él fuera su yerno no fueran superiores a las que Jane tenía de alejarse de él—. No me quedaré con ella —insistió Hugh—. Y ella no querrá quedarse conmigo.

Ethan le miró durante mucho rato y luego suspiró resignado.

—De acuerdo, eso sí me lo creo. Aunque el viejo la obligue a casarse contigo, seguro que ella se irá a la primera oportunidad.

El tono de voz de Ethan molestó a Hugh. Era como si lo diera por hecho.

—¿Es tan inconcebible creer que Jane pueda quererme como yo a ella?

—Sí —se limitó a responder Ethan.

Hugh cogió su bolsa enfadado, salió de su habitación y corrió escaleras abajo.

—¿Adónde la llevas? —preguntó Ethan siguiéndolo—. ¿Vas a ir con nuestro clan?

Hugh sacudió la cabeza. Había considerado la opción de llevarla a Carrickliffe, pero allí todos conocían la existencia de la maldición. En el mejor de los casos, se portarían de un modo extraño con Jane; supersticiosos como eran, seguro que creerían que ella ya estaba maldita. En el peor, probarían a alejarla de Hugh en un intento de salvarlos a ambos. Hugh sólo estaba dispuesto a ir allí en caso de que no tuviera otra opción.

—Me la llevaré a Ros Creag.

—¿Sabe Grey lo de la casa del lago?

—Yo nunca se lo conté, pero no puedo estar seguro de que nadie lo haya hecho —contestó Hugh—. Si él aún no ha llegado a Inglaterra y yo estoy allí sólo unos días...

—Soy rápido pero no tanto.

Hugh alcanzó la puerta principal y dijo:

—¿Qué escondite me sugieres de los que tú sueles utilizar?

—Grey los conoce casi todos, y los que no, no me atrevería a garantizar nada. Deberías llevarla a casa de Court.

Hugh se detuvo. Hacía tan poco que su hermano la había comprado, que Hugh no había pensado en esa finca.

—Court dijo que la casa es vieja, pero que la construcción es sólida y sólo necesita un remozamiento —dijo Ethan.

A Hugh también se lo había dicho, y recordó que había añadido que estaba en medio de miles de acres de tierra.

—Iré a Ros Creag y, si en cinco días no tengo noticias tuyas, me iré hacia el norte, a la finca de Court.

—Perfecto. Avisaré al servicio de tu llegada —dijo Ethan, refiriéndose a los pocos aldeanos que vivían en la finca.

—Si Grey nos sigue, rezaré para que tú lo estés siguiendo a él. —Hugh miró a su hermano a los ojos—. Dejo mucho en tus manos, y no puedes permitirte el lujo de perder el tiempo. Cuanto antes mates a Grey, antes se anulará el matrimonio.

—Entonces, más te vale no acostumbrarte a él —contestó Ethan con una sonrisa helada—. Y más te vale curarte las heridas que tienes en la cara. No querrás que te quede una cicatriz.

—Vete al infierno —bramó Hugh, y abrió la puerta.

Ethan soltó una maldición y luego dijo:

—Espera un minuto. —Se fue hacia adentro y, cuando regresó, traía con él el *Leabhar*—. Llévatelo. Es el mejor recordatorio que puedes tener.

Hugh aceptó el pesado libro.

—¿Y qué pasa contigo? ¿Qué pasará si lo necesitas?

Ethan mantuvo su rostro impasible.

—Yo no tengo un corazón que pueda ser tentado, ¿te acuerdas?

Hugh entrecerró los ojos.

—¿Qué le hiciste anoche a esa chica?

Ethan sonrió satisfecho y, con indolencia, apoyó la mano en el marco de la puerta.

—Nada que ella no quisiera.

—Quin dijo que estaba asustada.

Ethan frunció el cejo.

—Pues yo no la asusté. —Se tocó la cicatriz por segunda vez, y eso era algo que nunca hacía. Primero, porque no quería acordarse de esa herida, y segundo porque no quería dirigir la atención hacia ella. Pero esa mañana, por primera vez en muchos años, parecía consciente de la antigua herida—. Maldita sea, llevaba una máscara.

Hugh pensó que ése no era el mejor momento para decirle que su comportamiento era tan inquietante como su rostro.

—¿Sabes quién es?

—Hoy iba a ir a casa de Quin para averiguarlo —respondió Ethan arrastrando las palabras—, pero al parecer estoy ocupado. ¿Te dijo Jane cómo se llamaba?

Hugh vio unas ansias en los ojos de su hermano que lo inquietaron. A pesar de que Hugh no conocía todos los detalles, sí sabía que Geoffrey Van Rowen era el responsable de la cicatriz de Ethan. Hugh también sabía que, al hacerle esa herida, se habían asegurado de que nunca se le curara sin dejar marca.

Había esperado mucho para vengarse y, cuando lo hizo, fue sin piedad y sin importarle si había miembros de la familia Van Rowen que no se lo merecían.

¿Acaso no les había hecho ya bastante?

Tal vez en los días siguientes Ethan perdiera interés en la chica.

—Sé que es amiga de Jane, así que no le hagas daño, Ethan, o tendrás que vértelas conmigo. —Guardó el *Leabhar* en su bolsa.

La fría expresión de su hermano se volvió amenazadora.

—¿Crees que podrás detenerme si quiero pasarlo bien? Vete al infierno, Hugh. También en esto eres un engreído —replicó Ethan—. Pero si por tu culpa matan a Jane, te darás cuenta de que te pareces mucho más a mí de lo que crees. Hermano, acabarás siendo como yo.

Hugh lo miró enfadado por última vez y se dio la vuelta. Antes de que Ethan cerrara la puerta, Hugh creyó oírle decir:

—Evita acabar como yo.

12

A pesar de que Hugh tardó más de una hora en regresar a casa de los Weyland, cuando lo hizo ellos seguían discutiendo en el despacho, así que se sentó en una silla en el pasillo. Descansó la cabeza contra la pared y, nervioso, acarició la cajita que llevaba en el bolsillo.

Todo lo que había en la elegante tienda de Ridergate parecía demasiado delicado para un hombre del tamaño de Hugh, y todo el rato que estuvo allí tuvo ganas de aflojarse el cuello de la camisa. Pero cuando Hugh encontró el anillo perfecto para Jane, no dudó en gastarse una pequeña fortuna. ¿En qué otra cosa iba a gastar su dinero que no fuera en ella?

Hugh sabía lo que buscaba porque, ese último verano que pasaron juntos, ella le describió exactamente el anillo que soñaba recibir de su futuro prometido:

—Un anillo de oro con esmeraldas y un enorme diamante en el centro. Pesará tanto que no podré evitar tropezarme con las cosas todo el tiempo, romper escaparates o golpear a los transeúntes que pasen junto a mí.

Ese día estaban paseando en un bote de remos, ella tenía la cabeza recostada en su regazo y él jugaba con su sedoso pelo, fascinado al ver cómo se reflejaba en él el sol. Pero al oírla se quedó helado y se puso nervioso. Al ser el segundo hijo, él no tenía dinero, y ni loco podía permitirse comprar algo como lo que Jane había descrito.

Pero entonces se acordó de que tampoco podía tenerla a ella así que...

Ahora, años más tarde, y con los ojos fijos en el techo, su mente no podía dejar de pensar en todo lo que había pasado.

Desde muy pequeño, había aprendido a asumir las consecuencias de sus actos; las evitables y las inevitables.

A la mañana siguiente de que él y sus hermanos encontraran y leyeran el *Leabhar*, que por cierto todos creían que había sido destruido, Hugh se despertó con los gritos de su madre. Ella acababa de darse cuenta de que su marido, Leith, jefe del clan y un hombre en su plenitud, yacía frío y muerto a su lado.

Luego empezó a culparlos a ellos. Hugh apenas tenía catorce años, demasiado joven para soportar toda aquella culpa.

Años más tarde, Ethan había intentado ignorar la maldición, dijo que la muerte de su padre sólo había sido una trágica coincidencia, y consiguió que una chica del clan vecino, los MacReedy, aceptara casarse con el hijo de los malditos MacCarrick. La víspera de su boda, Sarah se había caído —aunque algunos insistieran en que Ethan la había empujado—, de la torre de Carrickliffe.

Luego, Court se enamoró de una joven extranjera e intentó casarse con ella, a pesar de que sabía que nunca le daría hijos y que sólo le traería desgracias.

Valiente, osó desafiar su destino, hasta que Annalía estuvo a punto de perder la vida por un disparo en la cabeza. Al final, Court la abandonó sana y salva en su casa de Andorra, a pesar de que eso casi lo mató. Ella se había convertido en todo su mundo.

Consecuencias. Las predicciones del libro decían que Hugh no podía contraer matrimonio ni atarse a nadie. Él intentaba convencerse de que había una diferencia entre contraer matrimonio y casarse.

Maldita fuera, ellos no se atarían de verdad. Si Jane aceptaba, se casarían, pero no se atarían el uno al otro. Mientras él no la hiciera suya, ella estaría a salvo. Seguro. Y Dios sabía que él no tenía intenciones de quedarse con ella para siempre.

Cinco minutos más tarde, Jane salió del despacho y Hugh se puso en pie. Los ojos de ella brillaban a causa de la culpa o quizá de unas lágrimas sin derramar o bien porque estaba furiosa. Apostar por lo segundo sería más acertado.

«Y entonces, ¿qué? ¿Cuál es el veredicto?»

Weyland estaba junto a ella.

—Voy a mandarle una nota al ministro para poder ir a recoger la licencia. Jane, tienes que preparar las maletas ahora mismo.

Y Weyland se fue, dejando a Hugh tan aturdido que casi se desplomó.

—¿Vas a...? —empezó a hablar, pero le falló la voz—. ¿Vamos a... casarnos?

—Sí, yo estoy obligada a seguir adelante con esta locura, pero tú no. Y si no te niegas a hacer esto por él vas a arruinarme la vida. —Jane se sentía invadida por la confusión y las emociones. Ella siempre había sido así: volátil como un explosivo. Pero nadie excepto Hugh entendía lo complicada que era.

Así que Weyland había tenido éxito. Hugh sabía que Jane no debía de estar contenta, pero...

—¿Casarte conmigo de un modo provisional equivale a arruinarte la vida?

Jane respondió escupiendo rabiosa cada palabra con su marcado acento inglés:

—¿Sabes por qué estaba con Frederick Bidworth, lord Whiting, esta mañana? —Ella misma respondió—: ¡Porque estaba aceptando su proposición de matrimonio!

A Hugh se le nubló la vista. ¿Por qué le sorprendía?

Durante años, mes tras mes, Hugh se había preguntado por qué ella no se había casado. *Un momento.* ¿Cómo era posible que Weyland no supiera eso? Tenía que saberlo. Ella ya tenía quien cuidara de ella sin necesidad de que ellos se entrometieran.

Maldición. Aquello iba de mal en peor. Hugh había querido matar a Bidworth por besar a Jane, pero aquel hombre creía que ella era suya.

—Sin embargo, mis planes fueron interrumpidos cuando tú atacaste a Freddie.

Jane tenía derecho a besar a su futuro prometido. Sólo porque Hugh no pudiera pensar en nadie que no fuera ella, no significaba que a Jane le ocurriera lo mismo. Hacía años que ella tenía su propia vida, y Hugh había reaparecido de repente.

—¿Ibas a aceptar la proposición de un conde y tu padre prefiere que te cases conmigo? —Era una pregunta legítima, pero Jane se la tomó como una recriminación y lo fulminó con la mirada.

—¿Por qué Hugh? ¿Por qué está David Grey haciendo esto? Tú lo conoces, ¿es de verdad tan peligroso que tengo que huir de mi casa? —Estaba confusa—. ¿Por qué mi padre insiste en que seas tú? ¿También te ha chantajeado para que aceptes? Por supuesto que sí. ¿Por qué si no ibas a consentir en una idea tan lunática?

—No me ha chantajeado, pero de todos modos se lo he prometido. Lo único que tienes que hacer es cooperar conmigo. La solución no será permanente, si no... consumamos el matrimonio. —Bajó la voz—. Estate tranquila, es sólo temporal. Yo, al igual que tú, no tengo intenciones de seguir casado contigo. Y tú sabes que lo mismo que logré no tocarte hace años, ahora también estás a salvo conmigo.

—Cómo si fuera a permitírtelo —dijo ella entre dientes.

Hugh se apretó el puente de la nariz. Le dolía la cabeza y tenía el cuello agarrotado a causa de la tensión, pero se esforzó por mantener un tono de voz relajado. No quería que su ira hiriese a Jane.

—¿Se te ha ocurrido pensar que tal vez yo tampoco quiera hacer nada de eso?

No, él no lo quería, se suponía que él no iba a casarse nunca. Pero ahora que había vuelto a verla, tampoco quería que se casara con otro. Y Hugh era lo bastante egoísta como para aprobar las maquinaciones de Weyland. Su padre sabía qué era lo mejor para ella, se dijo a sí mismo, y Weyland lo había escogido a él.

—Jane, no vine aquí con la idea de irme con una esposa.

—Entonces, ¿por qué le has dicho a papá que lograra que aceptara?

—Porque yo puedo protegerte.

Jane avanzó hasta quedar justo delante de él, y levantó la cara decidida hasta que sus ojos quedaron al mismo nivel.

—No tienes ni idea de cuánto lamentarás esto, Hugh. Te lo advierto, desiste ahora mismo.

Al ver que él ni se inmutaba, Jane se quedó boquiabierta.

—¿Así que ya lo tienes todo decidido? Pues yo también. —Y en tono sensual, añadió—: Hugh, ¿te acuerdas de cómo solía atormentarte?

Como si pudiera olvidarlo jamás.

—Cariño, vas a ver cuánto he aprendido. —Le recorrió el torso con los dedos de la mano y habló como si le faltara el aliento—. Verás que tengo nuevas flechas... en mi carcaj. —De algún modo, Jane consiguió que esa frase sonara provocativa, y a Hugh, como siempre, empezó a sudarle la frente.

—Has dejado bien claro que no quieres casarte conmigo —prosiguió ella—. Así que antes de seguir adelante con esta locura, pregúntate cuánto podrás resistir... día, tras día.

A Hugh se le hizo un nudo en la garganta.

—Sí, prepárate, cariño. —Jane se dio la vuelta y empezó a subir la escalera con un vaivén de caderas que atrapó la mirada de él. Por encima del hombro, añadió—: Porque voy a convertir tu vida en un infierno. —Entró en su habitación y cerró de un portazo.

—Más de lo mismo —murmuró él, y se preguntó si su boda iría tan bien como su compromiso.

13

El astuto anciano lo había logrado.

De algún modo, Weyland había convencido a MacCarrick para que se casara con su hija. ¡Pues felicidades!

Grey se había pasado toda la mañana husmeando por la casa y se había entretenido esquivando a Quin y a Rolley. Aunque ya no era tan bueno como antes, aún había conseguido sonsacar mucha información a los criados.

Al parecer, la señorita Jane estaba empaquetando suficientes cosas como para pasar fuera como mínimo un mes, pero no les había dicho cuál era su destino, lo que no había ayudado en nada a la hora de escoger qué ropa debían poner en las maletas. No se llevaba a su doncella, pero sí su caballo, su arco y su carcaj. Todo el servicio estaba muy ajetreado preparando comida y refrescos para recibir al capellán, que llegó antes de lo previsto, pero no iban a celebrar un convite, pues los novios partirían inmediatamente después de la ceremonia.

Todos los empleados de la casa estaban emocionados por que Jane se casara y los dejara. La adoraban. Y no era de extrañar. Weyland había presumido ante Grey y Hugh de que Jane siempre era muy generosa con sus cosas y su tiempo, y que nunca hacía distinciones sociales. Pero esos sentimientos no los hacían extensivos al novio. Según las palabras de un lacayo:

—Es un hombre que da miedo, y no es lo bastante bueno para nuestra Jane.

Eso era cierto. Jane estaba tan por encima de MacCarrick que la situación incluso era ridícula. Él era fuerte, enorme y su aspecto intimidaba, mientras que de Jane, todos alababan su belleza, su inteligencia y su elegancia.

Y ella era la única debilidad de MacCarrick.

La noche de la presentación de Jane en sociedad, a la que Weyland les pidió encarecidamente que asistieran, Grey lo descubrió. Para conseguir que MacCarrick fuera hasta allí, Grey lo emborrachó. Pero una vez en la casa, Hugh se limitó a quedarse de pie fuera y a mirarla a través de una ventana. Había tal ansia en sus ojos que Grey se dio cuenta de que el joven escocés estaba enamorado de la bella Jane.

Un oso que quería cazar una mariposa.

Grey se rió sólo de pensar en aquella pareja tan ilógica, y lo que le hizo más gracia fue que Hugh sabía que no era lo bastante bueno para ella, y aun así no podía apagar sus sentimientos hacia ella.

A Grey le sorprendía que MacCarrick hubiera cambiado de opinión, pero aún le sorprendía mucho más ver que Weyland había convencido a Jane. ¿Cómo? ¿Le había confesado por fin cuál era su auténtico trabajo? ¿Y el de Grey?

Hacía muchos años que Grey no estaba tan animado; esa situación tenía tanta ironía en sí misma. Un asesino obligado a proteger una vida, la vida de quien más quería en este mundo... la de su mujer. Y tenía que protegerla de un asesino que lo superaba en mucho.

Todos sabían que Grey era mucho mejor asesino que Hugh protector.

Ya no estaba tan contento. Él no había querido que aquello fuera tan fácil...

Con Quin y Rolley protegiéndolos y un conductor que llevaba escrito en la frente que también pertenecía a «la asociación», Weyland acompañó a Jane hasta el coche. Hugh iba tras ellos, pegado a Jane como si ella tuviera una diana pintada en la espalda.

La tenía. Desde donde estaba en ese mismo instante, Grey tenía un disparo perfecto. Por desgracia, su puntería estaba ahora poco... afinada. Si fallaba, lo único que conseguiría sería alertarlos de que había llegado a Inglaterra. No, tendría que acercarse más.

Junto a la puerta del carruaje, Weyland cogió la cara de Jane entre las manos y apoyó su frente contra la de su hija. Ésta estaba pálida, y cuando su padre la besó en la mejilla se quedó sin habla.

—¿Papá? —logró decir con voz entrecortada, como si en ese preciso momento se hubiera dado cuenta de que iba a alejarse de él y de su hogar.

Weyland se obligó a apartarse, y sólo se detuvo un instante para darle un último apretón en el hombro y para mirar serio a MacCarrick y decirle con los ojos que confiaba en él. Luego se fue con los hombros caídos... como el anciano en que se estaba convirtiendo.

Grey miraba cautivado todas esas acciones e interacciones y se preguntó si Weyland, para lograr que aceptara, le habría contado a MacCarrick lo de la lista. Probablemente.

Grey sí tenía una lista, y había amenazado con hacerla pública; y si esa información salía a la luz, Weyland moriría en el acto. En el tipo de servicio clandestino de Weyland, se tomaban a diario decisiones muy difíciles a sangre fría, luego, hombres como Grey, Ethan y Hugh las llevaban a cabo. Si se podía relacionar esas decisiones con Weyland, todo se habría acabado.

Eso no era lo que Grey pretendía, aún no...

Cuando un sudor frío empezó a resbalarle por el cuello y toda la espalda hasta empaparle la camisa, Grey buscó algo en el interior del bolsillo de su abrigo. Había pensado que fumar sería mucho más difícil en Inglaterra que en otros países, así que encargó que le prepararan su «medicina» de otro modo. No tendría que haberse molestado. En Londres era más fácil conseguir opio que tabaco, y salía más barato que la ginebra.

Pero le gustaba el nuevo formato. Lo masticó y disfrutó de cada instante. Sabía como a almendras pasadas y tenía una textura de goma.

«Mi medicina», se burló de sí mismo. Por culpa de su profesión, su cuerpo había recibido tantas heridas que lo único que había logrado que el dolor fuera soportable fue el láudano. Una mañana se dio cuenta de que Hugh también cojeaba y le ofreció un poco. El bastardo lo rechazó enérgicamente. Ni que fuera un santo.

A medida que masticaba, los latidos del corazón de Grey se ralentizaron hasta adquirir un ritmo pausado, y eso que no recordaba haber estado tan excitado por nada en toda su vida. Por suerte, con esas dosis no tendría alucinaciones, o eso esperaba.

Ah, allí estaba Jane. Caminaba como si estuviera en trance, y cuando Hugh la obligó a entrar en el carruaje, resultó evidente que estaba furiosa. La obstinada Jane no era una de esas chicas que se dejan convencer por cualquiera, y seguro que exigía respuestas. Unas respuestas que Hugh no le estaba dando. Se detuvo delante de la puerta del carruaje y acercó su cara a la de él para decirle algo. Ambos se quedaron en silencio.

Grey había comparado a Hugh con un oso persiguiendo a una mariposa. Grey sonrió. No, era mucho mejor que eso: Hugh era como un lobo al que una conejita estuviera torturando.

El lobo atacaría tarde o temprano.

Cuando Hugh cerró la puerta del carruaje se quedó allí unos segundos respirando hondo para recuperar la calma. Se pasó una mano temblorosa por la cara. Seguro que aún no podía creerse que de verdad estuviese casado con aquella chica.

—No te preocupes, Hugh —lo tranquilizó Grey—, no durará mucho.

En el pasado, si Jane pillaba a Hugh mirándole los pechos, él siempre apartaba la vista. Ahora, durante la última hora en el carruaje, no había dejado de mirarla. Era como si quisiera estudiar su cuerpo, reaprenderlo, como si tuviera el derecho de hacerlo. Eso la puso furiosa. En el pasado, Hugh podría haber tenido acceso ilimitado a su cuerpo. Ella no le habría negado nada.

El hecho de reaccionar ante su escrutinio la puso más furiosa. ¿Por qué no le encontraba menos atractivo que antes? Jane siempre había creído que Hugh era el hombre más guapo que había visto jamás. Lo creía incluso antes de haberse recreado la vista con su cuerpo desnudo aquel día que lo espió bañándose en el lago. Pero ahora, con ese nuevo aire de hombre duro, era aún más irresistible.

Jane le había prometido que convertiría su vida en un infierno. Estaba tan segura, tan decidida cuando lo dijo.

Ahora sabía que se había echado un farol.

—Sigue casada —le había aconsejado su padre.

Pero ella no quería, no podía quererlo. A Jane la habían obligado a aceptar esa unión, pero a Hugh no, y él podría haberles ahorrado a ambos ese suplicio.

Sin embargo se había negado.

Por culpa de él, Jane ya no tenía escapatoria, y se sentía como si la hubieran obligado a saltar al vacío. Sí, un suave y fuerte empujón que la había lanzado al precipicio.

Cuando tocara el suelo, las cosas se complicarían. Seguro.

Antes de que atacara a Freddie, Jane ya estaba enfadada con

Hugh por lo que le había hecho hacía años. Y ahora estaba casada con el mismo hombre que la había traicionado, y justo después de haberlo visto más furioso que nunca en toda su vida. En el almacén, Hugh se había enfadado, pero esa mañana había sido mucho peor. Lo que no podía entender era por qué.

¿Se había convertido en una de esas personas que siempre reaccionan con violencia? ¿O acaso su padre la había prometido con él días, o incluso semanas, antes? Eso justificaría que Hugh hubiera creído que su prometida estaba besando a otro. Jane frunció el cejo. Intentó reproducir la conversación que había mantenido con su padre y se dio cuenta de que él nunca le había preguntado por qué Hugh había atacado a Freddie...

La excusa que le había dado el propio Hugh parecía poco convincente. Sí, él era un amigo de la familia, y de acuerdo, tal vez ella no debería haberse besado con Freddie en medio del parque, pero eso no justificaba lo que había hecho.

Jane estaba enfadada y quería vengarse. Lo que se le daba mejor era provocarlo y atormentarlo. De hecho, tal como ya le había dicho a Hugh, gracias a sus siete primas y a los cinco años que había pasado en Londres, ahora se le daba aún mejor.

Haría que Hugh supiera a lo que había renunciado diez años atrás. Dejaría que saboreara todo aquello que ahora no podía tener a no ser que se arriesgara a seguir casado con ella.

Pagaría por todos los días sin esperanza, por las noches de lágrimas. Por todos los hombres con los que lo había comparado y no habían estado a su altura. Por haberla dejado...

Por el dolor. Haría que pagara por todo.

—Oh, Hugh, cariño, ¿hace calor aquí, no crees? —Se desabrochó los primeros botones de la camisa y separó la tela para abanicarse. Abrió la ventana de su lado y se puso de rodillas en el banco, mirando hacia él. Se inclinó por encima de Hugh para llegar a la otra ventana. Acercó una rodilla al muslo de él y le puso una mano en la rodilla. Todo el cuerpo de Hugh se puso rígido.

Con la otra mano, alcanzó la ventana y giró la cabeza para que sus labios quedaran a unos pocos centímetros de los de él.

—¿No te importa, a que no, cariño? —preguntó con voz sensual a la vez que le acariciaba el muslo, duro como una piedra. Hugh apretó la mandíbula y tragó saliva. Frunció las cejas, como si estuviera soportando un gran dolor.

Tenía que hacérselo pagar.

Pasaron por un bache, y aunque las manos de él la sujetaron por la cintura al instante, Jane se aseguró de quedar sentada encima de su regazo.

Hugh se quedó sin aliento.

—Jane —gimió, y la sujetó aún con más fuerza. Pero no la levantó de donde estaba, más bien todo lo contrario. Sus manos temblorosas seguían en la cintura de ella y la mantenían allí sentada.

—¿Qué pasa, cariño? —murmuró Jane.

—No me toques, pequeña —farfulló—. No puedes tocarme.

Tenía que pagar.

—Qué torpe soy —dijo ella fingiéndose inocente—. Tienes que sujetarme, si no me deslizaré... poco... a poco por todo tu... —se acercó a su oreja y se aseguró de que Hugh pudiera notar sus pechos antes de añadir—... cuerpo.

Él tembló de un modo violento, e inclinó la cabeza hacia el cuello de Jane.

Cuando ella se apartó, Hugh la miró aturdido. Su mandíbula, que solía estar apretada, ahora estaba desencajada.

Jane le dio unos golpecitos en el hombro, muy impersonales, y luego se movió hasta regresar a su asiento y seguir mirando por la ventana.

—Sí, cariño, ahora se está mucho mejor.

14

En un intento por recuperar una calma que ya no poseía, Hugh se frotó violentamente los muslos. Su dura y vibrante erección se apretaba contra sus pantalones. Tenía la respiración entrecortada.

Después de desearla durante tanto tiempo...

Jane no sabía lo tenue que era su control, y permanecía despreocupada, mirando el paisaje por la ventana. Pero Hugh vio que sus labios color coral se levantaban sin humor. Estaba jugando con él, como siempre había hecho.

No iba a aguantarlo más. Maldita sea, la había visto besándose con otro hombre.

La cogió del brazo y, en ese mismo instante, Jane dejó de sonreír. Se dio la vuelta y lo miró a los ojos.

—Hugh, suéltame.

Él tiró de ella para acercarla.

—Harías bien en darte cuenta de que ya no soy el mismo muchacho de antes.

—¿Y qué eres ahora? —preguntó ligera, como si no se diera cuenta de que el enfado de Hugh iba a más.

—Soy un hombre, y como tal tengo mis necesidades. —Le daría una lección, le dejaría claro que tenía que dejar de provocarlo. Jane le había dicho la verdad, ahora lo hacía mucho mejor, había alcanzado la perfección. Hugh sabía que era de vital importancia que ella entendiera cuál era su lugar. Con voz dura, añadió—: No creas que puedes atormentarme así sin que yo reaccione de algún modo.

Jane abrió los ojos un instante y luego los entrecerró.

—¿De algún modo? Demuéstramelo, cariño. —Acarició la uve de su torso con las yemas de los dedos. Dios, ella lo dejaba indefenso—. ¿Cómo te gusta que satisfagan esas... necesidades?

¿Así que ella iba a contraatacar? Él era un hombre con mucha más experiencia, así que debería ser capaz de ganar esa batalla. Seguro que había una línea que Jane no estuviera dispuesta a cruzar. Pero ¿podría él detenerse cuando la alcanzaran?

—Te lo enseñaré —se oyó decir a sí mismo. Con un limpio movimiento, sentó a Jane en su regazo y le recostó la espalda contra su brazo hasta casi cubrirla con su cuerpo. Parecía sorprendida, al fin y al cabo, era la primera vez que él reaccionaba a su provocación, pero de repente se recuperó. En el tiempo de un suspiro, Jane volvía a ser toda seducción; se relajó en sus brazos y empezó a acariciarle el cuello.

A Hugh se le acumuló la sangre en la entrepierna y empezó a dolerle de tanto calor como sentía. Cuando Jane abrió la boca de par en par, a causa de la sorpresa, Hugh supo que podía sentir cómo su erección se apretaba contra su trasero. Le costaba mucho pensar. ¿Qué era lo que quería hacer?

«Besarla con tanta pasión que se olvide de que esta mañana estaba en los brazos de otro hombre...»

No. Lo hacía para que ella se asustara, para ganar aquella batalla de voluntades. Ellos siempre solían pelearse así, y Hugh había perdido tantas veces como había ganado.

Jane tenía los labios entreabiertos, esperándolo. Su cuerpo estaba relajado contra el suyo. Él avanzaría sólo un poco. «Sí, sácate esto de la cabeza de una vez. Hazlo.» Hugh se había imaginado cómo sería besarla, y seguro que cuando lo hiciera y viera que no era tal como esperaba, podría desprenderse de esa obsesión.

Se inclinó hacia adelante sin dejar de mirarla ni un instante. Se dio cuenta de que tenía un puño cerrado sobre el dobladillo de su falda y no supo cómo su mano había ido a parar allí. Lo más probable era que quisiera tocar aquellas sensuales medias que había visto cómo se ponía esa misma mañana.

La blusa entreabierta de Jane dejaba al descubierto la redondez de sus pechos, que asomaban por encima del corsé, y se agachó para que sus labios pudieran acariciar esa piel. Le sorprendió ver que era tan suave como parecía. Cuando ella tembló y abandonó toda pretensión, él le besó la base del cuello, y se dio cuenta de que era la primera vez que sus labios la tocaban.

Hugh inhaló el ligero perfume de ella y supo que no podría descansar hasta saborearla. Sólo una vez. Se rindió y abrió la boca para que su lengua pudiera deslizarse por encima de su piel. Hugh tembló de placer y de Jane escapó el más dulce de los suspiros. Él deseó poder arrancarle muchos más.

—¿Es esto lo que quieres de mí? —gimió Hugh, y se apartó para poder mirarla a la cara. Parecía tan aturdida como él, y le miraba los labios buscando entender cómo las cosas habían subido de tono tan rápido.

Hugh la cogió por la nuca y buscó sus labios con los suyos. Ella dudó un instante, sorprendida al sentir ese contacto, pero luego los entreabrió y se los ofreció con dulzura.

La boca de Jane era caliente y húmeda, y cuando Hugh la recorrió con su lengua ella hizo lo mismo. Él tuvo que tragarse un gemido. Jane, a su vez, gimió contra sus labios, y ese sonido hizo que su erección temblara aún más. Hugh no tardó en perderse en esas sensaciones. Por fin la estaba saboreando, tocando... y eso lo estaba aturdiendo.

No era un sueño, no era uno de los espejismos que veía en esas noches que se había pasado tumbado en una cama solitaria, en países extraños. La estaba besando de verdad. Y no era tan bueno como lo que había imaginado.

Era mejor.

Deslizó la mano por el exterior del muslo de Jane hasta alcanzar el liguero, e iba ya a deshacer el lazo, despacio, cuando...

—¡Señorita Weyland! —gritó una voz desde fuera del carruaje—. ¿Está aquí la señorita Weyland?

Jane se quedó paralizada y se apartó de él.

—¿Freddie? —exclamó.

«Bidworth no.»

—Hugh, tenemos que parar.

Con la mirada, le recorrió los pechos, el cuello, los labios. Luego le buscó los ojos y, despacio, sacudió la cabeza. Se agachó y volvió a apoderarse de su boca.

Ella tembló y lo empujó de nuevo.

—¡Para! —Intentó sentarse—. ¡Lo digo en serio, Hugh!

Él por fin la soltó, aunque tuvo que hacer esfuerzos para no volver a abrazarla. Jane había respondido a sus caricias. Había sido sólo un instante, y había esperado mucho, pero había valido la pena.

Sin embargo, a medida que recobraba el sentido común, no podía creer lo que había hecho, lo que había estado a punto de hacer. Tuvo que aclararse la garganta antes de hablar, y aun así, su voz sonó áspera.

—Nunca jamás vuelvas a hacer eso. Nunca, Jane, o te juro que...

—Detén el carruaje —lo interrumpió ella mientras respiraba hondo y se abrochaba la blusa. Al ver que él no le hacía caso, añadió—: Vamos a un sitio tan secreto que ni siquiera me lo has dicho a mí, pero si no me dejas hablar con él, nos seguirá hasta allí.

—No, si no puede seguirnos —contestó él tranquilo.

Jane abrió los ojos como si no lo reconociera.

—Estás loco, ¿a que sí? ¿Los años te han estropeado el cerebro? Escúchame, Hugh MacCarrick. No volverás a hacerle daño. ¿Me oyes? Si lo haces, que Dios me ayude, porque si es preciso, me interpondré entre vosotros y te arrancaré los ojos. —Para reforzar la amenaza, le lanzó una mirada gélida.

—Le dijiste a tu padre que le habías mandado una carta.

—Y lo hice —respondió ella mientras se alisaba el pelo. Él aprovechó ese momento para ponerse bien la chaqueta y, a escondidas, acomodó su erección en los pantalones—. Freddie debe de haber salido tras nosotros justo después de leerla y, al no encontrarnos, nos habrá seguido hacia el norte.

Hugh se tragó el insulto que tenía en la punta de la lengua y le ordenó al conductor que se detuviera.

—Quiero estar con él cinco minutos... a solas —dijo ella al abrir la puerta.

—Ni lo sueñes.

—Voy a despedirme. Él se merece cinco minutos de mi tiempo. En especial después de que lo atacaras esta mañana en el parque. —Lo miró a los ojos—. Maldita sea, Hugh, por favor.

Ella siempre había sabido que él no podía negarle nada cuando lo miraba de ese modo y se lo pedía por favor. Soltó una maldición y Jane salió del carruaje antes de que Hugh pudiera ayudarla a bajar. Por la ventana trasera, Hugh vio cómo Bidworth desmontaba. Cuando ella corrió hacia él, el muy bastardo le puso las manos en los hombros y luego la atrajo hacia sí.

Hugh no podía ver eso, no en esos momentos. Ahora ella era su mujer. No lo sería para siempre, era sólo temporal, pero ahora, ella era suya.

Su primer impulso fue salir del carruaje y arrastrarla de vuelta con él. Luego volvería para darle otro puñetazo a Bidworth. Se había sentido tan bien al darle el último, y Bidworth ya empezaba a tener la nariz hinchada y las ojeras oscuras. Hugh apenas podía resistir la tentación, pero se quedó, y se mantuvo alerta por si tenía que salir corriendo a buscarla.

Temía que Bidworth cogiera a Jane y se la llevara de allí a caballo.

Hugh en su lugar lo haría.

Decidió aprovechar el tiempo y ver cómo se comportaban el uno con el otro, e intentar discernir qué sentía Bidworth al perderla. Jane lo miraba con adoración, pero era de esperar que una mujer como ella quisiera a un hombre como ése. Era conde, rubio, alto, y a la vez rico y elegante. Formaban la perfecta pareja británica.

Hugh en cambio era un escocés de pelo oscuro, con un rostro amenazador y cubierto de cicatrices.

Por no mencionar a qué se dedicaba.

Jane acarició la mejilla de Bidworth y Hugh lo odió por ello. Ella tocaba a Bidworth con cariño, del mismo modo que solía tocar a Hugh. Lo hacía para hacerle daño a él.

Hugh estaba en el infierno. Preferiría permanecer inmóvil durante un día y medio sujetando su rifle, con el sudor cayéndole sobre los ojos y los insectos devorándole las piernas que ver aquello. Con la mandíbula apretada y los puños cerrados, vio cómo Bidworth le abrochaba a Jane el último botón de la blusa, y sospechó que habían dormido juntos.

—Jane, no puedes decirme que esto sea lo que quieres —dijo Freddie—. Creía que tú y yo teníamos un acuerdo.

—No es lo que quiero, y sí, lo teníamos. —Ella sentía los ojos de Hugh clavados en ella, y no podía dejar de temblar. Aún no entendía cómo las cosas se habían acelerado tanto. Años atrás, ella siempre podía tocarlo, atormentarlo, y él nunca le devolvía la caricia. Pero hacía apenas unos instantes, en el carruaje, él la había sentado en su regazo y ella había podido sentir cómo su muy impresionante e insistente erección se apretaba contra sus nalgas en cuestión de segundos.

Sus besos habían sido ardientes, hambrientos. Hasta entonces Jane no sabía que los besos pudiesen ser así. Había sido como si Hugh la estuviera marcando...

Mientras ella y Freddie caminaban, Jane se colocó de modo que Hugh no pudiera ver lo sonrojada que estaba... Ahora, lo único que él podía hacer era mirarle la espalda.

—Tu padre me ha dicho que MacCarrick acaba de regresar después de pasar mucho tiempo fuera —prosiguió Freddie—, y que hace años que estáis prometidos. ¿Es eso cierto?

En cierto modo. En la mente de Jane, sí.

—Es muy complicado, Freddie.

—Cariño, ¿te ha obligado Weyland a aceptar? —Le acarició el pelo—. Jane, pobrecita. Estás temblando.

La miró como si fuera a besarla para consolarla y Hugh saltó del carruaje en ese mismo instante. Para dejar claro que se trataba de una advertencia, se cruzó de brazos y apoyó su musculoso cuerpo en el coche.

Freddie se asustó.

—¡Dios mío, ahora me parece más bárbaro que antes! No puedo entender que tu padre te deje casarte con él. —Con la mirada, Freddie le dijo a Jane que le sorprendía que ese matrimonio ya hubiera durado tanto—. ¿En qué estaría pensando Weyland? ¡No pienso permitirlo! Encontraremos el modo de liberarte de ese hombre.

Jane miró a Hugh y tuvo que reconocer que daba miedo. Por desgracia para ella, eso siempre le había gustado; al menos cuando esa furia iba dirigida a los demás.

Sin alterar el tono de su voz, dijo:

—Me temo que ya es tarde.

Sí, su padre era un hombre que tenía notable influencia con personas de cierto poder, pero ni él podía solucionar aquello.

En la carta que Jane había mandado a Freddie había roto con él... para siempre.

—Es mejor así —dijo ella con un suspiro—. Ya sabes que ni tu madre ni tu hermana me aprueban. —Casi se había convertido en lady Whiting.

—Espero que eso no sea lo que te haya hecho cambiar de opinión, porque ya sabes que yo las habría mandado a paseo.

A pesar de esas decididas promesas, Freddie no solía tomar partido, ni tampoco solía meterse en conflictos de ninguna clase. Ése era uno de los motivos por los que le gustaba tanto a Jane, porque era completamente opuesto a Hugh, que siempre había estado dispuesto a pelearse a causa de ella.

—Es que no lo entiendo —continuó Freddie—. ¡No pienso aceptarlo!

Sí, sí lo haría. Porque la verdad era que él tampoco estaba enamorado de Jane. Freddie había entregado su corazón a Candance Damferre, una amiga de la infancia y su primer amor. A Candance la habían obligado a casarse con un hombre mayor que, por muy increíble que pareciera, era aún más rico que Freddie.

Pero Jane y Freddie se habían prometido el uno al otro que, si llegaban a casarse, ambos se esforzarían para que su matrimonio prosperase. Jane sabía que Freddie tenía ganas de compartir su futuro con ella. Toda aquella situación era un error.

—Te estoy mandando a tu perdición... —Al ver que Hugh se dirigía hacia ellos con expresión amenazadora, el tono de voz de Freddie subió una octava—. Me va a pegar otra vez, ¿a que sí?

15

A medida que Hugh se acercaba, la cara de Bidworth palidecía y sus moratones destacaban aún más. Hugh oyó cómo murmuraba:

—Jane, hay mo-modos de arreglar esto, estoy seguro. Aún no eres su mujer, aún no.

—Me parece que lo es más mía que tuya —soltó Hugh, herido porque el comentario de Bidworth había dado en el clavo. Y el modo en que lo miraba le estaba acabando la paciencia.

¿Por qué a todos les parecía tan increíble que Jane se casara con un hombre como Hugh? En el carruaje, ella lo había besado como si de verdad se hubiera casado con él. Maldita sea. Para marcar territorio, Hugh puso una mano en la nuca de ella.

Con la mirada, Jane le dijo que se vengaría.

—Quería cinco minutos.

—Entra en el carruaje. Ahora. —Como ella se limitó a mirarle boquiabierta, Hugh se acercó y le dijo en voz baja—: Hazlo, o esta vez recibirá algo más que un golpecito.

Sin dudarlo, Jane cogió la mano de Freddie y se la apretó.

—Te escribiré, Freddie —dijo antes de salir corriendo hacia el carruaje.

Cuando ella se fue, Hugh le dijo a Bidworth:

—No nos sigas. No vuelvas a acercarte a ella. Olvida que la conoces.

—Tie-tienes... —Bidworth tragó saliva y volvió a empezar—. ¿Tienes idea de quién soy?

«Un miserable cobarde», pensó Hugh incrédulo, mientras intentaba mantener la calma. Él creía que un pretendiente ofendido, en especial uno comprometido con Jane, sería una amenaza más seria.

Pero aquél no era ninguna amenaza. Ni siquiera iba a discutir con Hugh.

—Sí, sé quién eres. Eres el hombre que va a dejar que Jane se vaya sin crear problemas. —Si Hugh hubiera estado en la situación de Bidworth, es decir a punto de casarse con ella, habría luchado con uñas y dientes sin miedo a las consecuencias antes que permitir que otro hombre se la llevara. Habría peleado en serio, con toda la sangre y las heridas que hubieran sido necesarias.

Si Jane era el premio, estaba más que dispuesto a sangrar por ella, y a sonreír mientras lo hacía.

—No te la mereces, y nunca jamás habrías podido controlarla —dijo Hugh.

Mientras Bidworth aún pensaba qué responder, Hugh se dio media vuelta y regresó al carruaje. Le molestó ver que Jane subía sola, sin dejar que él la ayudara. Cuando ambos estuvieron sentados, le indicó al conductor que retomara el camino y Jane saludó a Bidworth hasta que éste desapareció en el horizonte. Mucho después, Jane seguía con la mirada fija en el paisaje y con los puños apretados. Hugh pensaba que ése era el momento ideal para que una mujer se echase a llorar.

De joven, Jane casi nunca lloraba. En las raras ocasiones en que lo hacía, Hugh no sabía cómo reaccionar. Al ver que ahora estaba a punto de hacerlo, Hugh se frotó la nuca y se dio cuenta de que eso tampoco había cambiado.

—Si lo quieres tanto, ¿por qué no has luchado por él? Antes siempre conseguías lo que te proponías.

—Es culpa tuya —soltó ella—, todo esto es culpa tuya. Si mi

padre no hubiera conseguido otro «prometido» tan rápido, habría permitido que me casara con Freddie.

—¿Me culpas más a mí que a tu padre? ¡Él lo organizó todo! ¿Me culpas más a mí que a ti misma? ¡Tú aceptaste seguir adelante! ¿Por qué no intentas culpar a Grey?

—¿Por qué mi padre te escogió a ti? Ni siquiera estabas en Londres. ¡Exijo saber qué está pasando! ¿Es esto un plan retorcido para conseguir que me case contigo?

—Tal como ya te dije, yo no fui a tu casa con la intención de salir de allí casado. Nunca le pedí tu mano a tu padre.

—¿Así que se supone que me tengo que creer que Grey puede ponerse violento conmigo? El negocio de las importaciones tiene que ser muy peligroso. Y en todo este tiempo nunca he sabido que mi padre corría tanto peligro.

Hugh no dijo nada.

—Mírame a los ojos y dime que Grey está desquiciado y que puede hacerme daño.

Hugh la miró a los ojos.

—Puedo decirte con absoluta certeza que Grey está loco y es peligroso, especialmente para ti.

—Grey siempre fue amable conmigo —dijo ella.

—Seguro que sí. —Cuanto más loco se volvía Grey más atacaba a Hugh con Jane. Él sabía que ella era su única debilidad—. ¿Alguna vez Grey te dijo o te hizo algo? ¿Mostró algún tipo de interés?

—No, pero no lo veía a menudo. —Jane sintió un escalofrío—. ¿Por qué querría hacer algo tan drástico?

—Se estaba volviendo inestable. Tu padre rompió todos los vínculos con él y ordenó algo, algo que tenía todo el derecho a ordenar, y que arruinó completamente a Grey.

—¿Qué quieres decir con «algo»? ¿Cómo lo arruinó? ¿Y cómo encajas tú en todo esto?

Weyland le había dejado claro que no quería que Jane supiera nada de la organización hasta que se confirmara que la lista había salido a la luz. Se suponía que, hasta entonces, Hugh tenía que esquivar sus preguntas. Eso o mentirle. Y como Hugh tampoco quería contarle cuál había sido su papel en todo aquello, aceptó encantado. Por desgracia, vio que le era imposible mentirle. Tenía que recuperar la calma y encontrar el modo de despistarla de todas aquellas preguntas.

—Te encanta interrogarme, pero dudo que estés dispuesta a contestar mis preguntas.

—¡Pregúntame lo que quieras!

—¿Por qué has esperado tanto tiempo para casarte? —Ella había tenido un montón de oportunidades, desde muy joven. En cuanto fue presentada en sociedad, había recibido muchas ofertas.

—No había encontrado al hombre adecuado —contestó ella en tono engreído.

—¿Bidworth lo era?

—Él reúne todos mis requisitos. Todos y cada uno de ellos.

—¿Como cuáles? —preguntó Hugh.

—Es gentil, amable y considerado. —Al ver la mirada de aburrimiento de Hugh, Jane entrecerró los ojos—. Es rubio, tiene un rostro que hace suspirar a las mujeres, es conde, popular y rico.

Si ésos eran los requisitos que Jane buscaba, Hugh nunca había tenido ni la menor posibilidad, con maldición o sin ella.

—Bidworth es un cobarde —dijo.

Ahora que lo había conocido, aunque sólo habían sido unos minutos, Hugh sabía que Weyland había acertado al no permitir que Jane se casara con el conde. Él nunca habría podido protegerla.

Su comentario hizo que Jane volviera a hablar:

—¡Sólo porque no te haya retado a un duelo no significa que

Freddie no sea valiente! Él es un noble y un caballero del Imperio británico; está por encima de las peleas de taberna.

Hugh supuso que alguna ventaja tenía que tener ser un bruto escocés sin ningún título nobiliario.

—Freddie es un hombre maravilloso de la cabeza a los pies —continuó Jane—. ¿Y ese modo en que lo has atacado hoy? Por Dios, Hugh, ¿en qué pensabas?

—Él nunca debería haberte besado en público.

—Yo lo besé a él.

«Eso, Jane, clava el puñal más hondo —pensó Hugh—. Sí, ahora muévelo, pequeña, de izquierda a derecha.»

—¿Y el modo en que lo has provocado hace un rato? —insistió ella—. Esta mañana creía que yo era suya, y tú le echas en cara que te has casado conmigo, como si eso significara algo para ti.

—Y tú te has echado en sus brazos junto al camino. ¡No sé qué es peor!

Ella lo miró atónita.

—¡No me he echado en sus brazos! Le he dado un abrazo de despedida. Lo que no es nada raro, ¡Freddie y yo hemos estado saliendo juntos desde hace años!

—Ya, pero durante todos esos años, seguro que no estabas sentada en las rodillas de otro hombre, devolviéndole los besos, minutos antes de verle.

Jane abrió la boca, pero no dijo nada, pues se dio cuenta de que no podía negarlo.

—Jane, aunque este matrimonio nuestro sea una farsa, es real hasta que llegue a su fin. Nunca vuelvas a tocar a otro hombre delante de mí. A no ser que quieras que muera.

—¿Por qué, Hugh? —Levantó la vista—. Pareces celoso, pero yo sé que eso no es posible.

Sí lo era. En lo que llevaba de día, Hugh había sentido más celos que en toda su vida. Si de verdad estuvieran comprometidos, tal vez no lo hubieran carcomido tanto, pero lo cierto era que, tal como eran las cosas, no tenía motivos. Lo suyo era una farsa. Él le había dado su nombre, pero no podía esperar nada a cambio.

Era una locura. ¿Por qué había accedido a hacerlo cuando todos sus instintos le decían lo contrario? Sabía que lo estaban manipulando, y aun así lo había permitido.

Hugh nunca solía perder los nervios o actuar por impulso. Y ahora sentía que estaba perdiendo el control. ¿Qué tenía Jane que lo convertía en un ser tan primitivo y posesivo? Había tenido ganas de enseñarle los dientes a Bidworth, y lo habría golpeado sólo por el placer de hacerlo.

Los hombres como Hugh no podían permitirse el lujo de perder el control. Grey no era el primero que sucumbía a sus impulsos más oscuros.

—Y no vuelvas a tocarme. Estás jugando con fuego, pequeña.

—Si no puedes resistir que te toque, no deberías haber aceptado esta locura. No es que no supieras dónde te metías. ¡Antes siempre solía tocarte, y te advertí de lo que pasaría si seguías adelante!

—Ambos hemos estado de acuerdo en que terminaremos con este matrimonio cuando la situación se resuelva —gruñó él—. No me quedaré atrapado en algo que no quiero sólo porque a ti te apetezca jugar conmigo.

Jane se quedó helada.

—No pierdas ni un minuto preocupándote por eso. No hay nada, nada, que pueda obligarme a seguir casada contigo. Te lo aseguro. —Abrió su pequeña bolsa de viaje y, antes de darle la espalda, sacó un libro.

Si él pudiera hacer lo mismo con esa facilidad.

Hugh se había pasado toda la mañana flotando, convencido de que en cualquier momento alguien se daría cuenta de que su boda con Jane era un error. Esperaba que, de un momento a otro, ella se echara atrás.

En lo más profundo de su ser, Hugh sabía que la decisión final jamás había estado en sus manos.

Cuando Jane empezó a hacer el equipaje, Hugh se puso aún más nervioso. «¿De verdad va a seguir adelante? Imposible.» ¿Y si la decisión final hubiera dependido de él? Hugh no dejó de sopesar los riesgos, pero antes de que pudiera reaccionar ya le estaban pidiendo que firmara el certificado de matrimonio.

Hugh oyó cómo Rolley le decía a Quin en esos momentos:

—Jamás creí que llegaría el día en que al más sereno de los MacCarrick le temblara el pulso.

¿Y qué esperaban? Hugh creía que de un momento a otro, el destino caería sobre él para castigarle.

Y ahora había puesto en peligro a la única mujer a la que amaría en toda su vida.

Llevaban más de una hora en silencio cuando Hugh le quitó el libro de las manos. Antes de que ella pudiera quejarse, le mostró la palma de la mano en la que descansaba la caja de la joyería.

—¿Y esto qué es? —preguntó ella, aunque reconoció la *R* grabada en el estuche.

—Cógela.

Jane dudó un instante pero la cogió y la abrió como si no le importara. Su corazón saltaba igual que las ruedas de un carro.

Dentro había la joya más preciosa que había visto jamás.

Se quedó perpleja, mareada, y luego buscó los ojos de Hugh.

—Esto... esto es del todo innecesario. —Intentó devolvérsela, pero él no la aceptó y, al ver la mirada de Hugh, dudó unos segundos.

—¿No quieres llevarlo, pequeña? —preguntó él incrédulo.

Era obvio que no se le había ocurrido que ella pudiera no aceptarlo. Jane optó por dejarlo en el banco, entre los dos.

—Hugh, no tenías por qué hacerlo. Conozco a muchas mujeres casadas que no llevan ninguna joya.

—Tú sí.

—También conozco a muchas mujeres a las que no les gusta que les regalen joyas de un modo provisional.

—¿Qué quieres decir?

—Ambos sabemos que esto terminará pronto —dijo Jane—. Que me regales un anillo, me parece... cruel.

Él negó con la cabeza.

—Te lo quedarás. Después.

Después de que él la abandonara. Otra vez.

—¿Y cómo es eso? ¿Lo tenías en casa por si se te presentaba algún matrimonio de emergencia?

—Lo he comprado esta mañana, mientras tú hacías el equipaje.

—Hummm. —Se dio unos golpecitos en la mejilla—. Ahora lo veo todo claro. Lo has comprado porque te sentías culpable por haber golpeado a Freddie y por haberme manoseado anoche. Has ido y me has comprado una carísima rama de olivo.

—Te has perdido una gran boda y todo lo que ello comporta. Esto era la única cosa que estaba en mi mano. Quería darle a mi amiga algo digno de ella.

—¿Somos amigos, Hugh? —preguntó ella en un tono de voz que incluso a sí misma le pareció triste.

—Nunca lo he dudado. —Hugh se incomodó.

Jane se mordió el labio inferior y volvió a mirar la caja con el anillo. Sentía cosquillas en los dedos de tantas ganas como tenía de ponérselo. Su padre le había dicho que Hugh tenía dinero ahorrado, pero Ridergate era un sitio extremadamente caro, y aquel anillo, con el clásico diamante rodeado de esmeraldas, era precioso.

Suspiró y se dio cuenta de que no debería aceptarlo porque, a pesar de lo mucho que quería hacerlo, Hugh no debería haberse gastado tanto dinero en ella. En especial si no iban a seguir casados.

Hugh la sorprendió y volvió a coger la cajita. Pero lo hizo para extraer el anillo a la vez que le cogía la mano.

—Póntelo —farfulló.

¿Estaba nervioso? Jane siempre sabía cuándo Hugh estaba alterado o inquieto, pues echaba los hombros hacia atrás de un modo peculiar. Ahora ya no podían estarlo más.

—Es el que querías.

—¿Por qué crees eso? —¿Podía ser que él se acordara de la descripción que ella le había hecho del anillo de bodas con el que soñaba? Se mordió el labio inferior y esperó a que respondiera.

—Tú me lo dijiste —contestó él entre dientes.

¿Se acordaba de eso? Si ese hombre podía acordarse de todos los detalles de aquella conversación al cabo de tantos años, Jane podía estar segura de que no se había equivocado al creer que eran amigos.

Cuando él deslizó el anillo en su dedo, Jane tembló sin saber por qué. Al ver que lo aceptaba, Hugh se tranquilizó un poco. Y ahora que por fin él se había calmado, ella empezó a hacer lo mismo.

No podía hacer nada para evitarlo.

Maldita fuera, ellos dos siempre habían sido así, siempre estaban cómodos el uno con el otro. Ahora lo iban recuperando poco a poco, como una pluma que se desliza por el aire hasta llegar al suelo. Maldición, maldición, maldición...

¿Podía una mujer echar de menos a un hombre que le había

hecho tanto daño? ¿Podía pasar por alto todo ese dolor y volver a querer estar cerca de él?

Lo pensó sólo un instante: posiblemente.

Tal vez se debiera a que estaba agradecida por haber podido olvidar, aunque fuera durante unos minutos, todo lo que la preocupaba. O tal vez fuera simplemente que le gustaba el anillo. «Típico de ti, Jane.»

Suspiró. Un beso y una casi proposición de matrimonio antes de las nueve; otro beso y un anillo antes del mediodía. Ojalá pudiera decir que todo había sido con el mismo hombre.

16

—Te lo advierto, Hugh —dijo Jane al ver que él levantaba las manos para ayudarla a bajar del carruaje—. Voy a dejar que pongas mi cintura entre tus manos. Haz el favor de no tomártelo como una insinuación o una caricia.

Desde que lo había convencido para que se detuvieran en el hostal, Hugh se había puesto serio. Y, con cada palabra de Jane, iba a peor; a diferencia de ella que, gracias al anillo, estaba de un humor excelente.

Cuando Hugh la cogió por la cintura y la deslizó hasta el suelo, ella le preguntó:

—¿Por qué tienes tanta aversión a este lugar, Hugh? Parece muy correcto.

Él siguió sujetándola.

—Lo es. Pero se tiene que cruzar el salón para subir a las habitaciones.

—¿Has estado aquí antes? —preguntó ella.

Hugh asintió, y fijó sus oscuros ojos en el escote de Jane; ella reaccionó ante su mirada. Se había pasado todo el viaje relajándose y tensándose cada vez que él la miraba de ese modo. Después de aquel beso, del que no dejaba de repetirse que había sido tan perfecto por casualidad, una devastadora anomalía, Jane sentía sus pechos más sensibles, como si el corsé le apretara.

E, igual que él, ella también le había estado observando. Pero había sido mucho más discreta. Se dio cuenta de que todos aquellos cortes que tenía en la cara, y las cicatrices del cuello y de las manos, no encajaban con la profesión que decía tener. Ni tampoco lo hacía el modo en que había golpeado a Freddie. Freddie era muy corpulento y, aun así, Hugh lo había mandado por los aires con mucha facilidad.

Jane había ido a combates de boxeo y había visto a muchos luchadores de grandes puños, pero estaría dispuesta a apostarse todo lo que tenía a que Hugh podría vencerlos a todos. Eso no encajaba. Ni tampoco que tuviera ese cuerpo tan musculoso, como si se pasara horas trabajando en el campo.

Jane estaba segura de que no era un simple hombre de negocios. Pero no sabía qué podía ser...

—¿No puedes taparte un poco? —farfulló Hugh al soltarla—. No hace falta que todos los clientes te vean.

—Toda mi ropa está en los baúles.

—¿Y tampoco puedes recogerte el pelo? —Frunció el cejo al ver su melena suelta.

Jane no solía llevar sombreros, y menos para viajar; eran muy incómodos.

—Hugh, hasta ahora no me he quejado del duro viaje que has organizado. Pero si me dejas aquí fuera con el frío y la humedad que hace y con lo cansada y hambrienta que estoy, tal vez empiece a hacerlo.

Hugh tomó aire, la cogió de la mano, y la arrastró hacia adentro casi corriendo. Entraron en un salón que era de lo más común y bullicioso. Los clientes bebían ginebra y perseguían a las camareras. Jane vio fascinada cómo una, con un simple movimiento de caderas, lograba escapar de uno de ellos.

Jane había estado en sitios mucho peores con sus primas. Al parecer, en Londres todo el mundo buscaba experiencias al límite, y las Ocho había hecho de ello un arte. Solían disfrazarse con ropa de hombre y se pegaban bigotes falsos, que, aparte de hacerlas reír, seguro que no servían para mucho más, y entonces se iban a visitar un escandaloso museo de cera, por ejemplo. También habían apostado en los tugurios del East End y habían asistido a un lascivo espectáculo pictórico.

Para Jane, aquel salón era un poco aburrido.

Cuando Hugh se vio obligado a reducir el paso para poder cruzar entre los clientes, uno demasiado borracho para saber lo que hacía, se dirigió hacia Jane. Se tambaleó y se sujetó a ella, y parecía tener toda la intención de recostar la cabeza entre sus pechos.

—Hugh. —Le apretó la mano—. Tal vez podrías...

Hugh se volvió y la colocó detrás de él, a la vez que le daba un puñetazo al tipo. Jane abrió los ojos de par en par y la habitación se quedó en silencio.

Acariciando el brazo de Hugh murmuró.

—Hugh... déjalo. Sería una pelea muy injusta.

Sam, la prima de Jane, dijo una vez que ésta tenía un carácter muy fiero, pero incluso a ella le sorprendía ver cuán letal y preciso era Hugh y lo dispuesto que estaba a atacar. ¿Un hombre de negocios dedicado a las importaciones? Sí, y ella era la reina de Egipto.

Cuando Hugh apartó el puño, el borracho dio un paso atrás, farfulló una disculpa y Jane creyó ver que el hombre se había mojado un poco los pantalones.

Hugh la mantuvo apretada contra su espalda, como pegada a él, y estudió la sala. Jane se dio cuenta de que estaba con el hombre más grande y terrible que allí había. Era como si todos los clientes lo conocieran, pues a cada paso que daba, se apartaban de él y evitaban mirarla a ella.

Finalmente, dejó de sujetarla con tanta fuerza y se dio la vuelta para ofrecerle el brazo. Jane lo aceptó encantada y todo volvió a la normalidad. Hugh y ella atravesaron el salón, y el cuerpo de él seguía vibrando, como si haber golpeado a aquel pobre hombre le hubiera supuesto un gran esfuerzo. Jane intentó quitarle importancia.

—Cariño, veo que el peligroso mundo de las importaciones te ha endurecido...

—¡MacCarrick! —lo llamó una preciosa rubia mayor que ella que no podía dejar de devorarle con la mirada—. Cuando me dijeron que habías vuelto a mi modesto establecimiento no me lo podía creer. —La mujer se acercó a cogerle la mano. Tenía mucho pecho, un acento francés muy sexy y llevaba un escote muy bajo que ni siquiera Jane se habría atrevido a llevar jamás.

Ahora entendía por qué Hugh no había querido que parasen allí. Jane sospechaba que él y la explosiva francesa habían sido amantes.

Hugh rescató su mano y le presentó a Jane.

—Jane, ella es Lysette Nadine. Lysette, ella es mi... esposa, Jane... MacCarrick.

Jane pensó en todas las veces que había escrito ese nombre, Jane MacCarrick, y suspiró, pero Hugh apenas podía pronunciarlo. El placer que solía inundarla se convirtió ahora en agonía.

—¿Esposa? —La mujer abrió la boca sorprendida pero en seguida recuperó la compostura—. Tiene que ser algo muy reciente. La última vez que te vi fue hace seis meses, y seguías soltero.

Hugh se encogió de hombros sin mostrar mayor interés. ¿Así que no se habían visto en todo ese tiempo?

Lysette bajó la voz y dijo:

—Creía que habías jurado no casarte nunca.

—Las cosas cambian —contestó él, y Jane supo que eso era sólo la punta del iceberg. ¿Había jurado no casarse nunca?

La tal Lysette tenía unos enormes e inocentes ojos azules, pero en realidad era muy lista y no se le pasaba por alto ningún detalle. Cuando repasó a Jane descaradamente de arriba abajo, ésta se limitó a sonreírle igual que a un niño pequeño que busca llamar la atención. Se sentía segura de sí misma y, por raro que fuera, sabía que, aunque esa mujer y Hugh hubieran sido amantes, él se sentía mucho más atraído por ella. Pero no pensaba dejar impune ese intento descarado de robarle a Hugh, y aunque él le había dicho que no lo tocara, Jane se arrimó a él y recostó la mejilla contra su brazo. Lo sintió tensarse al instante.

Lysette levantó una ceja y, como para retarla, preguntó:

—¿Cuántas habitaciones quieres, Hugh?

—Una —contestó Jane antes de que él pudiera responder. ¿Así que la desafiaba? Jane recorrió la espalda de Hugh con los dedos, y en el camino detectó una pistola que no sabía que llevaba; descansó la mano en su cuello para acariciarle la piel lánguidamente con las uñas. Hugh se tensó aún más—. Y nos gustaría que nos subieran una bañera y la cena.

Lysette miró a Hugh como si esperara que contradijera a Jane.

Jane descansó su otra mano contra el musculoso pecho y a la vez presumió de anillo.

—¿Me he excedido, esposo?

Hugh la fulminó con la mirada, pero le confirmó a Lysette.

—Una.

Ésta forzó una sonrisa.

—Yo misma os acompañaré.

Cuando entraron en la habitación, que era muy espaciosa, Jane se sentó en la cama y dio unos golpecitos al colchón.

—Sí, cariño, servirá. —Miró a Hugh de un modo lascivo y ronroneó provocativa—. Y creo que incluso podremos dormir bien.

Tanto él como Lysette la miraron a la vez. Hugh con una advertencia en los ojos, y Lysette con una promesa de venganza.

Por fin, la rubia se fue y, antes de salir, farfulló un insincero:

—Si necesitáis cualquier cosa...

Tan pronto como la puerta se cerró, Hugh preguntó:

—¿A qué estás jugando?

—¿No deberíamos actuar como si estuviéramos casados? —Jane se tumbó en la cama y levantó las manos por encima de su cabeza para poder seguir mirando su anillo. Había decidido que definitivamente iba a quedarse con él, a pesar de no poder quedarse con el novio al que iba asociado—. Así es como me comportaré con mi marido cuando llegue a tenerlo. Querré flirtear con él, y tocarlo. Y no me tomaré a la ligera que otra mujer intente hacer lo mismo.

—¿Serás posesiva con tu marido?

—Mucho. —Se apoyó en los codos—. En especial si es tan evidente que tú, quiero decir él, tiene algún tipo de historia con la voluptuosa camarera que intenta hacerme sentir como una intrusa en su pequeña fiesta para dos. —Enarcó una ceja—. ¿Quieres contarme lo de tu historia con la francesita?

—No especialmente.

—Hugh, algún día te vas a morir de ganas de saber algo de mí. Y si sigues negándote a responder a mis preguntas, yo me sentiré obligada a hacer lo mismo.

Antes de que él pudiera responder, una doncella llamó a la puerta y entró para instalar una bañera de cobre detrás de un biombo.

Hugh preguntó entre susurros:

—Antes de que se vaya, ¿necesitas que te ayude a desvestirte? —Al ver la mirada de Jane, añadió—: Creí que echarías de menos a tu doncella.

—Oh, ¿y quién ha sido el que ha dicho que ella no podía venir con nosotros? No importa, tú puedes ayudarme. Además, estoy segura de que tienes bastante práctica en desnudar a mujeres.

La doncella tosió detrás del biombo. Hugh miró al techo como si rezara pidiendo paciencia.

Jane le ignoró y dirigió la mirada hacia la doncella que se ocultaba detrás de la delgada tela. Se dio cuenta de que, a través del biombo podía ver con detalle su silueta, y también podía verla a través de las bisagras de los paneles. Si Hugh se quedaba en la habitación mientras Jane se bañaba, podría verla lo mismo a ella. Jane sintió un escalofrío. Aquél no era momento para desarrollar una falsa modestia. Al fin y al cabo, iba a viajar con aquel hombre por tiempo indefinido.

Cuando la doncella, completamente sonrojada, terminó de llenar la bañera con agua caliente, Jane caminó hacia el biombo y se colocó tras él. ¿Se estaba desvistiendo más despacio de lo habitual? Jane creyó oír un leve gemido al quitarse las medias, y uno más audible cuando se levantó la camisola para quitársela por la cabeza.

Oh, su pobre, pobre espalda estaba cansada de tanto viaje. Levantó los brazos y se estiró.

Hugh paseaba de un lado a otro de la habitación como un tigre enjaulado.

Cuando Jane por fin entró en la bañera, gimió de placer, y no fue fingido. Siempre le gustaba bañarse. Luego se recostó para poder pensar en ese día tan extraño.

Recordó el desengaño que había visto en los ojos de Freddie y de inmediato se sintió culpable. Le dolía el modo en que habían acabado las cosas, y su expresión casi había hecho que se desmoronase. A eso tenía que sumarle que, segundos antes de que Freddie llegara, había estado a punto de olvidar el verdadero motivo por el que estaba atormentando a MacCarrick en el carruaje.

Por muy impulsiva e impetuosa que fuera, todavía estaba consternada. Y aún no se daba por vencida. Estaba a punto de vivir una gran aventura con Hugh.

Jane creía que, finalmente, él había optado por llevarla a Carrickliffe, al norte de Escocia. Desde que le había descrito ese lugar, años atrás, ansiaba visitarlo. Quería ir para comprobar cómo era un sitio capaz de producir hombres como Hugh.

Jane había estado en Escocia, pero nunca más al norte de Edimburgo; no había llegado nunca a las salvajes Highlands. ¿Iba a cumplir Hugh por fin su promesa?

Estaba inquieta, tras el día que había tenido era normal, pero lo que más la inquietaba era la creciente fascinación que sentía por su marido. Después de ver lo bien que se desenvolvía en una pelea, y de detectar esa pistola en su espalda, se moría por saber más cosas de él.

Al ver que seguía caminando por la habitación, estiró una pierna y derramó un poco de aceite de baño sobre ella. Hugh se detuvo, y Jane supo que podía verla. Antes, a ella no se le habría ocurrido pensar que él fuera del tipo de hombre capaz de apartar aquel biombo y violarla. Ahora no lo sabía.

¿Quién era Hugh en realidad? Si no se dedicaba a los negocios, ¿por qué había mentido? A no ser, claro está, que estuviera haciendo algo ilegal, como su hermano pequeño, Courtland, el infame mercenario. Enarcó una ceja. ¿Y si Hugh era también un mercenario?

Suspiró. El problema de la fascinación es que acaba creando sentimientos; sentimientos como el amor, y el amor conlleva desgracia. Jane ya había pasado por eso antes, y estaba dispuesta a hacer todo lo necesario para evitarlo.

Hugh tenía razón. Él ya no era el mismo. El tranquilo y sereno Hugh del que ella se había enamorado, había desaparecido para siempre. Y Jane no sabía cómo tratar a ese nuevo e intenso hombre.

Ya la había advertido, le había dicho que jugar con él sería como jugar con fuego. Y esa misma mañana se había quemado un poco.

Jane ladeó la cabeza y frunció el cejo. «¿Desde cuándo tenía ella miedo de jugar con fuego?»

17

Hugh no podía dejar de preguntarse qué había hecho para recibir ese tormento, pero la respuesta era demasiado larga.

Jane acariciaba sus largas piernas de arriba abajo. Él sospechaba que sabía que podía verla, pero ella era tan sensual, que Hugh se apostaría lo que fuera a que cuando estaba sola también se masajeaba las piernas así de despacio.

¿Qué más hacía a solas?

Sólo de pensar en ella acariciándose el sexo...

Hugh tuvo que apretar los dientes al sentir que su erección crecía un poco más. Estaba seguro de que Jane se tocaba de ese modo cuando sentía la necesidad. ¿Pensaría en él alguna vez? Él siempre pensaba en ella. La noche anterior, después de verla, a pesar de que estaba agotado y herido, su cuerpo se moría de deseo por ella y Hugh tuvo que recurrir a su mano.

Jane siempre había sido muy abierta en cuestiones sexuales, y él sabía que estaba llena de pasión. Una pasión que necesitaba una vía de escape.

Recordó cómo Bidworth le había abrochado la blusa. ¿Habría Bidworth satisfecho las necesidades de Jane?

Hugh debería haberlo matado.

¿Cuánto tiempo faltaba hasta que pudiera librarse de aquella situación imposible? «Date prisa, Ethan, o me volveré loco.» Intentó por todos los medios pensar en otra cosa, en cualquier tontería, y optó por caminar hacia la ventana. No quería quedarse en aquel hostal. Allí lo conocía demasiada gente, y alguien sabía demasiados detalles sobre él y su profesión: Lysette, la ex amante de Grey. Era imposible que llegaran al siguiente hostal antes del anochecer y, cuando Jane insistió en pararse allí, Hugh pensó que podría aprovechar para interrogar a Lysette.

A ésta siempre le había gustado Hugh, y Grey la había abandonado para irse con una puta.

Pero el incidente del salón había puesto de manifiesto que había sido una mala idea. Hugh debería haber rodeado a Jane con el brazo, pero en vez de eso, la arrastró a través de la multitud. Y cuando Hugh había golpeado a aquel borracho a Jane le había bastado con mirar a Hugh para saber qué él no era lo que decía ser. Aún no sabía qué era, pero sí sabía con exactitud lo que no era.

La oyó salir del agua y, como el impresentable que era, se apoyó contra la pared. Cuando la vio, tuvo que morderse la lengua para no soltar una maldición, y casi estuvo a punto de desplomarse. Por el espacio que quedaba entre los paneles, Hugh podía ver su espalda mojada y se le cortó la respiración ante el generoso trasero que vislumbró al final de sus largas piernas.

Cerró los ojos un instante y se riñó por haber mirado, pero en su imaginación se vio acariciando esas nalgas a la vez que le recorría el cuello con los labios.

Le sorprendió ver cómo había cambiado. Aún tenía los brazos y las piernas delgados, al igual que el torso, pero sus pechos y sus nalgas se habían redondeado y parecían pedir que sus manos los acariciaran. «Llévala a la cama, y cubre su mojado y sedoso cuerpo con el tuyo, poséela...»

La doncella volvió a llamar a la puerta, salvándolos así de una desgracia. Entró y dejó su cena encima de la mesa que había en la habitación. Hugh, que todavía estaba tan duro como la madera, no se apartó de la ventana. Cuando la chica se fue, se sentó para que Jane no se diera cuenta. Vio que la comida era sencilla, pero el vino parecía ser de una añada tolerable.

Pocos minutos después, Jane salió de detrás del biombo. Se había puesto un vestido azul oscuro y un chal lo suficientemente abierto como para que él pudiera ver los pálidos montículos de sus senos. Cuando Hugh consiguió apartar la vista de ellos, se dio cuenta de que llevaba el pelo suelto, y que unos mechones, aún húmedos, se ondulaban alrededor de su cara. Tenía su inmaculada piel sonrosada y le brillaban los ojos.

Era fina y elegante, su figura y su rostro eran la imagen misma de la pureza. Hugh quiso, aunque fuera sólo por un momento, fingir que él era el afortunado bastardo que se había casado con ella. Quería fingir que podía verla salir del baño siempre que quisiera, y que podía cenar con ella cada noche antes de acostarse juntos.

Allí estaba él, con una mujer tan bella que hacía que todos los hombres midieran sus palabras y sus acciones, pendientes de lo que ella pensara. Jane pondría nervioso a cualquiera. Y aun así, seguía siendo Jane.

Y cuando así lo deseaba, era condenadamente fácil estar con ella.

—Mi noche de bodas. —Se sentó en una silla—. Cariño, es tal como la habíamos soñado.

Ahora no iba a permitirlo.

Hugh se enfureció. Estaba haciendo todo eso por ella. Lo único que ella tenía que hacer era dejarle hacer su trabajo en paz...

—También es mi noche de bodas. Yo también estoy decepcionado.

—¿Por las circunstancias o por tu... esposa? —Sin apartar los ojos de él bebió un poco del vino que él había servido y luego se lamió el labio inferior.

Hugh se movió incómodo en su asiento.

—Cualquier hombre se sentiría orgulloso de que fueras su esposa.

—Entonces, ¿tu decepción tiene que ver con el hecho de que juraste que nunca te casarías?

—En parte.

—¿En parte? ¿Y por qué...? —se interrumpió y abrió los ojos de par en par—. Tienes una amante, ¿a que sí? Y no la quieres dejar. Es eso, ¿me equivoco? Ya tienes una mujer.

—Yo... ahora mismo no —contestó él avergonzado. Nunca había tenido ninguna relación estable con una mujer, estaba seguro de que jamás se había acostado dos veces con la misma. Cuando se enfurecía con el mundo, se emborrachaba y se iba a la cama con una para intentar olvidar, pero eso sólo empeoraba las cosas.

Un día, Court le preguntó por qué iba con tan pocas mujeres. «Si al acabar te sintieras como yo me siento, tú tampoco lo harías», le respondió él.

—Es sólo que nunca he tenido intenciones de casarme.

—¿Nunca? —preguntó ella extrañada.

—No entra en mis planes —confirmó él.

Jane se bebió toda la copa.

—¿Así que ahora no tienes ninguna amante? Me juego lo que quieras a que te has acostado con un montón de mujeres.

—No pienso hablar de eso contigo.

—Tú solías contarme todos tus secretos.

Nunca los más grandes. Aunque se moría de ganas de hacerlo.

En el pasado, a menudo Hugh había querido contarle a Jane lo de la terrible maldición, pero sabía que se burlaría de él. Jane podía ser irracional, temperamental, obstinada, pero nunca, nunca soñadora. Podía imaginársela diciendo: «Si es así, tendrás que perdonar que no quiera estar contigo, cariño, la verdad es que me gusta mucho estar viva».

Y ahora, ¿por qué iba a contárselo? La proximidad que ambos habían compartido había desaparecido.

—Bueno, Hugh, ¿a qué te dedicas de verdad? Tú no eres un hombre de negocios. A no ser que una maléfica importación sea la culpable de las heridas de tu cara.

Hugh enarcó una ceja. Jane era una mujer muy curiosa, y tenía la mala costumbre de elaborar sus propias teorías sobre lo que no sabía. Eso podría serle útil.

—Conociéndote, seguro que tienes tu propia versión de los hechos.

Jane levantó una mano con la palma hacia arriba y se la ofreció para que él pusiera la suya encima. Antes de que pudiera pensarlo mejor, Hugh se inclinó hacia la mesa. Ella le apretó la mano y le acarició con las yemas de los dedos las heridas que tenía en ella. Era una simple caricia, pero Jane la convirtió en algo muy sensual.

Levantó la cabeza y lo miró a los ojos.

—Creo que eres un mercenario.

Se estaba acercando.

—¿Te dedicas a eso? —Le recorrió el centro de la palma con el dedo índice y aumentó la presión.

—¿Qué te lo hace pensar? —preguntó él con voz ronca.

—Tiene sentido. Mi padre me dijo que acabas de regresar del continente y que allí habías estado con tu hermano Courtland. Todos saben que Court es un soldado de fortuna, y que él y su banda de escoceses están causando estragos. Seguro que tú eres uno de ellos.

Hugh había ido a Andorra para pelear con los hombres de su hermano, pero sólo lo había hecho para ayudar a Court. Ellos se habían enfrentado a la Orden de los Rechazados, una panda de maníacos asesinos empeñados en matar a Court y a Annalía.

—Así te heriste la cara —continuó Jane, y siguió acariciándole la mano con suavidad—. Y así es como has hecho algo de dinero.

¿Algo de dinero? Gracias a sus meticulosas inversiones y a especulaciones muy bien calculadas, Hugh había amasado una fortuna. Era indiscutiblemente rico y poseía una maravillosa mansión en las costas de Escocia. Al oír esas palabras, sintió algo completamente desconocido para él; la necesidad de fanfarronear, de impresionarla. Pero sabía que no serviría para nada.

—¿Por qué no crees que hago negocios con tu padre?

—Hugh, no soy tan imbécil. —Le recorrió con el dedo la peor herida del reverso de la mano—. Mírate las manos. Y mira lo musculoso y en forma que estás. No se tiene este cuerpo dedicándose a los negocios.

Hugh tuvo que esforzarse por no ruborizarse ante aquellos piropos.

—Paso mucho tiempo en el campo —dijo.

—He ido con mis primas a combates de boxeo. —Con su mano, colocó la de él en forma de puño, y la estudió antes de volver a mirarle a los ojos—. Sé de lo que son capaces esos luchadores, y después de ver cómo pegabas a Freddie, me atrevería a decir que eres capaz de ganarles a todos.

Ahí había oculto otro piropo, pensó Hugh.

—Tengo dos hermanos. He practicado mucho. Tú sabes que pasaba más horas peleándome con Ethan que hablando con él.

Jane se dio cuenta de que él estaba esquivando las respuestas y empezó a enfadarse.

—Mi padre te cubrió las espaldas para que pudieras ser mercenario, ¿no es así? —Le soltó la mano de golpe—. Que el hijo pequeño fuese por mal camino sólo provocaría algunos comentarios, pero que lo hicieran dos de los hermanos sería mucho peor. Eso afectaría mucho a la reputación de Ethan, y él tiene un título.

¿La reputación de Ethan? Jane no tenía ni idea de lo que estaba diciendo. A Hugh siempre le había maravillado que aquel bastardo de sangre fría que era su hermano mayor hubiera podido ocultar todo lo que había hecho. En especial, porque Ethan ni siquiera se había molestado en intentarlo.

Se encogió de hombros y a continuación se echó hacia atrás.

—Hugh MacCarrick, el mercenario. A no ser que quieras darme otra explicación.

—No, en absoluto. —«Quédate con esa teoría, pequeña.»

—¿Qué hacen exactamente los mercenarios?

—Los mercenarios van a la guerra por dinero, son soldados profesionales.

—¿Has viajado por todo el mundo? —preguntó ella, y su tono de voz de repente pareció inocente.

—A ningún sitio en donde a ti te gustase estar.

—Tiene que ser emocionante. —Cuando él no dijo nada, ella prosiguió—: Yo siempre he querido viajar a sitios exóticos. Quin nos ha prometido unas mil veces que nos llevará a Claudia y a mí de viaje, pero siempre está tan ocupado...

¿Que Quin las iba a llevar de viaje? Sólo si aquellas dos chicas estaban dispuestas a hacer un tour por los mejores burdeles del mundo.

—¿Alguna vez tienes miedo? —preguntó Jane—. ¿Durante las peleas?

El objetivo de Hugh era evitar las peleas.

—Si lo tuviera no lo reconocería. Los hombres no hacemos esas cosas.

—¿Has estado en muchas guerras? ¿A cuánta gente has matado?

Hugh ignoró esas preguntas.

—Me dijiste que estabas hambrienta y no estás comiendo nada.

—Sí estoy comiendo. —Al ver cómo la miraba, añadió—: Estoy comiendo uvas destiladas. Contéstame, ¿quieres?

—No los he contado. —Grey le había enseñado eso. Le dijo: «Un día, escocés, te levantarás por la mañana y sólo serán eso, un número».

—¿Qué te ha pasado en la cara?

Típico de ella insistir en eso. Se la veía tan pálida y perfecta con aquel vestido de seda.

Cuando Grey empezó a caer en el abismo, le encantaba recordarle a Hugh lo fuera de su alcance que estaba de Jane. Una mujer como ella jamás se fijaría en un hombre con el cuerpo tan castigado y dolorido que lo hacía sentirse mucho mayor de lo que era, y que además era incapaz de comportarse en sociedad.

Un hombre que había cruzado una línea sin retorno.

—Me corté en un desprendimiento de rocas. —Después de volar la cima de la montaña en la que estaba el campamento de los Rechazados, con ellos dentro—. Fue un accidente. —Cierto, él no había tenido intención de seguir allí cuando empezara a caer la pizarra.

En pocos segundos, Hugh había matado a treinta Rechazados.

«No tiene ni idea del tipo de hombre que tiene sentado delante.»

—¿En tu trabajo? —Parecía como si de verdad sintiera curiosidad por él. Pero no era un interés sincero. Sólo le interesaba porque Hugh se negaba a responder, ése era el único motivo. A Jane, nada le gustaba más que luchar por aquello que quería.

Hugh bebió un poco de vino, y se acordó de que él la había animado a ser así.

Cuando Jane tenía quince años, Hugh y el gruñón de Court la llevaron a un concurso de tiro al arco. Cuando los otros participantes se enteraron de que Jane se había apuntado, se negaron a competir contra ella.

Al ver la profunda decepción en los ojos de Jane, una vulnerabilidad que raras veces aparecía en ellos, a Hugh le dio un vuelco el corazón y se agachó para susurrarle al oído: «Desafíalos, pequeña».

Finalmente, consiguió ganar una maldita medalla.

No fue el primer puesto, los demás participantes no habían permitido que alguien tan joven los humillara, pero Jane miró su premio como si lo fuera, como si con esa medalla hubiera alcanzado un hito. La apretó entre sus manos y lo miró a los ojos:

—Quiero más.

—Tienes el talento necesario para ganarlas —respondió él triste. Hugh sabía que no había demasiados torneos en los que una chica tan joven pudiera participar, sin importar lo mucho que ella necesitara hacerlo...

—¿Es por eso por lo que no quieres casarte? —prosiguió ella—. Tu trabajo te lo impide.

—Jane, ¿por qué soy siempre yo el interrogado?

—Al menos dime adónde vamos.

—Si te lo hubiera dicho esta mañana, ¿se lo habrías dicho a Bidworth?

—No —respondió ella demasiado rápido, y luego rectificó—, bueno, tal vez lo habría hecho. Pero Freddie no se lo habría dicho a nadie.

—Entonces no, no voy a decírtelo. —Cuando ella abrió la boca para seguir discutiendo, él contestó con voz tajante—. Ya basta de preguntas.

Jane suspiró e, incómoda, recorrió la habitación con la mirada. Sin que ella se diera cuenta, el chal se le bajó y dejó al descubierto un suave y pálido hombro. Todos los músculos de Hugh se tensaron. La delgada tela del vestido se ceñía a sus pechos y él fue incapaz de apartar la mirada de ellos. Aquel color resaltaba tanto su delicada piel, que Hugh se imaginó cómo sería deslizarle el traje de seda por los hombros y dejar que resbalase sobre sus pechos hasta llegar al suelo. Suspiró hondo y confió en parecer más exasperado que excitado.

—Vuelve a ponerte el chal.

Ella frunció el cejo y estudió su reacción.

—Al contrario, tengo que quitármelo. Hace mucho calor y no puedo pedirte que abras ninguna ventana.

—Vuelve a ponértelo —repitió él la orden.

Jane enarcó una ceja.

—En el carruaje me has estado mirando los pechos, tendrías que estar contento de poder verlos mejor.

—Reconozco que me gusta mirarte. —No iba ni a intentar negarlo. Incluso en esos momentos, al ver cómo su pecho se apretaba contra la tela, se moría de ganas de tenerlo entre sus labios y sentir cómo temblaba al lamerlo. Apartó la mirada y dijo con voz calmada—. Eres una mujer muy bella.

Hugh se dio la vuelta, pero antes de hacerlo, creyó ver cómo ella se sonrojaba por el piropo.

—Pero verte así hace que desee hacer más cosas, un deseo que tú no compartes, y que no podemos permitirnos.

Jane ladeó la cabeza para sopesar las palabras de Hugh con cuidado y dijo:

—¿Y si te dijera que sí comparto ese deseo?

—Entonces te diría que eres una coqueta sin remedio, y te señalaría lo fácil que te ha sido olvidar a Bidworth. —«Sólo has tardado una tarde. Mujer inconstante.»

Ni siquiera había fingido lealtad a él. Y pensar que le había preocupado tener que presenciar que ella llorara por ese hombre.

Hugh nunca querría a una mujer como Jane, aun en el caso de que pudiera tenerla.

Fuera como fuese, él sólo estaba allí para protegerla, y sus juegos eran un estorbo. En tono amenazador dijo:

—Ya te lo advertí. Sabes lo que pasará.

Ella no hizo ningún movimiento para cubrirse. Era otra batalla de voluntades. Una vez más.

Pero él ya no era el mismo chico de hacía unos años. No podría serlo aunque quisiera. Las cosas que había visto lo habían cambiado. Lo que había hecho lo había moldeado.

Había matado con sus propias manos.

Se puso de pie y se acercó a ella. Sin preámbulos, la colocó encima de la mesa. Su intención era ponerse delante de ella y volver a cubrirla con el chal, pero hizo otra cosa. Le cogió los brazos y se los mantuvo apretados a los lados. Hugh aún podía apartarse; ¿por qué seguía acercándose?

De allí no podía salir nada bueno. Porque él era un duro asesino que se había pasado la última década obsesionado por una mujer inconstante. Una mujer a la que le encantaba provocarle. Una mujer a la que no podía tocar, en especial desde que se había casado con ella. Nada bueno...

Jane esperó sin aliento a ver qué iba a hacer él. Tampoco Hugh tenía ni idea. Cuando deslizó las caderas entre sus piernas, ella empezó a temblar. Descubrió que tenía la piel muy sensible, y que todo su cuerpo era condenadamente receptivo. Estar con ella sería como sujetar un hierro ardiendo.

¿Qué pasaría si él quisiera hacerle el amor y ella se lo permitiera? Hugh tragó saliva, y sólo de pensarlo se le aceleró la respiración.

Al fin la poseería.

Con un gemido de rendición se acercó a ella y apresó el sensible lóbulo de la oreja de Jane entre sus labios, recorriéndoselo con la lengua. Ella sintió un escalofrío. Hugh le puso una mano en la espalda y con la otra tiró de su melena para obligarla a recostarse en la mesa apoyada en los codos.

Mareado por lo que iba a hacer, Hugh también se inclinó y apretó la boca contra aquel pecho recubierto de seda.

18

Mientras Hugh deslizaba los labios por sus pechos, no dejaba de pronunciar con voz ronca palabras en gaélico. Parecía perdido, tan absorto como si ni él mismo entendiera lo que estaba haciendo.

Jane hundió los dedos en la espesa melena de Hugh y lo acercó a ella con un suspiro de placer.

Eso era lo que había echado en falta con Freddie. Y no, no podía prescindir de ello.

No era sólo que él hiciese que ella lo deseara, sentía además que él la necesitaba, o que necesitaba algo que ella tenía. Jane quería dárselo de todo corazón, fuera lo que fuese.

Lo que sucediera en el futuro o lo que había sucedido en el pasado dejó de importarle al ver la desesperación que había en sus ojos.

Hugh seguía tirando de su melena con suavidad para hacer que se inclinara más y no dejaba de besarle el pecho y farfullar:

—Maldita sea, se supone que tienes que decirme que pare.

Dudó un segundo y cerró la boca alrededor de un excitado pecho para luego empezar a recorrerlo despacio con la lengua.

—Oh, Dios mío —suspiró Jane maravillada.

Hugh levantó la cabeza, sus ojos sombríos no dejaban de mirarla, de estudiar su respuesta.

—¿Te gusta? —Ante el gemido de placer de Jane, dedicó su atención al otro pecho—. Creías que iba a reaccionar a tus insinuaciones del mismo modo que hace años —repitió con ternura la misma exploración, y dijo—: Me has empujado hasta que ya no he podido aguantar más.

—Pero... pero hace años...

—Hace años era joven y honorable. Ahora soy lo bastante viejo como para saber lo que necesito, y lo bastante deshonesto como para... —le mordió un pezón con suavidad y logró que ella se sorprendiera y se arqueara aún más contra su boca— cogerlo.

—Hugh —murmuró Jane—. Hugh, por favor.

—¿Quieres que siga, pequeña? Sigue atormentándome y pronto estaré dentro de tu dulce cuerpo. —Se apartó y la miró a los ojos. Fuera lo que fuese lo que vio en ellos, lo hizo alejarse de ella. Se pasó los dedos por el pelo, abrió la boca y volvió a cerrarla. Por fin, soltó—: Quédate aquí. Cierra la puerta cuando me vaya y no salgas de la habitación.

—¿Por qué?

—Nunca creí que pudieras ser así —gritó él—. No conmigo. —Y se fue dando un portazo.

¿Se suponía que no tenía que ser así con *él*? ¿Qué había hecho mal?

Hugh se quedó fuera, apoyado contra la puerta. Tendría que seguir allí un rato antes de poder bajar. Jane había visto lo excitado que estaba y cómo su erección tiraba de sus pantalones. Sabía que tendría que recuperar el dominio de su cuerpo. El de ella era incontrolable.

Mientras seguía sentada en la mesa, con la respiración entrecortada, con un tenedor junto al muslo y una copa demasiado cerca de la mano en la que se apoyaba, Jane se dio cuenta de una cosa horrible: el beso del carruaje no había sido una excepción.

Las cosas iban a ser de ese modo siempre que ella y Hugh estuvieran juntos.

Jane sabía que él sería un buen amante, era bueno en todo lo que hacía, y tanto si la ayudaba a descender de un carruaje como a montar a caballo, la trataba como si estuviera hecha de cristal. Pero ella nunca se habría imaginado que su gigante escocés pudiera ser tan... erótico.

Había conseguido encenderla, había logrado que sintiera una enorme y húmeda necesidad entre las piernas. De nuevo.

Sus besos eran lentos y tentadores, sus labios fuertes y carnales. ¿No se daba cuenta de que con su amenaza de «estar pronto dentro de su dulce cuerpo», lo único que había logrado era que lo deseara aún más? Había estado a punto de gritar: «¡Sí, hazlo!».

Creyó oír cómo golpeaba algo fuera de la habitación y por fin se iba.

Jane no quería obligar a Hugh a seguir casado con ella, porque sabía que tarde o temprano la abandonaría, fuera ese matrimonio real o no. Y estaba enfadada por volver a estar en una situación en la que él podía hacerle tanto daño. Y se había jurado protegerse.

Jane llegó a la conclusión de que ahora los dos lo estaban pasando fatal. Aunque no quisiera seguir casada con él, eso aún lo tenía claro, todavía no quería separarse de él. No tan pronto. Tenía miedo de que volviera a desaparecer otros diez años, y no estaba ni de lejos preparada para que eso sucediera otra vez.

«Tengo que hacer que vuelva... Tengo que darle lo que necesita.»

Decidida, se alisó el vestido, se envolvió con el chal, vació, de un modo nada femenino, la copa de vino, y abrió la puerta. Miró fuera, pero él no estaba en el rellano.

Miró a ambos lados y corrió luego hacia abajo, hacia el bullicioso salón. Hugh estaba sentado a una mesa, bebiendo algo, y apretaba la copa con tanta fuerza que tenía los nudillos blancos.

Suspiró aliviada. Al menos no era la única que se sentía de aquel modo; ella le afectaba tanto como él a ella.

Tal vez no había regresado antes por culpa de su peligrosa profesión. Abrió los ojos de par en par. Tal vez había querido hacerlo, pero no había podido...

Se quedó boquiabierta al ver cómo Lysette se acercaba a él y lo rodeaba con los brazos. La mujer se acercó aún más y le susurró algo al oído mientras deslizaba una mano arriba y debajo de su espalda.

Hugh la apartó, pero Jane vio horrorizada cómo luego se levantaba para seguirla al cuarto de atrás.

19

—Cuánto tiempo, MacCarrick —dijo Lysette al cerrar la puerta tras ellos.

—¿Sabes algo de Grey o no? —Hugh tenía aún la voz ronca por los besos de Jane, y su mente seguía confusa.

Cuando Jane le había suplicado unos minutos antes, Hugh buscó sus ojos, y en ellos encontró algo que no esperaba ver jamás. Ella no le suplicaba que parase, lo que le estaba pidiendo era que él la poseyera.

Nunca. La posibilidad de que Jane también pudiera desearle nunca había intervenido en la ecuación.

Caminó hacia donde estaba la botella de whisky y se sirvió, luego se quedó observando el líquido ámbar. Hugh siempre había contado con que, en caso de que él perdiera el control, Jane lo abofetearía y le diría que sus atenciones no eran bien recibidas. Sin ese seguro, estaba perdido.

—¿No tienes intenciones de ser más amable? —preguntó Lysette. Cuando él la miró sin inmutarse, ella preguntó flirteando—: ¿Y por qué iba a tener yo información sobre Grey?

«Las mujeres y sus juegos.» A Hugh lo ponían enfermo.

—Porque durante años os acostasteis juntos. Y sé que habéis mantenido el contacto desde que te dejó.

La mirada de Lysette se volvió calculadora.

—Si quieres saber algo de Grey, antes cuéntame quién es ella.

—Se lo debes a Weyland. —Éste gestionaba que gente como

ella, informantes, obtuvieran préstamos para abrir tiendas, tabernas y hostales en todos los cruces de camino de Europa. Era como una red. Lysette era buena en su trabajo, era observadora e intuitiva, y a cambio de obtener información se ganaba bien la vida.

—¿Weyland no tiene una hija que se llama Jane? ¿Una que dicen que es muy guapa?

Hugh vació la copa de un trago, no pensaba beber más.

—Exacto.

—Ahora todo encaja. Todo el mundo está a la espera de que Grey ataque a Weyland, y de repente tú te presentas aquí casado con su hija y alejándola de Londres. Harías cualquier cosa por ese viejo. Y, por lo que parece, sólo te has casado para ayudarle.

—¿Estás segura de que sólo es un matrimonio de conveniencia?

—Sí, mírate, estás aquí, en mi habitación lejos de tu nueva esposa. —Al ver que él se limitaba a beber, Lysette dijo—: Grey me contó que estabas enamorado de ella.

¿Y a quién no se lo había dicho? ¿Cuánta gente sabía de sus sentimientos por Jane Weyland? Dios, Jane MacCarrick. Maldición, sintió lástima de sí mismo al observar cuánto le gustaba oír ese nombre.

—Grey dijo muchas cosas que no son ciertas. Tú deberías saberlo.

—Es obvio que ella está jugando contigo. No le importas nada.

—¿Por qué lo dices? —preguntó él, y se esforzó por parecer desinteresado.

—Antes, cuando he flirteado contigo, ella me ha mirado como si eso le hiciera gracia. Ninguna mujer me mira nunca de ese modo, en especial si estoy encima de su marido.

—Tal vez se sienta muy segura de sí misma.

—O sea muy arrogante.

Posiblemente.

—No puedes aspirar tan alto.

—Lysette, eres la tercera persona que me dice eso hoy. Ya lo tengo claro. —Ethan, Bidworth, Lysette. Maldición, incluso los sirvientes de Jane pensaban que entre ellos dos había una diferencia abismal.

Lysette se acercó a él y le recorrió el torso con un dedo. A Hugh ese gesto lo dejó indiferente, y le apartó la mano con una expresión de asco, pero con la otra mano, ella intentó sacarle la camisa de los pantalones.

—Esta noche deberías cabalgar sobre una mujer. Pero aunque esa arrogante mocosa inglesa te lo permitiera, ella no es suficiente mujer para un hombre como tú.

Lysette no tenía ni idea de lo que decía. Hacía unos momentos, Hugh había podido ver un ápice de la pasión sin límite de Jane y se había quedado estupefacto.

Hugh exhaló y cogió a Lysette por la muñeca para apartarla.

—No hables mal de ella delante de mí. Nosotros ya éramos amigos antes de que esto sucediera. Además, hice una promesa. —Y hasta que su matrimonio se disolviera, iba a cumplirla.

Lysette se enfurruñó.

—¿Te niegas a que te dé placer por un simple matrimonio de conveniencia? ¿Cuando hace años que intento seducirte?

Hugh siempre había sido consciente de que ella coqueteaba con él. Tal vez incluso pudiese haber aceptado. Al fin y al cabo, reunía todos los requisitos necesarios, es decir, no se parecía en nada a Jane. Pero Lysette compartía cama con Grey, y Hugh nunca había necesitado tanto eso como para arriesgarse a perder la vida.

—Deja que te dé lo que ella no quiere darte. O no puede. —Bajó la voz—. Puedo hacerte cosas que harán que te preguntes cómo puedes haber vivido tanto tiempo sin mí.

Tenía delante a una atractiva y dispuesta mujer que aceptaría con gusto compartir la noche con él y que además prometía ser muy inventiva en la cama. Hugh sólo quería que a Jane le importara que se acostara con ella. Lysette se recorrió el labio inferior con la punta de la lengua y lo miró.

Al tener aún fresco lo que había sucedido minutos antes, se sintió insultado por el interés de Lysette. Todavía notaba el sabor de Jane en sus labios y todavía podía recordar aquella cálida y dulce piel contra su lengua. Hacía mucho que Hugh había comprendido que no le servía de nada intentar encontrar una sustituta.

Dejó el vaso.

—Si no vas a darme información sobre Grey, ya no tengo ningún motivo para estar aquí.

—¿Adónde vas?

—Regreso con mi arrogante mocosa inglesa. Jane podría enseñarte un par de cosas sobre seducción.

—Sigues enamorado de ella —dijo Lysette molesta—. Has cambiado. —Se rió sin humor—. Te basta con pensar que ella es tuya. —Cuando Lysette lo miró con pena, como ya habían hecho otros ese día, Hugh tuvo ganas de gritarle que Jane también lo deseaba.

Sin embargo calló y se dirigió a la puerta.

—Oh, Hugh. ¡Serás estúpido! La gente como ella no quiere a la gente como nosotros. Lo sé. Tal vez tu Jane Weyland flirtee contigo, tal vez incluso te desee. Pero nunca tendrás su corazón.

—Jane MacCarrick —la corrigió sin darse la vuelta.

Por todo el tiempo que pudiera.

—¿Y qué pasará cuando ella se entere de que eres un frío asesino?

Aminoró el paso.

—¿Qué pensará de ti entonces? —insistió.

No podía ni imaginárselo. Si eras un soldado, te vitoreaban por haber matado. Incluso ser el mercenario que Jane creía que era sonaba mucho mejor que ser un asesino. Los asesinos se ocultan y atacan desde las sombras. Eso era lo que la gente creía. En general, era cierto, pero Hugh también había tenido que luchar por su vida más veces de las que quería recordar.

Tenía miedo de que a Jane no le importara que hubiera matado, pero que creyera que lo había hecho... como un cobarde.

—Aunque ella te quisiera, tú no podrías llevar la vida a la que está acostumbrada.

Lysette tenía razón. Todo indicaba que Hugh nunca podría recuperar su lugar en la sociedad y que no se adaptaría al ritmo de ésta. Cuando curtidos soldados o asesinos que habían estado demasiado tiempo en el campo de batalla, lograban volver a la vida civil, lo llamaban «el regreso». Sucedía muy pocas veces y, por otra parte, Hugh ya se había sentido incómodo en actos sociales antes de escoger esa profesión.

Justo cuando llegó a la puerta y se metió la camisa dentro de los pantalones, Lysette dijo:

—¡Espera, Hugh! —Corrió hacia él y le puso las manos en el pecho para detenerle—. Grey ha llegado de Francia esta semana.

Hugh volvió a cerrar la puerta.

—¿Cómo lo sabes?

—Porque la mujer a la que le pedí que me consiguiera información sobre él apareció muerta.

—Eso no significa...

—Tenía el cuello abierto con mucha fuerza, casi se le había desgajado la cabeza.

Grey. No había duda.

—Se ha vuelto loco.

—Pero sigue siendo letal. Y os odia a ti y a Ethan por lo que le hicisteis.

—Tú también estabas de acuerdo con nosotros —le recordó Hugh al instante.

—Pero esa noche pasó algo raro. ¿Qué le hicisteis?

—No tengo ni idea —mintió, y vio que con ella podía hacerlo sin problema.

—Si él va detrás de Jane, que os encuentre es sólo cuestión de tiempo.

—También vendrá a por ti, Lysette. No puedes razonar con él, ya no está cuerdo. Espero que estés preparada.

—Lo estaré. —Con expresión resignada, dijo—: Vaya pareja. Una coqueta a la que está a punto de matar un asesino, y un asesino que está a punto de morir por una coqueta.

Cuando Hugh regresó a su habitación, Jane descansaba hecha un ovillo en la cama. Apenas había luz, pero por la tensión que irradiaba su cuerpo, él supo que estaba despierta.

Se sentó y la miró durante más de una hora. Al final, ella se durmió, pero no tardó mucho en empezar a moverse nerviosa. Sus ojos se movían a toda velocidad bajo sus párpados. Hugh se preguntó cómo sería verla completamente relajada.

Un marido verdadero podría acostarse junto a ella y abrazarla contra su pecho para alejar aquella pesadilla que la inquietaba. No tendría miedo de que ella le pidiera que le hiciera el amor para consolarla, ni de necesitarlo él también por el mismo motivo.

Pero Hugh no era ese marido. Y no importaba lo mucho que deseara serlo.

Cogió su bolsa y sacó el *Leabhar.* Ethan tenía razón. Leerlo lo reforzó en su decisión. Le recordó las consecuencias que tendrían sus actos e impidió que siguiera soñando en cómo habría sido poseer a Jane sobre aquella mesa.

Caminar con la muerte o caminar con la soledad. ¿Qué más necesitaba Hugh?

Los tres hermanos caminaban con la muerte, tal como había sido predicho. Court era un mercenario, y Hugh y Ethan habían acabado conociendo al único hombre de Inglaterra que podía guiarlos hacia su actual profesión; Ethan era un experto en todo tipo de asuntos letales, al que llamaban para solucionar multitud de *inconvenientes*, y Hugh era un asesino.

Éste había sido afortunado. Hasta el momento, a él sólo le habían encargado matar a hombres adultos, y en todos los casos había estado de acuerdo en que era necesario eliminarlos. Pero aun así, los rostros empezaban a amontonarse. Las duras horas de preparación y la forzosa soledad de ese trabajo también le pasaban factura.

En un rincón de su mente, siempre se preguntaba cómo reaccionaría Jane si lo descubriera.

El día en que mató por primera vez, tuvo muchas dudas, pues sabía que si apretaba el gatillo, habría alcanzado un punto sin retorno. Pero lo hizo. Mató a sangre fría, a propósito y con decisión. ¿Cómo se atrevía a pensar que podía unir su vida a la de Jane?

Se le ocurrió que aún estaba a tiempo de buscar a Ethan y pedirle que se la llevara de su lado, pero descartó la idea. Hugh quería que Jane estuviera protegida, no que pasara más miedo.

Perdido en sus pensamientos, apenas oyó el leve gemido de Jane. Seguía dormida, pero se movió hasta quedar boca arriba. Despacio, descansó un brazo sobre su cabeza y tiró de la ropa del camisón de un modo que resaltó los pechos cubiertos por la seda.

Otro suave murmuro y esta vez un sensual temblor acompañó un cambio en el ritmo de la respiración.

Aquello no estaba pasando. No podía ser que Jane estuviera teniendo un sueño erótico, sin embargo su cuerpo y sus movimientos decían todo lo contrario. ¿Podía ser que estuviera soñando con él? ¿En los besos que le había dado antes? ¡No! No podía permitirse pensar eso.

«De aquello no podía salir nada bueno.»

Volvió a mirarla y se dio cuenta de que empezaba a flaquear. Ella necesita una vía de escape para tanta pasión. «Sería como sujetar un hierro ardiente...»

Jane levantó la otra mano, y cuando sus dedos se acariciaron el contorno de un pecho, el anillo brilló a la luz de la lámpara. Hugh tragó saliva. Él podía darle una vía de escape, podía darle placer. Tenía los puños apretados para evitar tocarla. Si de verdad estuviera casado con ella, podría despertarla entrando en su interior. La encontraría húmeda, casi al límite, y se movería despacio dentro de ella hasta lograr que tuviera un orgasmo. Pero Jane no era suya. Lo único que podía hacer era espiarla desde las sombras.

Jane giró la cabeza hacia su melena cobriza, que estaba desparramada sobre la almohada, y movió la cara entre los rizos como si quiera sentirlos contra su piel tanto como él. Un mechón se le enredó alrededor del cuello, y Hugh se acercó para apartárselo.

Incapaz de resistirlo más, con mucho cuidado se tumbó junto a ella. Como siempre, al sentir la punzada de dolor que recorría todo su cuerpo cuando se permitía descansar, tuvo que apretar los dientes con fuerza. Todo el mundo creía que, levantarse por la mañana, era el peor momento para una vieja lesión, pero relajarse para dormir era igual de horrible, y más si se tenía en cuenta por todo lo que Hugh había pasado en los últimos días.

Por fin el dolor disminuyó y se volvió soportable. Hugh se recostó en un codo para mirarla. Y para satisfacer las ansias que tenía de tocarla le acarició la mejilla con los nudillos. Jane se quedó quieta, pero no se despertó. Su respiración se hizo más estable y profunda.

«Podría cuidar de ti —pensó Hugh—. En todos los aspectos.» Una parte de él siempre había creído que si trabajaba lo bastante duro, podría darle a Jane todo lo que necesitara. Si las cosas fueran distintas, podría intentar conquistarla, demostrarle que era el hombre adecuado para ella.

Se quedó fascinado con el espesor de sus oscuras pestañas, con el modo tan suave en que entreabría los labios. Después de tanto tiempo, seguía hechizándolo, él seguía sintiendo un gran cariño por ella.

Nada podría cambiar nunca eso.

Hugh supo que ella era la definitiva desde aquella noche, muchos años atrás, en que regresó al lago después de haber pasado más de un año sin verla. A Jane le brillaron los ojos como si guardase un secreto y, con las manos apoyadas en el marco de la puerta, balanceaba las caderas a un lado y a otro. Traviesa, lista, alegre. Todo lo que un hombre como él ansiaba más que el aire que respiraba.

—¿Vaya, eres Hugh MacCarrick o me engañan mis ojos? —preguntó ella.

—¿Jane? —exclamó él incrédulo.

—Claro que soy yo, cariño. —Se le acercó y le acarició la cara con su pálida y suave mano.

Cuando lo tocó, algo lo atravesó, lo sacudió, lo despertó.

—¿Jane? —repitió con voz estrangulada, a la vez que se esforzaba para asimilar cómo había cambiado. Su voz se había vuelto más sensual, e iba a ser ya así para siempre. Tenía los pechos más exuberantes. Se había convertido en una mujer; en la mujer más bella que él jamás había visto. El corazón le martilleó en el pecho.

—¿Ya te vas? —murmuró ella—. Es una pena, Hugh, porque te he echado mucho de menos.

—No me voy a ninguna parte —gruñó él, y su vida nunca volvió a ser la misma.

20

La noche anterior, Jane oyó a Hugh regresar a la habitación y se preguntó si sería así como iban a funcionar. ¿Ya estaba todo solucionado? ¿Ya había saciado su pasión con Lysette y ahora volvía a protegerla a ella?

Cuando lo vio salir de la habitación de Lysette arreglándose la camisa, y luego volver a entrar otra vez, Jane se encerró en su habitación. Se riñó y se recordó que era una tonta pero tuvo que agarrarse al tocador a causa de las náuseas que le sobrevinieron.

Por la mañana, en el carruaje, que ahora parecía demasiado pequeño, Jane esquivó la mirada de él todo el rato, porque no quería que supiera lo mucho que le había dolido su traición.

Pero ¿qué era lo que había traicionado? Los votos de una farsa de matrimonio, un vínculo que él estaba impaciente por romper.

Y entonces, ¿por qué le dolía tanto?

Aun sabiendo lo que había hecho, había soñado con él. Soñó que hacía eso con lo que la había amenazado, poseerla, entrar dentro de ella.

Aunque Jane aún era virgen, podía imaginarse lo que sentiría cuando él se moviera en su interior, cómo su enorme cuerpo se doblaría y se movería encima del suyo mientras ella le rodeaba con las piernas. En sus ardientes sueños, Hugh le acariciaba los pechos con sus cálidas manos y se los besaba.

Mientras, lo más probable era que estuviera haciendo esas mismas cosas con Lysette. Se dio la vuelta y se mordió los nudillos.

¡Qué situación tan complicada! Y no podía decirse que estuviera en plena posesión de sus facultades. Jane conocía sus debilidades. Era impulsiva, a menudo decía o hacía cosas sin pensar. Sus emociones iban de un extremo a otro, como un péndulo y, lo sentía todo con demasiada intensidad.

Y lo peor era que todos esos defectos parecían exacerbarse cuando Hugh estaba cerca. Tenía los sentimientos a flor de piel, y lo que en otras circunstancias tendría sentido ahora carecía totalmente de él.

Jane siempre había sido así, pero se esforzaba por mejorar. Había aprendido que cuando le daba uno de esos ataques, lo que sus primas llamaban «ser inundada por una idea muy mala», tenía que distanciarse de la situación para ganar así un poco de espacio y recuperarse. De ese modo, podía pensar las cosas con más calma y de un modo razonable.

Distanciarse siempre la había ayudado, pero ahora estaba atrapada en un carruaje.

Suspiró angustiada. Ojalá pudiera ser más razonable, ojalá no la dominaran esos impulsos.

¿Por qué todo el mundo podía ver esos defectos en ella pero nadie se molestaba en pensar que tal vez ella no quisiera tenerlos?

Jane podía imaginarse lo que sentiría al ser más razonable. Sería como ponerse unas gafas para ver el mundo con más claridad. Podría entender su relación con Hugh y reducirla a una simple ecuación.

Hugh era igual a sufrimiento.

El segundo día después de abandonar el hostal, Hugh decidió que le gustaría que Jane volviera a atormentarlo.

Lo ignoraba con tanta facilidad, que cualquier hombre se habría sentido insultado. Mientras el carruaje atravesaba otro pueblo aún dormido, Hugh la miró y vio cómo el sol y la brisa jugaban con su melena.

Se había pasado el día anterior leyendo *La aprendiz de dama*, o cualquiera que fuera el libro que se ocultaba bajo esa cubierta. Confiaba en que no se tratase de una novela del mismo tipo de la que encontró en su habitación, en Londres. En especial porque la veía leerla con avidez mientras comía una manzana, o mientras mordisqueaba una brizna de paja que había cogido cuando se detuvieron para comer al mediodía.

Debería alegrarle que lo dejara en paz. Entonces, ¿por qué odiaba que lo ignorase si la alternativa era que volviera a atormentarlo?

Por enésima vez en ese día, rezó para que su hermano se diera prisa. Ethan tenía una extraña habilidad para encontrar a la gente, y lo mejor que podía pasar era que encontrara a Grey y lo detuviera antes de que éste llegara a Inglaterra. Lo peor, que Grey pudiera esquivarlo durante meses...

Hugh recordó la última conversación que mantuvo con Ethan. Debería haberle insistido para que le contara lo que había pasado con la chica Van Rowen. Debería haber concedido el beneficio de la duda y haberle preguntado si tal vez buscaba algo más. Hugh lo hacía, Court también, ¿por qué no había pensado que su hermano mayor pudiese tener las mismas necesidades?

Cuando Hugh volviera a verle, abriría una botella de whisky escocés y hablarían de eso como hombres. Si Ethan de verdad quería a la muchacha, incluso después de saber quién era, Hugh le explicaría cómo quitársela de la cabeza.

¿Explicarle cómo quitársela de la cabeza? «Vuelves a comportarte como un engreído, MacCarrick.» Él no podía dejar de pensar en Jane.

Ésta exclamó sorprendida, abrió los ojos de par en par y volvió la página.

Al menos ese día estaba de mejor humor que el anterior. Entonces había parecido derrotada; no, más bien sombría, como si le faltara ánimo. Jane solía desprender energía, pero esa jornada se había limitado a mirar por la ventana sin ver nada.

Hugh temía haberla asustado con sus atenciones. O tal vez era que se sentía culpable por haberlo besado, dada su relación con Bidworth. Tal vez estaba disgustada consigo misma por haber... disfrutado.

Por mucho que le costara entenderlo, Hugh sabía que a ella le había gustado sentir sus labios. No podía dejar de pensar en el aspecto de Jane sin aliento, con las pupilas dilatadas, la piel sonrojada. Pero si la noche anterior le había recordado a un hierro ardiente, esa mañana parecía hecha de hielo...

Era obvio que Jane estaba triste, y eso Hugh nunca había podido llevarlo bien.

—Sìne, quiero hablar de lo de la otra noche.

Ella no apartó la vista del libro.

—Pues habla.

—Pequeña, soy débil —dijo despacio—. Y te pedí que no me atormentaras de ese modo.

Levantó la cabeza de golpe y lo miró furiosa.

—¿Así que lo que hiciste en el hostal fue por mi culpa?

Le impresionó ver cómo la afectaba todo aquello y dijo:

—No, debería haber sido capaz de controlarme. No volverá a suceder. —Por supuesto que todo aquello la afectaba. Ella había creído que podía jugar sin que él reaccionara. Jane nunca se había planteado que él pudiera besarla de ese modo.

—¿Por qué te importa lo que piense de tu... tu comportamiento? —preguntó ella con aquel acento tan educado.

Hugh dudó un instante y luego confesó:

—Tu opinión es importante para mí.

—¿Por eso no quieres hablar conmigo de tu profesión?

—Sí —respondió él.

—Mira que eres tonto, Hugh. —Su lenta e inesperada sonrisa lo cautivó—. Ahora mismo, es imposible que tenga peor opinión de ti.

—Lysette —susurró Grey al oído de la chica mientras le apartaba un mechón de pelo rubio de la frente—. Despierta.

Ella lo hizo al instante, sentándose en la cama de golpe. Al notar que él le cubría la boca con la mano, empezó a gritar, pero cuando sintió el cuchillo en su garganta, el grito se convirtió en un susurro. En la afilada hoja se reflejaba la luz de lámpara, y cuando Lysette vio ese destello empezó a temblar.

—Tienes a tantos hombres vigilando la casa que por un instante temí que me estuvieran esperando —murmuró Grey—. No me digas que me has echado de menos. —Aflojó un poco la mano que tenía encima de su boca, pero aumentó la presión del cuchillo—. No hace falta que te recuerde lo poco que duraría tu chillido, ¿no?

Cuando ella sacudió la cabeza con cuidado, él se rió de su cara aterrorizada y antes de apartar la mano, disfrutó de las lágrimas que empezaban a resbalarle por las mejillas.

—Sí, seguro que sospechabas que vendría, por eso has convertido tu hostal en una fortaleza. Pero tú deberías saber que yo puedo colarme donde me dé la gana.

—¿Qué quieres de mí? —susurró Lysette, y se cubrió hasta el cuello con las mantas.

—Hugh y Jane se detuvieron aquí de camino al norte. Quiero saber adónde iban.

—Tú sabes que él jamás me diría eso.

Grey enarcó las cejas:

—¿Y no descubriste nada escuchando a escondidas, como de costumbre?

—Hugh es muy cauto, y no creo que ni siquiera la chica lo sepa.

—Da igual, creo que puedo hacerme una idea de adónde se dirigen —comentó él—. Sólo esperaba que me lo confirmaras, pero al parecer he hecho el viaje en vano. —Apartó la afilada hoja. Cuando los grandes ojos azules de Lysette empezaron a llenarse de esperanza, añadió—: Claro que, ya que estoy aquí, tengo intención de hacerte pagar por haberme vendido a Hugh y a Ethan.

Los hombros de Lysette se desplomaron.

—Ellos querían ayudarte.

—¿Ayudarme? —Grey se acordó de lo furioso que estaba Hugh y de que lo había golpeado con tanta fuerza que él ni siquiera tuvo oportunidad de defenderse. Luego, los dos hermanos encerraron a Grey en un sótano tenebroso, donde sus músculos se tensaron y doblaron hasta que empezó a gritar de dolor. Día tras día tuvo alucinaciones allí, en la oscuridad, que sólo se interrumpían cuando vomitaba.

Incluso en esos días, aquellas sombras desfilaban delante de él y seguía recordando todas aquellas caras fantasmales con la mirada perdida que habían bajado a atormentarle. No podía huir de ellas. Y todo por culpa de la traición de Lysette.

—Se lo dije porque quería que regresaras a mi lado —dijo entre sollozos—. Quería que te pusieras bien.

—¿Querías que me pusiera bien o querías ganar puntos para meterte en la cama de un robusto joven escocés?

Ella apartó la mirada.

—¿Qué vas a hacerle?

Grey vio la botella de whisky junto a la cama y pensó que era una agradable coincidencia. Se sirvió una copa.

—Voy a arrebatarle lo que más quiere.

—La chica es inocente.

Él asintió.

—Es lamentable, pero necesario al fin y al cabo.

—Hugh morirá antes que permitir que le hagas daño a esa mujer.

Grey dio un trago y lo saboreó.

—Entonces lo mataré minutos antes de matar a Jane.

—Sus hermanos te perseguirán hasta el fin del mundo.

Grey se encogió de hombros.

—Ya tengo a Ethan pegado a mis talones. Es tan sutil como un toro a punto de embestir. —Ése era el modo en que Ethan solía trabajar. Sin discreción; se limitaba a perseguir a sus enemigos sin darles tregua. Los agotaba hasta que se volvían torpes, o se cansaban de mirar por encima del hombro con el temor de ver su terrible y marcado rostro en la oscuridad.

Ethan era terriblemente eficaz en su trabajo, una especie de leyenda. Pero sin la mala fama de Grey.

—Casi da conmigo hace tres noches. Al parecer sabía lo de mi piso de Londres —dijo Grey con voz helada. Así era su Lysette, dispuesta a venderle al mejor postor. Sin un ápice de lealtad.

Por suerte, Grey también estaba al corriente de todas las propiedades y escondites de Ethan.

—Yo no se lo he contado a nadie, lo... —Sacudió la cabeza y su melena rubia bailó encima de sus hombros—. Lo juro.

Grey optó por creer que decía la verdad y comentó:

—No te preocupes, te creo. Reconozco que Ethan es bueno. —Si la información fuese dinero, podría decirse que Ethan había amasado una fortuna gracias a gente que, como él, trabajaba en los servicios secretos de la Corona fuera de la ley—. Y ahora me doy cuenta de que me ha tenido vigilado desde el día en que se dignó dejarme salir de ese sótano. —Grey cerró la mano alrededor del mango del cuchillo.

Lysette lo vio y se asustó.

—Me ocuparé de Ethan, pero su condenada vida es tan miserable que no tiene ninguna gracia que se la arrebate. —¿Qué sería más cruel, dejarle seguir con vida o matarle? ¿Acaso no tenía él muchas afinidades con Ethan? Éste era un hombre que no tenía nada que perder. Y eso le daba mucho poder.

—¿Y Courtland? —preguntó Lysette en voz baja—. ¿No crees que de ser necesario se pasará el resto de su vida buscando venganza?

—Lysette, ahora mismo yo me preocuparía más por mi propia supervivencia. —Le sonrió con amabilidad—. O puedes relajarte y aceptar lo inevitable. —Por fin la eliminaría de su vida... muy despacio.

Esa amenaza hizo que su pequeña Lysette soltara un grito en francés. Dejó de llorar y entrecerró los ojos.

—Hugh va a ganar. Y desearía estar aquí para poder verlo.

Grey tiró el vaso al suelo y en dos zancadas la alcanzó.

—No suelo permitir unas últimas palabras. —Le cogió la barbilla y le recorrió el cuerpo con el puñal—. Y no acostumbro a tolerar confesiones de última hora, pero contigo haré una excepción.

Lysette lo miró llena de odio.

—¿Mis últimas palabras? Perderás porque Hugh *siempre* ha sido mejor que tú. Más rápido, más fuerte. Incluso antes de tu aflicción, sólo eras un patético francoti...

Un tajo del cuchillo y todo él quedó salpicado de sangre.

—Chica lista —dijo Grey chasqueando la lengua—, has conseguido que lo hiciera rápido.

21

Jane dio un portazo y Hugh apenas tuvo tiempo de apretar los dientes antes del impacto. Los cuadros de las paredes siguieron temblando durante unos segundos después de que se fuera.

Hacía dos días que estaba atrapada en Ros Creag, la deprimente mansión de los MacCarrick junto al lago, con el malhumorado Hugh como única compañía. Estaba tan harta que incluso estaba tentada de ir a buscar a Grey y decirle: «Haz lo que pensabas hacer. Te desafío a ello».

El único motivo por el que Jane no había huido a casa de una de sus primas era porque sabía que su familia pronto llegaría a Vineland. Hugh no tenía ni idea de eso.

—En esta época del año no hay mucha gente por aquí —comentó él cuando le comunicó que iban a quedarse en el lago.

Pero su familia solía ir por allí cuando «no había mucha gente», porque así podían cstar solos.

—Jane, ya te advertí lo que pasaría si cerrabas la puerta —gritó Hugh desde fuera de su habitación—. Ábrela o esta vez te juro que la echo abajo.

—Eso ya lo dijiste ayer.

La puerta se abrió de golpe.

Jane se quedó sin habla, tanto por el susto de ver el marco de la puerta roto y la hoja tambaleándose como por la letal calma con que Hugh se movía; ni siquiera se le había acelerado la respiración.

—No tengo ni idea de por qué estás enfadada, maldita sea —dijo él—, pero ya estoy harto.

—¡Yo también!

—¿Sabes?, siempre me había preguntado cómo sería vivir conti... con una mujer.

—¿Y?

—Con tu comportamiento lo has convertido en un infierno.

—¿Y cuál es según tú mi comportamiento? —le preguntó indignada—. ¿Que haya decidido evitarte después de que me mandaras callar siempre que intentaba mantener una conversación? ¿Por qué iba a querer estar contigo si parece que te arranque los dientes cuando sólo quiero que hablemos un rato?

—¿Por qué dices eso?

—Te pregunté por qué tus hermanos no se habían casado, y me contestaste enfadado «Cambia de tema». Te pregunté por qué ninguno de vosotros tenía hijos y me dijiste «Déjalo». ¡Te pregunté si habías pensado en plantar unas enredaderas o unos rosales para que este lugar no pareciera tan sombrío, y te limitaste a salir de la habitación! En mi vida había conocido a un hombre tan maleducado.

—Si lo soy es porque tú has decidido ignorar todo lo que te he pedido.

—¿Como qué?

—Como que te alejaras de las ventanas, y siempre te encuentro sentada delante de la que hay en el balcón de arriba, mirando hacia Vineland. Te pedí que ordenaras tu habitación y me dijiste que tenías un «orden horizontal», y que si no podía entenderlo es que era estúpido.

Todo el mundo sabía que Jane era muy desordenada, su doncella se pasaba el día jugando al solitario o leyendo novelas góticas porque ella no la dejaba ordenar su caos. Un caos que para Jane funcionaba, ¿cómo si no encontraría las cosas?

—Y te niegas a que la doncella la ordene —acabó Hugh.

—No quiero que por mi culpa tenga más trabajo, y los criados sólo vienen unas cuantas horas. Si te molesta tanto, y permite que te pregunte desde cuándo eres tan quisquilloso, puedes dejar la puerta cerrada todo el día.

—Sabes que no puedo hacer eso.

Jane suspiró y atravesó la mullida alfombra hasta la ventana. Ros Creag significaba «monte de piedra», y era una mansión tan adusta y sin adornos como su nombre indicaba. Siempre había sido así. Pero en el pasado esa casa había logrado su objetivo; mantener a la gente apartada. De haber sido un lugar más amigable, los Weyland la habrían invadido en busca de cañas de pesca, comida... o para regalar una tarta a los hermanos MacCarrick.

No importaba hacia dónde dirigiera la vista, aquel jardín estaba tan dejado que incluso daba miedo. Parecía como si un jardinero hubiera alineado arbustos y flores con una cinta métrica y luego hubiera eliminado sin clemencia cualquier floración. La mansión era señorial, pero intimidante, y sus ladrillos eran del mismo color oscuro que el acantilado sobre el que estaba construida.

A pesar de que sólo una pequeña cala la separaba de Vineland, ese otro lugar estaba a años luz de allí. Mientras que Ros Creag se erguía adusta y solitaria en el acantilado, Vineland ocupaba un enorme terreno junto a la playa, justo era la orilla del lago, y aunque tenía ocho habitaciones, parecía un precioso cottage. La finca estaba llena de árboles y glorietas, y frente al agua se veía un pequeño embarcadero.

Y Hugh aún se preguntaba por qué Jane siempre prefería su casa a la de él.

—No te gusta estar aquí. —Las palabras de Hugh sonaron detrás de ella, pero no lo había oído acercarse. Frunció el cejo y recordó que en Londres había hecho lo mismo. Antes hacía mucho ruido al caminar, sus botas repicaban en el suelo. Ahora se había vuelto sigiloso.

Jane se encogió de hombros y se acercó a la puerta. Lo único que tenía de bueno Ros Creag era que era lo suficiente grande como para que ellos dos no tuvieran que verse jamás.

Maldita fuera, Jane estaba molesta desde la noche en que la había besado. Al parecer, estaba de acuerdo con eso que decían todos de que él había aspirado demasiado alto al casarse con ella.

La vio marcharse y de nuevo se repitió a sí mismo que no tenía importancia. Cuando Grey estuviera fuera de circulación y pasara el peligro, Hugh se iría de su lado como había hecho antes.

¿Irse? ¿Adónde? ¿A hacer qué? Si la lista se hacía pública, no tendría a qué dedicarse. Se planteó unirse a la banda de mercenarios de Court, pero descartó la idea. Hugh era un solitario, siempre trabajaba solo. Siempre en la periferia.

Excepto con Jane. Ella era la única persona de este mundo con la que Hugh podía estar. Maldición, él nunca había pasado suficiente tiempo con ella, siempre ansiaba más.

Sin embargo, ahora que su deseo se había hecho realidad, él quería dar marcha atrás.

No, podría soportarlo. Aquella situación era sólo temporal.

Pero lo que más le afectaba no era que ella a veces, o casi siempre, lo hiciera enfadar, sino que, por fin, se había dado cuenta de que estaban viviendo juntos, bajo el mismo techo, como marido y mujer. Jane era tan femenina, tan misteriosa, y como él jamás había vivido con una mujer, estaba un poco sobrecogido.

Hugh exhaló frustrado y, esquivando la ropa amontonada, caminó tras ella. A Hugh que siempre había buscado el orden y la lógica en todo lo que hacía, lo incomodaba ese desorden. Sin orden aparecía el azar, y Hugh odiaba el azar. Siempre responsabilizaba al azar de su destino, y no le perdonaba no haber tenido alternativa.

¿No se suponía que las mujeres eran unas criaturas muy ordenadas? Para mayor desgracia de Hugh, el desorden de Jane estaba lleno de fascinante ropa interior. Había ligueros que no había visto en su habitación de Londres, e incluso medias bordadas.

—Espera, Jane. —La cogió por el codo justo cuando ella llegaba al pasillo—. Dime por qué no te gusta estar aquí.

—Estoy acostumbrada a estar rodeada de mi familia y mis amigos, con gente riéndose y charlando todo el rato, y tú me lo has arrebatado todo para traerme a esta deprimente, sí, deprimente, mansión. Y a pesar de todo, podría soportarlo si tú fueras una compañía más agradable.

—¿Qué tiene de malo este sitio? —preguntó él sin entender, mirando a su alrededor—. Hace años tampoco te gustaba venir aquí. ¿Por qué?

—¿Por qué? Me iba de mi casa, donde había diversión, donde mis tíos perseguían a mis tías, y los niños jugaban como criaturas salvajes, para venir aquí, donde las cortinas siempre estaban cerradas y había más silencio y oscuridad que en un mausoleo.

—A mí también me incomodaba ir a tu casa.

—¿Y se puede saber por qué?

Hugh dudó que jamás pudiera hacerle entender que el comportamiento de su familia podía incomodar a los extraños, y mucho más a alguien tan solitario como él. Pero que ella se cerrase a él a tantos niveles le dolía tanto, que se atrevió a decir:

—Tus tías solían correr con las faldas levantadas, iban a pescar, fumaban y bebían de la botella que se pasaban unas a otras. Y a veces, cuando tus tíos las atrapaban, las llevaban a sus habitaciones, y no eran tan silenciosos como yo habría deseado al hacer lo que hacían.

—¿Y cómo sabes todo eso si apenas pasaste allí quince minutos en cinco años? —Al ver que él no contestaba, añadió—: ¿Te niegas a reconocer que evitabas a todo el mundo excepto a mi padre?

No podía negarlo, él no quería que Jane viera lo incómodo y torpe que se sentía cuando estaba rodeado de gente.

—Ya sabes que siempre me ha gustado estar solo.

—Al menos mi familia era amable contigo, a diferencia de tus hermanos.

—Mis hermanos nunca fueron antipáticos contigo.

—¿Estás de broma? Ethan se pasó todo un verano deambulando por la casa como si fuera un fantasma, con la cara completamente vendada por culpa de una misteriosa herida de la cual nunca quieres hablar. Y si alguien se atrevía a mirarlo, le gritaba furioso para echarlo de allí.

Ese verano estar con Ethan daba miedo. Y todos los veranos a partir de entonces.

—¿Y Court?

Jane lo miró incrédula.

—Dios, creo que es el hombre más irritable que he conocido jamás; siempre está a punto de estallar. Nunca se sabe si va a hacerlo en ese instante. Estar junto a él es como pasear junto a una trampa para osos. Y no es ningún secreto que él tampoco me quiere demasiado.

No, a Court Jane nunca le había gustado. Hugh suponía que era porque a Court le molestaba que aquella niña los siguiera a todas partes y Hugh le dejara hacerlo. Durante el último verano, a Court le molestaba el modo en que Jane trataba a su hermano, pero nunca se le ocurrió pensar que tal vez Hugh se despertara cada mañana impaciente por volver a verla, día tras día.

No sabía que Jane tuviese esos sentimientos tan fuertes de animadversión hacia Court y Ethan.

—No me di cuenta de que era tan horroroso.

—No te diste cuenta porque para ti es normal. —Movió el jarrón hacia el extremo de la mesa, como si no pudiera soportar que estuviera en el sitio perfecto. Más calmada, añadió—: Hugh, hablar de eso ahora no arreglará nada. Si te pregunto algo, no tienes por qué responder, y puedes ser tan evasivo como te dé la gana. Estás en tu derecho. El mío es no tener que estar contigo cuando no sea necesario.

—Siempre sacas temas muy difíciles.

Jane enarcó una ceja a la espera de que siguiera hablando.

—Si contesto una de tus preguntas, tú me haces doce más basándote en esa respuesta, y no te importa que yo no quiera hablar de ello. No estás contenta hasta que todo ha salido a la luz.

—Me disculpo por querer saber más de ese hombre que era mi amigo, que desapareció hace años sin decir ni una palabra, y que ha regresado para convertirse en mi marido en este extraño matrimonio de conveniencia.

—Maldita sea, le dije a tu padre que te dijera adiós.

Jane se quedó atónita.

—¿Y no crees que me merecía que me lo dijeras tú? Cada vez veo más claro que no teníamos el tipo de amistad que yo creía. Supongo que para ti era un estorbo tener a una mocosa pegada todo el día a tus talones cuando tú sólo querías ir a cazar o pescar con tus hermanos...

—Nosotros éramos amigos.

—Un amigo se habría despedido de mí al saber que iba a irse y que no tenía intenciones de regresar en muchos años.

¿Podía ser que ella hubiera pensado en él durante todo ese tiempo? ¿Que le hubiera echado de menos?

—¿Estás enfadada por eso?

—Estoy confundida. Yo te habría dicho adiós.

—No creí que pensaras en mí demasiado, una vez que me hubiera ido. No creí que te importara.

Ella ni lo negó ni lo confirmó, sino que continuó:

—Pero ahora has vuelto, y estamos metidos en esta situación tan confusa que intento entender pero para la que me falta información. Papá me dijo que esto podía durar meses. ¿Estaremos así todo el tiempo? ¿Te enfadarás cada vez que intente preguntarte algo?

—Yo no quiero que estemos así. Es sólo que... es que no sé cómo manejar esto tan bien como quisiera.

—¿Qué quieres decir con «esto»?

Hugh se apretó el puente de la nariz.

—Jane, a veces me descolocas. Yo no estoy acostumbrado a estar casado, aunque sólo sea un matrimonio temporal.

—Muy bien, Hugh. Empecemos con una pregunta fácil. —Ella levantó las cejas y él asintió dispuesto—. ¿Cómo ha acabado mi padre asociado con alguien tan peligroso y violento como Grey?

«¿Eso era una pregunta fácil?»

—Grey no siempre fue así. Él proviene de una rica y respetable familia. Tiene muchos contactos.

—¿Erais buenos amigos?

—Sí, muy buenos.

—¿Intentaste ayudarle con su problema?

Hugh escogió sus palabras con cuidado, sabía que a Jane le debía la verdad, pero no podía revelar lo que había hecho sin involucrar también a otros.

—Intenté razonar con él, discutir con él, negociar con él. Nada sirvió.

Después de eso, Hugh y Ethan decidieron tomar cartas en el

asunto y ayudarle a desengancharse del opio. Capturaron a Grey y lo encerraron en una de las fincas de Ethan.

Grey se puso furioso, echaba espuma por la boca y no dejaba de insultarles. Una de dos, o siempre había sido un bastardo, y el opio, como el alcohol, magnificaba sus defectos, o su personalidad había cambiado.

Grey juró que si Hugh no tenía «las pelotas para follarse a Jane Weyland de una vez, tal como era obvio que ella necesitaba», él mismo se encargaría de hacerlo. Hugh apenas podía recordar cómo había agarrado a Grey del cuello y había empezado a darle puñetazos en la cara. A Ethan le costó mucho poder separarlos. Después de eso, los tres hombres se quedaron atónitos ante la pérdida de control de Hugh.

Tras dos semanas en el sótano, Grey salió aparentemente curado. Hugh estaba convencido de que al menos durante un año había podido mantenerse estable. Por su parte, Ethan, siempre sospechó que Grey sólo estaba esperando el mejor momento para atacar, y acertó.

—Durante un tiempo creí que estaba bien, pero la última vez que le vi tenía las pupilas como dos faros y...

Cuando Grey había visto lo decepcionado que estaba Hugh, se puso la chaqueta y le sonrió con tristeza, como si volviera a ser el mismo de antes. Luego apartó la mirada y con ese acento tan reservado y educado que tenía dijo en voz baja:

—Yo no quería acabar así, ¿sabes?

—Entonces, ¿por qué? —preguntó Hugh.

—Nunca planeé que las cosas fueran de este modo —continuó él aún relajado, pero cuando Hugh no dijo nada, Grey lo miró abiertamente—. Una mañana me desperté y me di cuenta de que sólo era un número. —Avergonzado, volvió a apartarle la vista—. Adiós, escocés...

Y se alejó de él.

Hugh se sacudió ese recuerdo.

—Lo perdí para siempre.

—¿Echas de menos tu amistad con él?

Hugh dudó largo rato, pero al final asintió. Lo echaba de menos, a pesar de lo mucho que quería que Grey muriera, y a pesar de que sabía que su hermano lo buscaba con intención de matarlo.

22

—¡Hugh! Soy yo.

Parpadeó y abrió los ojos. Jane estaba inclinada sobre él, con la preocupación pintada en el rostro, mientras Hugh le apretaba con fuerza la muñeca. La soltó y se derrumbó en la cama.

—¿Jane? —Se frotó la frente con la mano y vio que la tenía bañada en sudor—. ¿Qué haces aquí?

—He oído algo. Creía que tenías una pesadilla.

—Sí, la tenía. —A Hugh las pesadillas solían asaltarlo a menudo, y revivía escenas macabras en las que sus objetivos se negaban a morir. Él siempre se había esforzado en hacer disparos limpios para que fuera lo más rápido posible, pero a veces las grandes distancias o las inclemencias del clima se lo impedían. Cuando el disparo no acertaba de lleno, algunos empezaban a retorcerse, otros gritaban desgarradoramente—. ¿He dicho algo?

Jane sacudió la cabeza.

—¿Qué pasaba en la pesadilla?

—No tiene importancia. —En ese momento vio que ella iba en camisón. Una prenda casi transparente de seda blanca. Su mirada se deslizó hasta sus pechos; ella se dio cuenta y empezó a morderse el labio.

Hugh se sentó de golpe y se cubrió hasta la cintura con las sábanas para disimular su repentina erección.

—Maldita sea, no puedes entrar aquí vestida así —dijo con voz áspera.

—Cuando te he oído ha corrido hacia tu habitación. No me he parado a pensar en mi bata.

—¿Cuándo aprenderás, Jane? Te advertí que soy un hombre y que tengo necesidades. Y cuando te veo así... —sacudió la cabeza— me afecta. No quiero hacer algo que ambos lamentaremos más tarde.

Jane enarcó una ceja.

—¿Estás diciendo que tú, un hombre de mundo, me encuentras irresistible y que puedes perder el control sólo por verme en camisón?

—Sí —se limitó a responder él, y luego añadió—: Hace mucho que no estoy con ninguna mujer, Jane, y tú eres muy bella...

—¿Qué quieres decir con «mucho tiempo»? —Cruzó los brazos enfadada—. ¿Cuatro días es «mucho tiempo»?

Hugh frunció el cejo.

—¿De qué hablas?

—Te vi entrar en la habitación de Lysette. Y saliste con la camisa medio fuera del pantalón.

Él entrecerró los ojos.

—Si te hubieras quedado en la habitación como te dije, no lo habrías visto.

—Eso ahora no tiene importancia —contestó ella con voz cortante.

—Ella intentó seducirme.

—¿Lo intentó o lo consiguió?

—¿Estás celosa? —Hugh no se atrevía a creer que pudiera estarlo. No se atrevía a soñar que Jane pudiera sentir la punzada de la envidia al imaginárselo con otra mujer.

Ella levantó la barbilla y respondió:

—Pasaste nuestra noche de bodas en los brazos de otra mujer. Eso difícilmente es un halago.

23

Hugh observó maravillado cómo ella arqueaba la espalda y apretaba las sábanas entre las manos.

Sin pensarlo, introdujo los dedos dentro de ella y acarició su sexo interior con avidez mientras, desesperado, seguía lamiéndole el pecho para que ella disfrutara al máximo. Con la otra mano, le levantó la camisa para así poder ver cómo todo su cuerpo se ondulaba de placer.

Jane gritó con abandono, provocando que, en respuesta, el sexo de él vibrase de un modo muy doloroso. Luego, las rodillas de Jane se separaron relajadas y ella movió las caderas contra su mano, una y otra vez, hasta que la tensión desapareció por completo.

Trémula, se desplomó contra el brazo que él había colocado bajo su espalda y se quedó allí quieta mientras él seguía acariciándola despacio.

Hugh no podía recuperar el aliento. Sólo de ver sus dedos sobre los oscuros rizos del sexo de ella... Iba a derramarse en los pantalones.

Jane se incorporó un poco y escondió el rostro en el cuello de Hugh. Y ante el asombro de él, le susurró lo mucho que le gustaban sus caricias. *Sus caricias*. Después de una década imaginándolo, Hugh fue consciente de que por fin le había dado placer.

Y había sido la experiencia más increíble de toda su vida.

Ella tenía la respiración entrecortada, y entre palabra y palabrae daba pequeños besos en el cuello que hacían que su erección creciera y su miembro se endureciese todavía más.

La idea de eyacular en los pantalones ya no le parecía tan horrible.

Hugh se riñó por pensar eso y se apartó de ella, pero Jane le rodeó el cuello con los brazos y atrapó su cintura con su pierna.

—Hugh, ¿y tú? ¿No quieres quedarte conmigo? —Tiró de él con suavidad hasta que él se relajó y se dejó arrastrar entre sus muslos.

¿Ella quería que también él se corriera? ¿Podría apartarse? No si ella movía su desnudo sexo contra el suyo. Imposible. Hugh se moría de ganas de quitarse la ropa y entrar en su húmedo y cálido cuerpo, estaba desesperado por hacerle el amor hasta perder el sentido, por tomar aquello que hacía tanto tiempo que necesitaba.

En vez de eso, cuando repitió ese sensual movimiento de caderas, él se apretó contra ella indeciso. Jane aguantó la respiración.

—¿Te he hecho daño? —le preguntó preocupado.

Cuando ella respondió que no, Hugh se le acercó más y deslizó una mano entre los dos para desabrocharse los pantalones. Se los deslizó muslos abajo y se quedó también desnudo.

Ambos tenían la respiración acelerada y la mirada fija allí donde sus cuerpos casi se tocaban. Estaban tan cerca... Jane tenía los párpados medio cerrados y observaba fascinada el sexo de Hugh y lo húmeda que estaba la cabeza del mismo. Como en un sueño, Hugh la vio volver a ondular las caderas, buscándole. Colocó un brazo a cada lado de ella y se quedó allí quieto, sudando a causa del esfuerzo que estaba haciendo para no poseerla.

Él sabía que no podía hacerlo, a pesar de lo natural que parecía estar allí juntos de ese modo. Le asustaba lo perfecto que parecía. Incapaz de controlarse por más tiempo, movió las caderas hacia abajo. Fue bajándolas despacio, muy despacio, hasta que su miembro acarició el pequeño clítoris de Jane.

Puso los ojos en blanco.

Jane volvió a gemir y a ondular las caderas de un modo que casi logró que su pene entrase dentro de ella poniendo fin a todo aquello. Hugh le puso una mano en la cintura para sujetarla, y luego volvió a apretarse encima de ella. Se quedó allí quieto, dejando que su erección palpitara contra su sexo. No tenía ni idea de dónde sacaba tanto autocontrol. Sólo sabía que tenía que alargar cada segundo para que le durara el resto de su vida.

Cuando las manos de Jane le buscaron ansiosas, Hugh le atrapó las muñecas. Sabía que si ella lo tocaba, se correría antes de que sus dedos lo hubiesen acariciado ni siquiera una vez.

—Pon los brazos encima de tu cabeza, Sìne. —Ella los relajó—. Mantenlos ahí por mí.

Ella asintió como si entendiera por lo que él estaba pasando.

El ansia de moverse pronto se volvió insoportable y Hugh se entregó a ella. Se deslizó despacio por encima del sexo de Jane hasta su ombligo y luego retrocedió el camino mientras un constante gemido se escapaba de sus labios. En esa postura, moviéndose de ese modo, casi estaba dentro de ella; y eso era lo máximo de cerca que él se iba a permitir estar. Jane volvió a gemir y lo miró otra vez mientras separaba un poco más las piernas y susurraba:

—¡Oh, Dios! ¡Sí, Hugh!

Él saboreó esa agonía y volvió a moverse contra su sexo.

—Jane —gimió. A cada deslizamiento, su entrepierna se apretaba aún más y no se detenía hasta sentir la humedad de Jane en su piel. Cuando eso pasaba, ella emitía un sonido ininteligible.

El placer resultaba insoportable. Hugh iba a eyacular, e iba a ser incontrolable.

Bajó la cabeza y le susurró con voz ronca:

—Arquea la espalda por favor. Necesito volver a saborearte.

Jane se apresuró a hacerlo y Hugh le atrapó el pecho entre los labios, y se lo lamió y mordió hasta que ella empezó a gemir de nuevo.

¿Significaba eso que iba a tener otro orgasmo? Lograría que así fuera. Hugh aguantaría hasta que ella volviera a alcanzar el clímax.

Cuando Jane gritó su nombre y empezó a moverse debajo de él, sus balanceos fueron casi como una tortura para Hugh.

Completamente perdido, se movió frenético arriba y abajo encima de ella.

—Ah, Dios, Sìne, tengo que... correrme —gimió él antes de empezar a eyacular. A cada sacudida gritó como nunca antes lo había hecho, y se movió espasmódicamente, una y otra vez, hasta caer rendido.

El cuerpo de Hugh seguía temblando y, jadeante, se apoyó sobre los codos y pegó la cara al cuello empapado de Jane.

No podía creer que se hubiera comportado así con ella. Cerró los ojos avergonzado; le había eyaculado encima.

Se apartó y volvió a encerrar su dolorida erección bajo los pantalones, luego se levantó para ir a buscar una toalla. Cuando regresó, no se atrevió a mirar a Jane, ni siquiera después de lavarla y volver a colocarle el camisón en su sitio. Tiró la toalla y se sentó en un extremo de la cama, con la cabeza entre las manos. Nunca se había sentido tan avergonzado, tan rastrero. ¿Cómo iba a poder mirarla a la cara a partir de entonces? Fuera como fuese, tenía que hacerlo.

No importaba lo mucho que él necesitara alejarse de allí, no podían separarse el uno del otro.

—Jane, no sé lo que me ha pasado. Lo siento. —Debería sentirse humillado al estar cerca de ella, pero a pesar de todo, Hugh quería a Jane a su lado en ese momento, para así no tener que afrontarlo solo. Eso volvería loco a cualquiera.

—No has hecho nada por lo que tengas que disculparte. —Se puso de rodillas junto a él—. Nada.

—No, debería haber sido capaz de controlarme.

—Hugh —murmuró Jane acariciándole la espalda—, sólo soy yo, ¿te acuerdas? Yo, tu Jane. Nosotros siempre hemos estado cómodos el uno con el otro.

—Esto no debería haber sucedido —insistió él.

Cuando Hugh se decidió a levantarse, Jane le dijo:

—Quédate. Duerme conmigo, por favor. —A base de caricias y dulces palabras lo convenció y, sin saber cómo, Hugh se vio sin pantalones y tumbado en la cama junto a ella. Resignado a quedarse allí, la acurrucó contra su pecho y la rodeó suavemente con los brazos, como si lo hubiera hecho antes miles de veces.

Noche tras noche, aquel último verano, se había imaginado cómo sería acostarse con ella. Ahora por fin lo sabía. Había pasado horas tumbado en esa misma cama mirando el techo e imaginándose que la tocaba, que la besaba. Y soñando con dormir abrazado a Jane.

La realidad era mucho mejor. Hugh ya sabía que le encantaría el olor de su pelo, pero no que tendría ganas de gemir y de esconder la cara en él. Tampoco sabía que su melena sería lo bastante larga como para acariciarle los muslos si hacían el amor y ella se ponía encima de él y echaba la cabeza hacia atrás.

Hugh ya sabía que le gustaría sentir su cuerpo, pero no sabía que sus nalgas serían tan perfectas, y que encajarían de maravilla con su regazo.

—No más pesadillas, Hugh —susurró ella medio dormida—. O tendremos que volver a hacerlo.

Él ya quería volver a «hacerlo», y se excitaba sólo de sentir su trasero cerca de su cuerpo. Cuando Jane suspiró de felicidad, Hugh frunció el cejo e intentó recordar por qué creía que vivir con ella era algo malo.

24

Cuando, a la mañana siguiente, Jane se despertó, Hugh seguía durmiendo. Y se quedó allí tumbada, observándolo con fascinación.

Con la mandíbula relajada la cara le cambiaba, incluso parecía más joven. Los cortes de su mejilla habían empezado a curarse. Eso la hizo sonreír. Hugh era un granuja y un mercenario... pero no era un libertino.

Le recorrió el labio inferior con el dedo y se acordó de cómo la había besado la noche anterior... con sentimiento, con desesperación, como si aquél fuera el último beso que ella fuera a darle y tuviera que intentar alargarlo.

Todo su ser había respondido a los ruegos de su escocés, y Jane se dejó llevar. Temblaba con sólo recordar ese enorme cuerpo moviéndose encima del suyo, acariciando su sexo una y otra vez contra el suyo hasta lograr que ella tuviera dos orgasmos. Y ver a Hugh llegar al límite de su placer, cómo se derramaba sobre su piel, había sido... maravilloso. Pero a juzgar por lo incómodo que él se sintió después, Jane dudaba de que volviera a verlo.

Lo que era un problema, porque había decidido que Hugh MacCarrick tenía que ser su primer amante.

Si alguna vez había necesitado los consejos de sus primas, era precisamente entonces. Ese mismo día. Seguro que llegarían esa mañana.

Jane le apartó con ternura un mechón de cabello negro de la

frente y sus preciosos ojos oscuros empezaron a abrirse. Aún estaba medio dormido, pero levantó la mano y le acarició la mejilla. Cuando Jane sonrió, él frunció el cejo como desconcertado.

A continuación, se apartó de ella de golpe.

Se puso los pantalones en un segundo, y caminó arriba y abajo durante mucho rato. Los músculos de la espalda se le veían cada vez más tensos.

—Esto no tendría que haber ocurrido, y no puede volver a ocurrir —dijo por fin.

Por su tono de voz, se diría que estaban discutiendo sobre una tragedia, sobre la muerte de algún familiar y no sobre el placer más grande que Jane había sentido jamás. Se sintió insultada y se sentó cubriéndose el pecho con la sábana.

—En serio, Hugh, estás haciendo una montaña de un grano de arena. —Sacudió la mano para quitarle importancia—. Nosotros... nos divertimos un poco.

En lugar de mostrarse agradecido, que era lo que ella pensaba que pasaría, pues al fin y al cabo podría haberle dicho que era un caradura y de paso exigirle que siguiera casado con ella, Hugh se enfureció.

—Si nos hubiéramos «divertido» un poquito más abajo, tendríamos que asumir unas consecuencias muy graves. ¿Acaso te has olvidado de que ambos estuvimos de acuerdo en no hacerlo? Desde el principio lo acordamos así. ¿O quieres seguir atrapada en este matrimonio?

—Me gustaría que dejaras de tener estos ataques de pánico cada vez que hablamos de nuestro matrimonio. No hicimos el amor. Es muy fácil. Lo único que tenemos que hacer es olvidarlo y no volver a hablar más del tema.

—Nunca he conocido a una mujer que pudiera hundir tan rápidamente la autoestima de un hombre como tú. Quienquiera que se case contigo para siempre, necesitará ser mucho mejor hombre que yo.

Jane lo miró a los ojos. Su intención inicial no había sido provocarle pero ahora no se arrepentía de haberlo hecho.

—Te lo tomas demasiado en serio —insistió ella—. ¿Por qué estás tan enfadado si no ha pasado nada? Te estás comportando de un modo muy provinciano.

—Tal vez para ti sea fácil fingir que no ha ocurrido, pero que nos «hayamos divertido» a mí sí me importa. —De repente, Hugh entrecerró los ojos y la cogió por el codo para acercarla más a él—. No eres virgen, ¿verdad?

Jane apartó la cabeza sorprendida.

—¿Por qué lo preguntas?

«No, no, Hugh. No seas así.» Él se lo había pasado en grande durante diez años y aun así creía que ella tenía que esperar a encontrar marido. Sí, era virgen, pero como le pasaba a menudo, en ese preciso instante deseó no serlo.

Esa presunción propia de mentes estrechas la ponía enferma.

—Contéstame.

Con voz helada, Jane dijo:

—Cariño, desde la última vez que nos vimos, he sido tan célibe como tú.

Hugh la soltó, pero mantuvo la mano levantada mientras se alejaba, como si no pudiera creer que la hubiese tocado.

—¿Por qué tendría que importarte que me hubiera acostado con una docena de hombres? —preguntó ella, confusa.

Él se pasó los dedos por el pelo.

—Porque las mujeres como tú no consiguen la anulación con facilidad. No sobre la base de la falta de consumación.

«Las mujeres como yo.»

Hugh dio un puñetazo en la pared que sobresaltó a Jane, y luego se dio la vuelta hacia ella. Parecía una bestia atrapada en una jaula y que sabe que su final está cerca. ¿Tanta aversión sentía hacia el hecho de que fuese su esposa?

—¿Cómo demonios planeabas poner fin a nuestro matrimonio? —exigió saber Hugh—. ¿Cómo?

—Estoy segura de que mi padre pensará en algo.

—Esto no va a detenerme, Jane. Maldita sea. Yo no acepté seguir adelante con el matrimonio. Si lo de la anulación no sale como teníamos planeado, te dejaré de todos modos.

A Jane se le paró el corazón. Los recuerdos de la soledad y el desamparo que había sentido años atrás volvieron a inundarla.

Él ya la había abandonado antes sin avisarla. Volvería a hacerlo, pero esta vez después de decirle abiertamente que nada lograría atarlo a ella; ni siquiera que estuviera desnuda en una cama que aún retenía el calor de su cuerpo.

Jane ya no volvería a mostrarse con él tal cual era. No podía. «Instinto de supervivencia, Janey.» Hugh MacCarrick era el único hombre que podía hacerla llorar. Con una falsa sonrisa dibujada en los labios, respondió sincera:

—Pues claro que me dejarás, cariño. Nunca he esperado otra cosa de ti.

Hugh se volvió a mirarla decepcionado y salió de la habitación.

Después de lo de la noche anterior, la mañana estaba siendo bastante difícil. Pero descubrir que Jane se había acostado como mínimo con un hombre, lo estaba llevando al límite.

Hugh ya sospechaba que ella y Bidworth habían sido amantes, sin embargo, saberlo con certeza...

La idea de que Bidworth, o cualquier otro, hubiera tomado la inocencia de Jane hacía que se le revolviera el estómago. Hugh tenía ganas de gritar de furia. Se sentía así a pesar de que sabía que no tenía derecho, ningún derecho a enfadarse porque ella hubiese recibido a otro, u otros, en su cama.

Hugh le había dicho esas cosas horribles a Jane porque estaba celoso; y porque estaba furioso consigo mismo porque, durante un instante, al abrir los ojos esa mañana, había estado a punto de volver a repetir la locura de la noche anterior. Incluso en esos momentos, no podía dejar de desear haberle hecho el amor por la noche, o esa misma mañana, cuando ella estaba tan dulce y relajada.

Se había desquitado con ella y le había soltado un sermón propio de otro siglo que ella no se merecía.

Jane era única e independiente, y no se la podía juzgar con los criterios habituales. Tenía veintisiete años, y un apetito sexual muy saludable. Incluso él podía entenderlo, pero pensar que ella pudiera haber satisfecho sus necesidades con otros hombres lo volvía loco.

Hugh estaba obsesionado con Jane. Quería que ella saciara ese deseo con él, la quería toda para sí. La idea de Bidworth esforzándose por satisfacer la pasión de Jane era ridícula. Después de lo vivido la noche anterior, Hugo sabía que él era el hombre indicado para ello, a pesar de que sabía que nunca se permitiría tenerla.

La había dejado sola un par de horas para que pudiera pasársele el enfado, pero ahora tenían que hablar de cómo diablos iban a obtener la anulación. Hugh entró en la habitación, pero no encontró ni rastro de ella. Subió al balcón del piso de arriba. Jane se había pasado horas sentada allí esa mañana, después de vestirse. Desde hacía dos días no dejaba de mirar la mansión Vineland.

Él y sus hermanos solían hacer lo mismo a todas horas. La

primera vez que se instalaron en Ros Creag, fue porque se lo pidieron sus familiares del clan. Estaban preocupados porque Ethan acababa de recibir una herida muy grave en la cara y allí podría curarse mejor, y Court, por su parte, dejaría de pelearse con todos durante un tiempo...

Sólo estuvieron solos una semana antes de que los Weyland aparecieran en tropel.

Como la mansión Ros Creag estaba más elevada, los tres hermanos se sentaban allí, en el balcón, y observaban las idas y venidas en Vineland. Fuera había siempre una gran fogata ardiendo, y la gente bailaba por el patio, mientras las canciones y las risas flotaban a través del agua.

Hugh, Ethan y Court los miraban embobados.

Desde la muerte de su padre, la vida de aquellos tres chicos había sido muy amarga allá en el norte de Escocia. Rara vez hablaban con su madre, Fiona, y ella no se había recuperado de la muerte de su amado esposo Leith.

El día en que éste murió, Fiona perdió los nervios y les gritó a sus hijos:

—¡Os dije que no la leyerais! ¿Cuántas veces os lo he dicho? ¡La maldición siempre se sale con la suya!

Al llegar a la sala, Hugh se sacudió esos recuerdos y se preparó para enfrentarse a Jane. Pero la sala también estaba vacía. Jane no estaba sentada junto a la ventana. Fantástico, había decidido volver a evitarlo.

¿O habría decidido marcharse, después de cómo él la había insultado esa mañana?

A Hugh lo recorrió un escalofrío. Gritó su nombre. Nada. Cuando ya se disponía a buscarla por toda la casa, un movimiento en el exterior captó su atención. Miró a través de la ventana y vio a un montón de niños delante de Vineland y a una mujer corriendo tras ellos. También había unos carruajes con gente saliendo de ellos. ¿Los Weylands estaban allí? Frunció el cejo y se acercó a la ventana para investigar.

En ese instante, vislumbró el vestido verde de Jane al comienzo del terreno de Vineland.

Bajó los peldaños de tres en tres e, incrédulo, salió al porche. Como si hubiese detectado su presencia, Jane se dio la vuelta y lo saludó sarcástica, luego se volvió de nuevo y lo ignoró. Hugh corrió hacia el establo y se juró que la ataría a una silla para que no pudiera volver a hacer eso. Saltó encima de su caballo sin siquiera ensillarlo, y cabalgó como alma que lleva el diablo.

Mientras él se acercaba, Jane echó a correr hacia Vineland, pero Hugh se bajó del caballo y la atrapó por la cintura con un rápido movimiento.

Le dio la vuelta para que quedara de cara a él y le gritó:

—¡Nunca, nunca jamás vuelvas a hacerme esto!

—¿O qué? —preguntó ella furiosa.

Hugh le apretó los hombros con fuerza.

—O te ataré a la cama. —¿Desde cuándo «una silla» se había convertido en «la cama»?

—Ni lo sueñes, bruto.

—¿Bruto? Este bruto está intentando protegerte, y tú te comportas como si todo esto fuera un juego.

—¿Y cómo quieres que me comporte si te niegas a contarme nada? ¡No tengo ningún motivo real por el que preocuparme! Tanto tú como mi padre me habéis dicho que Grey no está en Inglaterra, así que ¿cómo habría podido seguirnos hasta aquí?

—¿Y por qué arriesgarse? —preguntó Hugh a su vez, aflojando un poco las manos—. ¿Qué hacen aquí los Weyland en esta época del año?

—Les gusta estar tranquilos.

—¿Sabías que iban a venir?

Jane asintió.

—Hugh, tengo que ir a verlos. Para mí es importante.

—¿Y por qué, sencillamente, no me preguntaste si podía acompañarte?

Jane puso los ojos en blanco.

—Sabía que no me dejarías ir. Pero ahora te lo estoy pidiendo. Ven conmigo.

¿Ir con ella? ¿Al otro lado? Ni hablar.

—Con toda esa gente no podré vigilarte. —Hugh estaba tan poco acostumbrado a estar rodeado de gente que acompañado era incapaz de relajarse. Y mucho menos con los Weyland—. ¿Y cómo justificarás que estemos juntos?

—Les diré la verdad. —Levantó la barbilla—. Que estamos casados. Es todo lo que necesitan saber por ahora. En el futuro ya les contaré la verdad.

—Son demasiados —insistió él. No quería que Jane supiera que era un completo inútil incapaz de comportarse en actos sociales.

—Es mi familia. No dirán ni una palabra. No existe una familia más leal.

—Jane, tienes que entender que tu vida está en peligro.

—Mírame a los ojos y dime que pasar el día en Vineland será más peligroso que si me quedo en Ros Creag.

Hugh abrió la boca para hablar, y volvió a cerrarla de inmediato. Si Grey había conseguido llegar a Inglaterra, tendría a Ethan respirando en su nuca desde el momento en que pusiera un pie en la isla. Y si de algún modo lograba esquivar a Ethan y se le ocurría ir a Ros Creag, necesitaba coger el ferry para cruzar el lago. Desde Vineland podía vigilar el agua sin ningún problema.

Técnicamente, pensó Hugh, la situación era bastante segura. Pero el último evento social al que había asistido como invitado y no escurriéndose entre las sombras, había sido la cena anterior a la finalmente trágica boda de Ethan. Y después, Hugh no había vuelto a ver a ninguno de los invitados.

¿Su segundo intento iba a ser pasar un día en Vineland? ¿Un lanzarse a las brasas? Maldición, él siempre los había evitado, y ahora Jane esperaba que, por voluntad propia, se mezclara con los alocados y despreocupados Weyland. Antes pasearía entre un fuego cruzado.

Y que Dios lo ayudara si Jane le contaba a alguna de sus primas lo que había pasado la noche anterior. Tembló sólo de pensarlo. Eso sí sería un infierno.

—Eso no tiene importancia. Ya te he dicho que volvemos a casa. Así que eso es exactamente lo que vamos a hacer.

Jane se mordió el labio inferior y lo miró con sus enormes ojos verdes. Cuando Hugh se dio cuenta de que ella iba a volver a preguntárselo y que él ya no lograría negárselo, la interrumpió y soltó cortante:

—Ni lo sueñes.

Luego empezó a arrastrarla hacia el caballo.

Hugh maldecía en gaélico y Jane le pegaba en la mano con que la sujetaba sin dejar de darle a la vez puntapiés en la espinilla, cuando de repente una voz gritó:

—¿Jane?

Ambos se dieron la vuelta y se quedaron petrificados.

25

«¡Oh, maldición!» Eso fue lo que Hugh pensó al darse cuenta de que de la casa iba saliendo toda la familia de Jane y acercándose a ellos. Belinda estaba allí con su marido y sus hijos, y Sam y su familia también habían ido.

Jane no pudo evitar reírse.

—Demasiado tarde. Me temo que estás atrapado.

—Sí, y más vale que lo disfrutes —farfulló Hugh entre dientes—. Porque después de esto te encerraré en el sótano.

—¡Jane! —gritó Samantha de nuevo mientras sus rizos no paraban de moverse—. ¿Qué estás haciendo aquí?

—¡Tía Jane! —gritaron cinco niños que empezaron a saltar junto a ella tan excitados que, entre risas, la tiraron al suelo.

Belinda juntó las manos emocionada.

—Pero ¡si dijiste que esta semana no podías venir!

En ese instante, se dieron cuenta de que Hugh estaba tras ella y, atónitos, todos se callaron de golpe. Los niños miraban fascinados a aquel hombre enorme. Para romper el hielo, Jane levantó la mano y, tal como esperaba, Hugh se apresuró a ayudarla a levantarse.

—¿Qué está haciendo *él* aquí? —preguntó Sam, que nunca había tenido pelos en la lengua.

Hugh miró a Jane como diciéndole «¿Lo ves?».

—Bueno, él... nos hemos casado.

El jovial marido de Sam, un médico llamado Robert Granger, murmuró al oído de su esposa:

—Hace apenas cuatro días me dijiste que se iba a casar con Bidworth.

—¿Y por qué iba a hacer Jane semejante cosa? —respondió Sam a media voz.

—Bueno, es obvio que no lo he hecho —intervino Jane seca—. Así que felicitadme y dad la bienvenida a mi nuevo marido.

Hugh ya conocía, aunque muy poco, a sus primas, así que Jane le presentó a Robert y se dieron un apretón de manos. Si la mirada de Hugh no hubiera sido tan amenazadora, seguro que Robert le habría dado un cariñoso abrazo de bienvenida.

Luego, Jane le presentó a Lawrence Thompson, el marido de Belinda, un hombre muy bromista y con un agudo sentido del humor, que comprobó que Hugh no le había roto ningún hueso de la mano tras el fuerte apretón.

Estar allí con todos animó a Jane y la hizo darse cuenta de lo mucho que le habían dolido las palabras de Hugh: «Te dejaré de todos modos».

Hugh los miraba con tanto recelo, y era tan evidente que estaba fuera de su elemento, que Jane no pudo resistir la tentación. Estaba convencida de que hasta le debían de brillar los ojos por la maldad que estaba a punto de llevar a cabo.

—Tengo que ponerme al día con mis primas y quiero presumir de mi anillo —le dijo—. En privado.

Hugh sacudió la cabeza con disimulo.

—Hugh, ¿por qué no vas a familiarizarte con los otros *maridos*? A esta hora de la mañana suelen disfrutar de un vaso de whisky sentados en la hierba. Hablan de la bolsa y cosas por el estilo.

A Jane tampoco le había pasado por alto el modo en que Hugh había mirado a los niños.

—Ah, y, niños, a vuestro nuevo tío Hugh le encanta comprar regalos y golosinas. ¡Id a decirle lo que queréis!

—¡Soltadle! —exclamó Robert quitándole de encima al último mocoso—. ¡Vamos, a jugar!

Hugh estuvo tentado de tumbarse en la hierba del alivio que sintió al ver cómo ese chaval, el último de muchos, le soltaba la pierna y se iba de allí. Jane lo había dicho en serio, le había dejado allí solo con aquellos hombres. Ella y sus primas habían cogido un par de botellas de vino y se habían ido paseando hacia el embarcadero sin mirar atrás.

—¡No sé en qué estaba pensando Jane al echarte así a los leones! —Robert le sonrió—. Pero, por fin estamos solos. —Y los condujo hacia unas sillas del jardín y, cuando estuvieron sentados, sirvió una ronda, a pesar de que aún no eran ni las diez.

—Bueno, bueno, ¿a qué te dedicas, MacCarrick?

Hugh se quedó allí sentado a su pesar, y aceptó la copa sin saber cómo salir del aprieto.

—Estoy... retirado.

Él nunca antes se había visto obligado a mantener una conversación social. Nunca hablaba a no ser que tuviera algo que decir. En más de un sentido, su carácter se ajustaba a su profesión.

—¡Así me gusta, muchacho! —Robert levantó la copa y la vació de un trago—. Retirarse, casarse con una mujer hermosa y a vivir.

Lawrence bebió un poco más despacio, pero no demasiado.

—¿Jane y tú tenéis intención de formar pronto una familia?

Hugh se encogió de hombros. Nunca había sido tan consciente de que no podía darle hijos como esa mañana, cuando había visto lo contenta que estaba con todos aquellos niños a su alrededor.

Robert se apoyó en el respaldo de la silla y descansó su segunda copa en la rodilla.

—Nosotros, Sam y yo, esperamos casi tres años antes de ponernos a ello.

«¿Esperar?» Era muy raro oír hablar de esos temas a caballeros de clase tan elevada como ellos. «Esperar» implicaba usar medidas contraceptivas.

Más tarde, Robert y Lawrence empezaron a recordar con cariño cómo se comportaban sus esposas cuando estaban embarazadas y cómo les cambiaba el físico («muy sensuales» y «con más curvas»). Luego hablaron de cómo los hijos cambiaban a un hombre («yo no sabía quién era antes de tenerlos») y de otras cosas que Hugh intentó no escuchar con todas sus fuerzas.

No dejaba de mirar a Jane y a sus primas, completamente inmersas en una conversación. Hugh sabía que Jane les estaba contando lo de la noche pasada. Cada vez que ella se agachaba para susurrar algo a las otras dos mujeres, Hugh se moría de vergüenza, y sentía cómo se sonrojaba de la cabeza a los pies.

Tras una larguísima hora de conversación que Hugh apenas escuchó, Lawrence sugirió que fueran a practicar un poco de tiro al blanco. Hugh se pasó la mano por la nuca y supo que tenía que fallar. Aunque tenía muchas ganas de impresionar a Jane, si disparaba como él sabía hacerlo, aquellos hombres se extrañarían; sería realmente muy poco inteligente por su parte.

Miró a Jane y vio que ella hacía visera con una mano sobre los ojos para poder ver lo que él estaba haciendo. ¿Se acordaría Jane de lo bien que se le daba disparar? Ella solía acompañarlo a cazar muy a menudo; juntos habían recorrido todos los bosques de la zona.

Hugh recordó una de las primeras veces que lo acompañó. Al llegar a su casa, Jane le contó a Weyland lo bien que Hugh disparaba:

—Papá, es increíble, ¡tiene la calma y la serenidad de una roca! Ha acertado a un pato a más de setenta metros, y con este viento.

Weyland lo miró con mucho interés.

—¿Eso ha hecho?

En ese momento, Hugh no comprendió esa mirada. Era imposible que supiera que Weyland lo estaba calibrando para esa profesión tan letal; una que lograría que el segundo hijo de una familia se hiciera rico, y que le allanaría el camino hacia la muerte.

26

—Bueno, ¿qué tal es tu escocés en la cama? ¿Es tan bueno como soñabas? —preguntó Sam.

Jane puso los ojos en blanco. Era de esperar que la conversación tomara ese rumbo, y Sam iba a pincharla hasta saber toda la verdad. Así que Jane se lo contó todo, bueno, casi todo.

Les contó lo herida que se había sentido por lo de Lysette, y el alivio que sintió al saber que Hugh le había sido fiel. Reconoció que la noche anterior habían estado juntos, pero que no habían consumado el matrimonio, y les habló de su última conversación, o mejor dicho, pelea. Les confesó que sospechaba que Hugh era un mercenario.

—No sé en qué estaba pensando el tío Edward al obligarte a casarte con MacCarrick —dijo Sam.

—¿En serio Hugh es un mercenario? —Belinda miró hacia él—. La verdad es que le pega.

—Pero matrimonio de conveniencia o no, ¿cómo no te das cuenta de que en realidad es un matrimonio muy «inconveniente»? —preguntó Sam.

Jane se quitó las medias y las dejó dentro de los zapatos para poder meter los pies en el agua.

—Hugh no quiere quedarse atrapado en él, y está dispuesto a hacer cualquier cosa con tal de anularlo. Lo ha dejado muy claro. Creo que sus palabras exactas fueron: «Me iré de todos modos».

Belinda estaba intentando descorchar la segunda botella de vino, pero no acababa de lograrlo. Se la pasó a Sam y dijo:

—Jane, puedo entender que tú no quieras arriesgarte, pero no comprendo por qué se opone él tanto. ¿Tiene una amante?

—No, me dijo que ahora no.

Sam acabó arrancando el corcho con los dientes, y lo escupió al lago. Volver a ponerle el corcho a una botella en Vinelands era un pecado.

—¿Gana dinero siendo mercenario?

—Mi padre me dijo que había ganado mucho, pero se le olvidó decirme a qué se dedicaba realmente.

—¿Estás segura de que es un mercenario? —preguntó Sam.

Jane asintió.

—Su hermano lo es. Y Hugh acaba de regresar del continente, donde estuvo luchando con él. Así es como se hizo esos cortes en la cara.

Sam le pasó la botella a Belinda.

—¿Qué hermano?

—Court. Courtland. El que siempre estaba enfadado.

Después de que ambas lo recordasen, Belinda comentó:

—Al menos ése no era tan malo como el mayor.

—¡El que tiene esa cicatriz en la cara! Solía darme pesadillas —admitió Sam.

—¡A mí también! —la secundó Belinda—. Una mañana, salí a coger moras con Claudia y nos tropezamos con él en el camino. Nos quedamos heladas, y él nos miró como si supiera lo que íbamos a hacer. Soltamos las cestas y echamos a correr mientras él no dejaba de gritarnos.

Por alguna razón, Jane sintió un poco de pena por Ethan. En esa época, apenas debía de tener veinte años.

—Más tarde nos sentimos fatal. Vaya tontería. —Como si acabara de darse cuenta, Belinda murmuró—: Nunca regresamos a por nuestras cestas.

—Y entonces, ¿por qué diablos duda MacCarrick? —Sam frunció el cejo—. Tiene dinero suficiente para mantenerte, no tiene ninguna amante, y está completamente loco por ti.

Jane miró a Sam enfadada y luego se dio la vuelta para que Hugh no pudiera ver cómo bebía de la botella. Después de lo de esa mañana, Jane se imaginó que a Hugh no le gustaría nada ver a su mujer escandalosa, aunque sólo lo fuera por un tiempo, bebiendo de ese modo.

—Está tan loco por mí que cada día me dice un par de veces cómo acabará nuestro matrimonio.

Sam descartó el comentario con un movimiento de la mano.

—Yo sólo digo lo que veo. Es como un puzle, y a mí me encantan los puzles.

—Tal vez tenga a una preciosa y sensual escocesa esperándolo en el clan —apunto Belinda, que ahora bebió de la botella de un modo más delicado—. Una con mucho pecho y anchas caderas, y que sepa cocinar.

Jane frunció el cejo. La idea de viajar a su clan ya no parecía tan atractiva. Jane sería una extranjera, y como no hablaba su idioma no entendería nada de lo que dijeran Hugh y sus hombres, ni tampoco lo que dijeran las chicas que hubiera allí esperándole.

—Al menos Jane ha conseguido apaciguar un poco su lujuria.

Jane no se molestó en negarlo. Antes, sus necesidades la angustiaban un poco, pero ahora, con Hugh, y después de lo de la noche anterior, parecían colmadas.

—Te juro... —se calló al ver que las dos hijas de Sam pasaban cerca del embarcadero perseguidas por su niñera—. Te juro que a veces creo que pienso tanto en hacer el amor como un hombre de veintisiete años. Hay gente que se obsesiona con estos asuntos. Tal vez yo sea de ésos.

Sam puso los ojos en blanco.

—Y esto lo dice una virgen de veintisiete años.

—Samantha, no la juzgues —la riñó Belinda—. Jane no pidió ser virgen. —Chasqueó los dedos para pedir que le pasara la botella—. ¿Y qué pasa si no consumáis el matrimonio? ¿Qué pasará contigo cuando todo esto acabe?

Jane colocó las manos a su espalda y se apoyó en ellas. Respiró hondo. El aire estaba impregnado del aroma de las rosas y aún no se olían los primeros fríos otoñales.

—Nuestro matrimonio se disolverá, y Hugh volverá a hacer de mercenario, traficante o de lo que sea que haga en secreto.

—Janey, sólo una pregunta más —dijo Sam—. ¿Tú quieres seguir casada con él?

Jane se dio cuenta de que Sam y Belinda aún no habían mencionado la fijación que ella había tenido por Hugh en el pasado, y que sólo habían estado hablando de él. Seguro que tenían miedo de que ella volviera a pasarlo mal.

Mientras pensaba en cómo responder, vio que Hugh volvía a fallar otro disparo a propósito. Aunque Lawrence le hubiera dado una palmadita en la espalda seguida de un codazo, Hugh habría acertado. Él podría haber dejado a aquellos dos hombres en ridículo, pero no lo hizo. Jane se dio cuenta de que Hugh observaba lo mal que Robert sujetaba el rifle, y sabía que se moría de ganas de corregirlo, pero no dijo nada. Se estaba esforzando por llevarse bien con su extraña familia.

Jane suspiró. Después de lo de la noche pasada, era consciente de que podría pasarse el resto de noches de su vida con ese hombre. Incluso después de la pelea de esa mañana, sabía que él sería un buen marido.

Y desde muy pequeña había llegado a la conclusión de que su personalidad y su temperamento le resultaban muy atractivos. Ya entonces decidió que lo tendría, y cuando Hugh se fue, no encontró a ninguno que se pudiese comparar.

Jane forzó una sonrisa.

—Eso no importa, ¿no te parece? Él no podría haberlo dejado más claro. Tan pronto como todo esto acabe, me dejará y no regresará jamás. Tendríais que haber visto la cara que puso cuando le dije que no era virgen.

—Para ser justas con Hugh —empezó Belinda—, desde el principio él aceptó el trato con la condición de obtener la anulación. Si no la consiguierais, las cosas podrían complicarse. Quizá tenga miedo de que tengáis que divorciaros. La prima Charlotte, con las horas que se pasa fisgoneando en el juzgado, puede decirte lo complicado que es eso.

Sam negaba con la cabeza.

—No, lo que pasa es que está celoso. Es su reacción al imaginarte a ti con otro hombre, o con varios.

Belinda se llevó tres dedos a los labios para contener el hipo y volvió a reclamar la botella. Chasqueó los dedos de nuevo, pero esta vez en dirección a Jane.

—Jane, creo que en esto tengo que darle la razón a Sam. Hugh te mira como si estuviera hambriento y tú fueras un festín.

—Pero ¡si sólo nos habéis visto juntos cinco minutos!

—Pero él no deja de mirar hacia aquí —le señaló Sam—. Fíjate. Cuenta hasta cinco. Cinco, cuatro, tres...

Jane tiró de uno de los rizos de Sam, pero la verdad fue que, dos segundos más tarde, Hugh se volvió para mirarla.

—Tal vez sea un poco posesivo —admitió ella—. Pero tiene que serlo. Me está protegiendo.

—Vamos, ¿nunca has visto a un fiero escocés completamente

enamorado? ¿No? —Sam señaló con el pulgar a Hugh, que seguía mirando a Jane con aquella fiera expresión—. Pues ¡míralo!

—Completamente enamorado. Eso es ridículo. —Pero el corazón de Jane empezó a latir descontrolado.

—Jane, ¿dónde está tu famosísima autoestima? —preguntó Belinda preocupada.

—Derrotada. Corriendo despavorida montaña abajo. Cosa que suele suceder si tu marido cree que vuestro matrimonio es como una trampa para osos. Y que esté dispuesto a arrancarse una pierna con tal de escapar, tampoco ayuda demasiado.

—Tal vez Hugh crea que no es lo bastante rico o lo bastante bueno para ti —sugirió Belinda—. Al fin y al cabo, ibas a casarte con un conde muy adinerado y extremadamente guapo.

—Tiene razón —convino Sam—. Para mí, esto tiene toda la pinta de autosacrificio.

—¿Así que crees que está aquí, dispuesto a sacrificar su vida por mí, porque está enamorado y no puede soportar la idea de que me hagan daño?

Belinda asintió.

—Exactamente.

Lo pensó. ¿Por qué estaba Hugh haciendo todo aquello? Sí, ella sabía que le debía un gran favor a su padre por haber ayudado en su profesión, pero lo que estaba dispuesto a hacer era desproporcionado.

—¿Y tienes alguna idea de por qué me dejó hace diez años y de por qué está tan en contra de seguir casado conmigo?

—Ninguna, pero si yo estuviera en tu lugar, me apresuraría a averiguarlo —contestó Sam—. Y a planear una estrategia.

—Una estrategia para MacCarrick —reflexionó Jane en voz alta, dándose unos golpecitos en la barbilla—. ¿Por qué tengo la sensación de que la historia se repite?

Sam se encogió de hombros.

—Está bien, reconozco que nuestro último plan no tuvo demasiado éxito...

—¿Demasiado éxito? —preguntó Jane riéndose—. Queríamos que se casara conmigo y lo único que logramos fue que desapareciera durante una década.

—Bueno, así pues, ¿qué vas a hacer? —preguntó Belinda.

Jane bajó los ojos y dijo:

—¿Esperar a que se me ocurra algo y luego actuar impulsivamente y sin pensar?

Sam se frotó la barbilla pensativa.

—Tal vez funcione.

27

Al anochecer, Hugh atrapó a Jane cuando ésta intentaba escabullirse por la puerta de atrás de la casa.

—No puedes evitarme todo el día.

La llevó hacia la pared y ella se lo permitió.

—He estado a un tiro de piedra todo el rato —dijo Jane, y le sorprendió ver que él apoyaba una mano junto a su cabeza y se le acercaba—. Además, me ha parecido que estabas pasándolo muy bien con Robert y Lawrence.

Hugh entrecerró los ojos.

—Oh, sí. Hoy he disparado, pescado y fumado, y, como tenía que estar pendiente de ti todo el rato, esos dos se han burlado de mí sin descanso diciéndome que me tienes «completamente dominado». —Parecía tan enfadado que Jane tuvo ganas de sonreír—. ¿Les contaste a tus primas lo de anoche?

—Claro que sí.

—Les dijiste que yo... que yo... —Suspiró hondo y apoyó su frente contra la de ella—. Jane, dime que no lo has hecho.

—¿Te has pasado todo el día preocupado por eso?

Hugh apartó la cabeza.

—Dios, sí.

Jane fingió estudiarse las uñas.

—Me alegro, después de lo horrible que has sido esta mañana conmigo te mereces sufrir un poco.

—Seguramente, pero no quiero que hables de nuestras cosas

íntimas con tus primas. Si lo sabe una, al día siguiente lo saben las siete.

—Se lo he contado a Sam y a Belinda, pero no les he dado ningún detalle. Sólo le he dicho que... nos acostamos juntos y que, bueno, que no hicimos el amor.

—Eso sigue siendo demasiado —comentó él, pero se relajó un poco y volvió a descansar su frente en la de Jane—. Creía que después de lo de esta mañana no querrías hablar conmigo.

—Intentaré olvidar que has dicho todas esas barbaridades.

—Te lo agradezco...

—Si haces un trato conmigo. En las próximas dos semanas, cada vez que te preocupes de ese modo, tienes que darme cien libras.

—¿Cien libras? ¿Y por qué quieres hacer ese trato?

—Hoy me he dado cuenta de que el que estemos obligados a pasar tiempo juntos no implica necesariamente que tengamos que ser desgraciados. Yo quiero ser feliz... contigo... y es imposible lograrlo si no dejas de obsesionarte con lo que sea que te preocupa tanto.

—Yo no puedo evitar ser...

—Acepta el trato, Hugh, o no me olvidaré de lo de esta mañana, y les repetiré a mis primas, palabra por palabra, lo que dijiste mientras estabas tumbado encima de mí.

Hugh apartó la mirada y apretó la mandíbula con tanta fuerza que Jane pensó que podría masticar un trozo de metal.

—Acepto el trato —farfulló entre dientes.

—Perfecto. Pero te lo advierto, pronto me deberás mucho dinero.

—Creo que podré afrontarlo.

—¿El qué? ¿Pagarme esa fortuna o no preocuparte tanto?

Entonces, apareció Emily, la hija de Sam, y Hugh se libró de tener que responder.

—Vamos, tía Jane —dijo la niña cogiendo a Jane de la mano para llevarla hacia el prado.

Jane, a su vez cogió la mano de Hugh, y, mientras la pequeña los arrastraba, le comentó:

—Emily es igual que yo a su edad. De pequeña, corría todo el día sin parar hasta que caía rendida en alguna parte.

—¿De pequeña? —Hugh levantó las cejas—. Cuando tenías trece años aún eras así.

Jane se rió y eso lo sorprendió. Llegaron al prado y se detuvieron junto a una manta. Jane se sentó y tiró de la mano de Hugh hasta que éste se sentó a su lado. Emily se acomodó en el regazo de Jane.

—Tía Janey —susurró Emily en voz alta—, ¿él es el rudo escocés con el que te has casado?

Jane vio cómo Hugh se ponía serio de repente.

—Lo es.

Emily lo miró intrigada.

—Entonces, ¿tengo que llamarlo tío?

—Humm, sí, cariño, él es tu tío Hugh.

—¿De verdad va a comprarnos regalos?

—Eso tienes que preguntárselo a él —le susurró Jane al oído, pero en voz lo bastante alta para que Hugh la oyese.

Emily ladeó la cabeza.

—¿Vas a comprarme las muñecas que te pedí?

Antes de responder, Hugh miró a Jane un instante.

—Sí.

—¿No te olvidarás?

Hugh sacudió la cabeza y Emily le sonrió de ese modo que en el pasado había hecho que Jane le comprara un poni blanco con manchas marrones al que llamó *Pecas*. Hugh se limitó a asentir como si estuviera despidiendo a un conocido en el club.

Emily se fue a jugar, pero antes dijo:

—Adiós... tío Hugh.

Jane frunció el cejo.

—Te comportas como si nunca hubieras visto a un niño.

—Hacía años que no veía ninguno. —Dicho esto se tensó—. ¿Qué debería haber hecho? —Hugh esperó su respuesta con interés.

«Hugh lo intenta...»

—Bueno, podrías haber dicho, «Sí, cariño, pero tienes que portarte bien toda la semana», o algo por el estilo.

A Jane le pareció que Hugh memorizaba la frase.

—No sabía que te gustasen tanto los niños.

—Me encantan —contestó ella desviando la vista hacia donde estaban jugando, y de paso, manchándose la ropa de hierba—. Adoro a los niños. De noche, su pelo huele como el amanecer, y se emocionan tanto, y se ríen por cualquier cosa... —Al ver la cara de Hugh se detuvo—. ¿He dicho algo malo?

—¿Por qué no tienes ninguno? —preguntó sin rodeos.

Ella se frenó un poco.

—Porque para tener uno, necesitas algo llamado «marido».

—Pues entonces deberías bajar un poco el listón y renunciar a alguno de los requisitos que quieres que reúna tu «marido».

—¡Ni que fuera demasiado tarde, sólo tengo veintisiete años! Mi madre me tuvo con veintinueve. Aún no tengo que casarme. Bueno, o no tenía, oh... estoy hecha un lío. Te lo aseguro, todo esto sería mucho más fácil si estuviera casada del todo o soltera del todo.

—¿Y ahora estás mediocasada con un rudo escocés? —preguntó Hugh molesto.

Eso le había dolido.

—No lo dicen en serio.

Hugh apartó la mirada y arrancó una brizna de hierba.

—¿Te... te avergüenza que ellos crean que soy tu marido?

—¡Oh, Dios santo, no! —respondió ella, y luego deseó haber sido un poco más comedida, y un poco menos convincente, a pesar de que él pareció relajarse un poco al oír esa respuesta.

A Jane no le importaba lo que dijeran sus primas. A ella el rudo aspecto de Hugh siempre le había parecido atractivo. Él siempre vestía bien, sencillo pero elegante, y tenía buenos modales, a pesar de que no hablaba demasiado, y de que su apretón de manos fuera «un poco doloroso», tal como le había confesado Robert a Sam, quien luego se lo dijo a Jane.

—Además, «rudo escocés» es mucho mejor apodo que el que tiene Robert. —Hugh enarcó las cejas, y ella prosiguió—: A Robert lo llamamos «el chistoso». Tienes que saber que él te considera ya un amigo. Me ha dicho que le has causado muy buena impresión, aunque apenas le has dicho un par de frases. Él suele acertar en estas cosas.

—¿Buena impresión...? Entonces, ¿por qué...? —Hugh se calló al ver a Lawrence encendiendo una fogata—. ¿Van a hacer fuego? —Estudió los alrededores—. ¿Aquí?

Jane asintió.

—Cenamos fuera siempre que hace buen tiempo.

—Ya lo sé. —Vio cómo Belinda y Sam empezaban a preparar la comida y el vino.

—¿Podemos quedarnos?

Hugh la miró como si le hubiera pedido que bebiera agua del Támesis.

Aquella gente tenía intención de comer allí fuera. Todos. Juntos. Oh, no, no.

—No, no podemos quedarnos. —Hugh se levantó y ella con él. Eso sí que no iba a hacerlo.

A él y a sus hermanos los habían invitado un montón de veces a esas cenas junto al fuego, pero ellos nunca habían aceptado, porque eran incapaces de entender el comportamiento de esa familia. Los hombres bebían y fumaban delante de sus mujeres, sus risas viajaban por la noche, los niños se quedaban dormidos en los brazos de sus padres y no se despertaban al oír las risas.

¿Cuántas noches se habían pasado los tres hermanos observándolos desde su terraza, atónitos por lo que veían?

¿Y ahora él tenía que ir al otro lado y sentarse allí junto al fuego?

La cara de Hugh debió de reflejar toda esa preocupación, porque Jane se acercó a él y le sonrió con aquellos labios enrojecidos por el vino. Unos labios que Hugh se moría de ganas por besar desde que la había arrinconado contra la pared de la casa unos minutos antes.

—Me gustaría mucho cenar aquí esta noche —dijo ella.

Él sacudió la cabeza muy serio.

—Por favor —rogó Jane en voz baja, y Hugh se preguntó qué era peor: que ella pudiera hacer con él lo que quisiera, o que ambos supieran que era así.

Jane lo cogió de la mano, y logró que los dos volvieran a sentarse en la manta.

—Nos quedaremos aquí.

Hugh sabía que lo estaba manipulando, pero mientras se sentaban, el cuerpo de Jane se apretó contra su brazo. Tenía que resistir ese fuego, mantener la concentración.

Esa discusión iba a ganarla él.

Jane se acercó aún más y Hugh sintió sus suaves pechos rozándole el brazo. Luego levantó la mano y la dejó descansar en la nuca de él, para luego empezar a trazar perezosos círculos con las uñas.

—No está tan mal, ¿a que no?

No si ella estaba con él, pero todos los demás, incluidos los niños con sus niñeras, se estaban acercando. Había un montón de mantas alrededor del fuego y se fueron sentando en ellas mientras comían en delicados platos de porcelana.

A pesar de que Jane le preparó un apetitoso surtido, Hugh no tenía apetito.

Cuando los niños estuvieron agotados, y la preciosa Emily se quedó dormida hecha un ovillo a los pies de Jane, las niñeras se los llevaron. A continuación más botellas de vino, y los temas de conversación se volvieron más atrevidos y el lenguaje más franco, incluso con las damas allí presentes; en realidad eran ellas quienes más lo utilizaban.

Hugh levantó la vista cuando oyó decir a Robert:

—Al menos Hugh sabe cómo es Jane en realidad. Imagínate que se hubiera casado con un hombre que no la conociera desde hace tantos años.

—Bueno, seguro que sabe que Jane es la más temeraria de las Ocho —dijo Sam.

—¡No lo soy! —exclamó Jane.

—¿Sabe Hugh lo de aquel príncipe ruso? —preguntó Samantha, a lo que Jane sonrió contenta.

«Hugh no está seguro de querer saber lo de ese príncipe ruso...»

Pero Samantha ya había empezado a relatar la historia:

—La primavera pasada, en un baile, ese horrible, viejo y pervertido príncipe, metió la mano en el escote de Charlotte. ¡La pequeña Charlotte lo pasó muy mal! Así que pasamos al ataque, y empezamos a hacer circular el rumor de que su apéndice masculino no era más que otro dedo. —Samantha lo estaba pasando tan bien, que le brillaban los ojos—. Pero Jane, igual que una tigresa que persigue a su presa, se mantuvo a la espera hasta encontrar el mejor momento para atacar. Yo lo vi todo. Cuando el príncipe pasó junto a ella, Jane le sonrió seductora y él se quedó tan embobado mirándola, que no se fijó en que ella le ponía la zancadilla. Acabó metiendo la cabeza en el bol del ponche.

Hugh sintió cómo se le levantaban las comisuras de los labios.

Belinda añadió:

—Jane caminó luego hacia nosotras sacudiéndose las manos y dijo —intentó imitar la voz de Jane—: «Queridas, todos los hombres se inclinan ante las Ocho Weyland. O se inclinan o se rinden, no hay otra alternativa».

Hugh levantó una ceja hacia Jane y las palabras escaparon de su boca:

—Así que se inclinan, ¿eh?

—¿Acaso no estabas escuchando? —preguntó ella coqueta—. O se inclinan o se rinden. Y los tipos duros como tú se rinden los primeros.

Y que lo digas.

Todos se rieron. A partir de ese momento, la conversación se convirtió en un concurso de rimas picantes. Cuando Hugh se dio cuenta de que empezaba a reír, se puso en guardia y se obligó a mantener las distancias. Así era como él se comportaba: siempre se mantenía fuera, mirando a los demás sin formar parte de ellos. Siempre. No era difícil, él era tan distinto de aquella gente como el día de la noche.

Ellos se sentían tan cómodos en su piel, tan seguros de sus parejas, que no dudaban en mostrarse afectuosos los unos con los otros; lo hacían de un modo inconsciente. Samantha se reía a la vez que besaba el cuello de Robert. Belinda y Lawrence se cogieron de la mano sólo para ir juntos a recoger el chal de ella.

¿Cómo sería pertenecer a ese lugar? ¿Cómo sería que Jane fuera de verdad suya? ¿Cómo sería vivir sin la constante sombra del *Leabhar* planeando sobre su cabeza? Cómo les envidiaba.

Una familia tan afortunada y otra tan maldita.

Cuando Hugh suspiró, Jane le acarició la nuca con las uñas, como si supiera que lo necesitaba.

Él se quedó mirando el fuego. Apenas unas semanas atrás, la mujer a la que amaba su hermano, la única a la que jamás había amado, casi había perdido la vida. Por culpa de las temerarias acciones de Court, los Rechazados perseguían a la pareja. Dos de ellos habían seguido al hermano de Annalía hasta la mansión MacCarrick, en Londres, y habían cogido a la joven. Cuando Court corrió tras ella, uno de ellos apretó el cañón de su pistola contra la frente de Annalía con tanta fuerza que le dejó un morado. Court no podía hacer nada para ayudarla, sólo rezar para que Hugh acudiera en su auxilio ya que, como de costumbre, él se había mantenido en la periferia y había podido ocultarse a tiempo.

Hugh había logrado llegar a su habitación, coger su rifle y apostarse en la ventana del segundo piso. Nunca un disparo había significado tanto; él sabía que su hermano se quedaría destrozado si aquella chica moría.

Hugh logró eliminar el objetivo sin que éste tuviera tiempo de disparar, pero Annalía quedó atrapada bajo su cuerpo sin vida y tuvo que escurrirse de debajo del cadáver, que aún la sujetaba con fuerza. Antes de que Court pudiera ayudarla, ella quedó cubierta de sangre y empezó a llorar sin apenas hacer ruido.

Cuando Hugh vio a Court corriendo hacia Annalía, se avergonzó de sí mismo al sorprenderse que se alegraba de no haber puesto nunca a Jane en peligro. De hecho, sus palabras exactas fueron:

—Preferiría morirme antes que exponer a Jane a algo así.

Pero ahora lo estaba haciendo...

Jane le dio un beso en la oreja y murmuró:

—Ya me debes cien libras. ¿Quieres que sean más?

28

Justo antes de que la taberna enmudeciera, Grey sintió cómo se le erizaba el vello de la nuca.

Sacudió la cabeza y, con los labios pegados a su copa, sonrió. Aquel bastardo incansable acababa de entrar en la misma taberna en la que Grey había pasado el día descansando. La única taberna que había junto al lago y de la cual salía el ferry que él iba a tomar al anochecer.

Grey logró ocultarse entre las sombras y acercarse a la puerta lateral sin ser visto, pero antes se detuvo un instante para echar un vistazo más de cerca al hombre que lo perseguía.

«Ethan MacCarrick.» El único bandido al que temían los bandidos.

Esa idea hizo que Grey tuviera ganas de reír.

Ethan estaba concentrado, estudiando el lugar con mirada atenta en busca de posibles amenazas. Tenía el cejo fruncido y la cicatriz de la cara completamente blanca. Grey se moría de ganas por saber cómo se la había hecho, pero por mucho que le preguntara, Hugh se negaba a hablar del tema. Pero lo que Grey sí sabía era que se debía a un profesional; la cicatriz de Ethan palidecía con cada una de sus expresiones, y se la habían hecho siendo muy joven.

Ethan se apoyó en la pared y siguió estudiando a la multitud. Seguro que estaba buscando a los que parecieran clientes habituales. Grey sabía que ésos eran los vigilantes, gente a la que se pagaba para obtener información. En eso, los borrachos solían ser muy hábiles, y nadie tenía cuidado con lo que decía junto a ellos.

Al ver la atenta mirada de Ethan, uno de los clientes se dirigió de repente hacia la puerta. En menos de un segundo, Ethan atrapó al hombre por el pelo y lo arrastró fuera.

Grey, protegido por la oscuridad, vio cómo Ethan se llevaba a ese hombre a un tenebroso callejón. A distancia, Grey observó a Ethan aflojando un poco la mano para que el tipo pudiera articular alguna palabra a entrecortados intervalos. Grey puso los ojos en blanco. El estilo de Ethan siempre había sido utilizar la fuerza bruta.

Cuando ese hombre gritó un nombre que de algún modo podía conducir hasta él, Grey supuso que Ethan se había salido con la suya. Después de dejarle inconsciente, Ethan regresó a la taberna y, sin saberlo, dejó a Grey allí prisionero. El maldito capitán del ferry estaba dentro, tomándose unas copas mientras esperaba a que Grey le diera la orden de partir.

¡Maldición! Aunque sólo una media hora de viaje separaba a Grey de Ros Creag, sentía que tenía que moverse de prisa. Sospechaba que Hugh no iba a quedarse mucho más tiempo junto al lago. Seguro que Hugh sabía que, tarde o temprano, Grey descubriría su escondite.

Si Ethan no se iba de la taberna y se largaba de aquel pequeño pueblo esa misma noche, Grey tendría que matarlo. No tenía previsto hacerlo; por el momento sólo quería matar a Jane. Siempre le había sido útil saber priorizar. Así evitaba excederse en lo que hacía; pero bueno, perseguir a Lysette ya había sido desviarse de su plan inicial.

Aunque en lo que a Ethan se refería, tal vez no tuviera elección.

Éste no era lo que se podría llamar una presa fácil. Atacarlo sin que lo cogieran, acercarse a él para hacerlo, le llevaría horas de trabajo, horas que Grey no tenía.

Pasaron quince minutos y, como Ethan aún no había salido, Grey supo que iba a tener que dispararle...

Estudió la zona en busca de una posición elevada y encontró un balcón que daba a la entrada de la taberna y al callejón al mismo tiempo. Escaló hasta los barrotes de hierro, y cada vieja herida de su cuerpo se quejó de dolor al hacerlo.

Se puso en posición y esperó a que Ethan apareciese. Vio a gente paseando por la calle, entrando y saliendo de la vieja taberna. ¿Se habría quedado Ethan a cenar? ¿O acaso estaba interrogando a alguien? Grey sabía que no estaba con ninguna mujer. Él no disfrutaba de ninguno de los placeres de la vida, ni siquiera del que podía proporcionar una fémina.

Tras una hora muy larga, Ethan salió por fin por la puerta lateral. Grey apuntó y la mano empezó a temblarle sin control. Con la otra mano se acercó un poco de su medicina a los labios para ver si así lograba calmarse.

En ese mismo instante, Grey se dio cuenta de que algo en Ethan había cambiado. A la luz de la lámpara de la calle, parecía distraído, absorto.

Grey sabía que lo único que podía hacer que tuviera esa mirada era una mujer, se la había visto a Hugh miles de veces.

Ethan MacCarrick estaba pensando en una mujer.

En el pasado, Ethan se había esforzado mucho en dejar claro que su aspecto físico no le importaba. Pero ahora, cuando dos niños se pararon delante de él para mirarlo, frunció el cejo, como si por fin entendiera lo que pensaban los demás al verlo.

Como siempre, les gritó pero no sintió la habitual satisfacción al verlos irse de allí corriendo. En vez de eso, se pasó el reverso de la mano por la cicatriz.

Grey no sintió ninguna lástima por él. No cuando aún podía acordarse de cómo él se había retorcido de dolor encerrado en aquel sótano. La rabia empezó a carcomerlo, hasta que fue mucho más poderosa que la medicina que masticaba.

Cuando Ethan por fin lo soltó, Grey se comportó como si le estuviera agradecido por haberlo ayudado a curarse. Hugh, por su parte, estaba muy aliviado pero a la vez se sentía culpable por haber pegado a Grey.

—Me alegra volver a tenerte aquí conmigo —le dijo Hugh.

Pero Ethan se limitó a mirarlo serio y a decirle:

—Te estaré vigilando.

Ahora Grey lo estaba vigilando a él. Volvió a apuntar con la mano temblorosa y trató de tranquilizarse.

A pesar de que era imposible que Ethan oyese nada desde aquella distancia, cuando Grey amartilló la pistola Ethan se inmovilizó unos instantes. Una de dos, o notaba la presencia de Grey, o se había dado cuenta del error que había cometido al entrar en ese callejón con tantos balcones, sin haber estudiado antes la zona.

Ethan levantó la vista y vio a Grey. Su expresión de incredulidad era la misma que se reflejaba en el rostro de su oponente, que jamás se hubiera imaginado poder eliminar al gran Ethan MacCarrick con tanta facilidad. Un segundo después, la expresión de Ethan era de pura rabia. Desenfundó la pistola y disparó.

La bala pasó silbando junto a Grey y le atravesó la ropa. Entonces éste apretó el gatillo.

El aire quedó salpicado de la sangre que manó del pecho de Ethan, y luego cubrió su cuerpo abatido en el suelo.

«¿Un francotirador patético?» Esa noche no. Esa noche, Grey había dado en el blanco.

29

Hugh cabalgó de regreso a Ros Creag con Jane entre sus brazos. Se había quedado dormida acurrucada contra su pecho, mientras todavía estaban sentados delante del fuego. Hugh levantó a Jane con cuidado y rechazó la invitación de quedarse a pasar allí la noche.

Casi podía imaginar las caras que pondrían sus hermanos cuando les contara que había pasado una velada con los Weyland. No iban a creérselo.

Pero no había sido tan malo como temía. No, tenía que reconocer que hacía años que no lo pasaba tan bien. Y ahora volvía a tener a Jane entre sus brazos, la luna brillaba y ella estaba... ¿acariciándole el pecho con la punta de la nariz? Apartó un poco la cabeza.

—Jane, ¿estás despierta?

—Un poco —murmuró ella y deslizó las manos hacia sus hombros para dejarlas allí.

Hugh frunció el cejo.

—Entonces, ¿estás borracha, pequeña?

—No, claro que no. Estoy la mar de bien.

Con voz ronca, él le preguntó:

—¿Por qué me estás desabrochando la camisa?

Sentada donde estaba, era imposible que no se diera cuenta de la reacción de Hugh a sus caricias. La cogió por los brazos y la levantó para cambiarla de posición y que no quedara tan cerca de su erección.

—No, Jane, ya sabes que no... —Dios, ¿acababa de rozarle el pecho con los labios y con la lengua? Hugh levantó la cabeza y miró la luna. Todos los propósitos que se había hecho ese mismo día empezaron a difuminarse en su mente, así que sacudió la cabeza—. Para ti esto sigue siendo un juego.

Jane parpadeó y abrió los ojos como si acabara de despertarse de un sueño.

—No, no lo es...

—Sabes de sobra que no puedes ir a ninguna parte sin mí.

—Tenía que hablar con mis primas. Necesitaba que me aconsejaran. Desesperadamente.

Aunque ya sabía que ella no le respondería, preguntó en tono amenazador:

—¿Sobre qué? —Genial. Otro misterio que lo atormentaría.

—Sobre cómo... —Se acercó a él para poder besarlo en los labios con toda la ternura que sentía—. Quiero que me hagas el amor.

Hugh casi se cayó del caballo arrastrándola a ella con él.

Después de lo de la noche anterior, la necesidad que Hugh sentía de Jane había ido a peor, y con las caricias de ella se estaba convirtiendo en desesperación. Durante todo el día había representado el papel de su marido. Y, a pesar de sí mismo, empezaba a sentirse como tal.

Esa noche, Hugh sentía que quería reclamar los derechos que correspondían a ese título.

—¿Quieres que te haga el amor? —Sólo de pensarlo su voz sonó más ronca.

Ella asintió confirmando contra su pecho y Hugh soltó el aliento que no sabía que estaba conteniendo. La cogió por los brazos sin pensarlo y la sentó a horcajadas delante de él. Cuando las piernas de Jane colgaron por encima de las suyas le levantó la falda y empezó a besarle el cuello; con una mano le acariciaba la nuca y la otra la introdujo en su sedosa ropa interior.

Le apretó un poco las nalgas para levantarla y acercarla a su erección. Ella gimió de placer y él maldijo de agonía. Cuando volvió a sentarla, Jane se quedó sin aliento al notar que Hugh deslizaba la mano entre sus piernas hasta llegar a su sexo. A continuación, acarició esa húmeda y sensible piel y Jane suspiró con cada caricia. Pero sus suspiros se convirtieron en gemidos cuando él deslizó un dedo en su interior.

Hugh sintió cómo ella estaba increíblemente apretada y cómo su interior le envolvía el dedo con pasión; su erección le dolió aún más de tantas ganas como tenía de ocupar ese lugar.

—No podré detenerme —gruñó él—. No será como anoche.

La acarició con el pulgar y el dedo índice; Jane ya no podía mantener la cabeza levantada pero Hugh la cogió por la nuca y la obligó a mirarlo.

Con los párpados semicerrados, ella asintió.

—¿Me entiendes? —Movió los dedos de aquel modo tan sensual y Jane empezó a moverse a su alrededor.

—¡Hugh, oh, Dios! Sí, te entiendo.

Tan pronto como Jane hubo pronunciado esas palabras, él fue consciente de lo que iba a pasar entre ellos, y todo su cuerpo se tensó de golpe.

—Esta noche voy a estar dentro de ti. —Después de tanto tiempo—. Y tú quieres que lo haga. —Para enfatizar sus palabras, movió los dedos en su interior.

—¡Oh, sí! —Jane estaba ya a punto. Hugh podía sentir cómo todo su cuerpo temblaba y sus muslos, con los que le rodeaba las caderas, se apretaban y relajaban a intervalos regulares, hasta que él creyó que iba a estallar.

«Inevitable.» Hugh se moría de ganas de hacerle el amor, y ella quería que se lo hiciera. ¿Por qué había creído que podría luchar contra eso?

—Primero —le susurró Hugh al oído con voz ronca—, ten un orgasmo por mí.

—Hugh, lo haré... —Lo besó con todas sus fuerzas cuando empezó a sentirse llegar al clímax y gritó contra sus labios. Le clavó las uñas en los hombros y su cálida entrepierna envolvió una y otra vez sus dedos. Hugh sintió que él empezaba a mojarse sólo de pensar en lo que iba a suceder.

Jane se desplomó contra su hombro y Hugh apartó la mano de su sexo para llevarla hacia sus nalgas. Llegaron a Ros Creag y Hugh desmontó y tiró las riendas de su caballo al poste más cercano sin cambiar a Jane de posición: rodeándole la cintura con las piernas.

Cuando consiguió cerrar la puerta tras ellos, Jane ya no descansaba la cabeza en su hombro, sino que había empezado a besarlo y a acariciarle los brazos, tropezándose a cada instante con las manos de él, que también querían tocarla.

Hugh estaba desesperado por estar dentro de Jane, así que apresuró los pasos y se dirigió a su habitación, subiendo los escalones de dos en dos. Tenía la respiración acelerada y soltaba torpes bocanadas junto al húmedo cuello de Jane. Una vez en el cuarto, la tumbó en la cama y, sin perder tiempo, se quitó la chaqueta y la pistola, y las dejó a un lado. Se pasó la camisa por la cabeza y Jane abrió los brazos.

Tenía ya una rodilla en el colchón y se inclinaba hacia ella, después de tan larga espera..., cuando Hugh se quedó petrificado.

Fuera, las bisagras de la puerta que daba al jardín chirriaron.

Hugh levantó la cabeza, y sus ojos oscuros recorrieron la cara de Jane. Corrió a por su pistola.

—Hugh, ¿qué pasa? —Jane estaba tan mareada por el placer que acababa de sentir que apenas podía vocalizar.

—Quédate aquí —le ordenó él, y se acercó a la ventana para cerrar las pesadas cortinas—. No te muevas, y no te acerques a las ventanas.

—¿Está... está Grey ahí fuera?

—Tal vez no sea nada. —Hugh separó con cuidado el extremo de una de las telas y miró al exterior.

—Creía que aún no había llegado a Inglaterra.

—No quiero correr ningún riesgo.

Jane estaba aturdida por la idea de que Grey pudiera estar allí, pero no estaba asustada. La presencia de Hugh la tranquilizaba.

—¿Voy a por mi arco?

—No, pequeña, no necesitas tu arco.

—¿Cuánto tiempo vas a quedarte ahí?

—Hasta que amanezca —contestó él.

—¿Qué? ¿No vas a volver a la cama? Ya has cerrado las puertas... él no puede entrar.

—Si está ahí, tal vez pueda verlo.

Jane preguntó con cuidado:

—¿Y qué harás si lo ves?

—Lo mataré. —Su voz sonó tranquila, fría.

—Pero él era tu amigo —le recordó Jane—. Yo creía que íbamos a escondernos de él, más o menos, y no a... enfrentarnos a él.

—Grey ya ha matado antes.

—No lo dices en serio... —Al ver que los ojos de Hugh se clavaban en los de ella, se detuvo.

—Tanto a hombres como a mujeres.

—¿Por qué? ¿Por qué lo ha hecho?

—Ya te lo dije, tiene la mente enferma. Está peor que nunca.

Jane abrió los ojos de par en par.

—¿Es del estilo de Burke y Hare, o más bien del de Jack el Destripador? —preguntó a media voz—. ¿Es uno de esos asesinos en serie que aparecen en *The Times*?

—Estoy convencido de que tiene muchas cosas en común con ellos.

—¿Por qué no me lo dijiste?

—Porque no quería asustarte innecesariamente —dijo él, y luego añadió distraído—: Nunca creí que lograra acercarse tanto a nosotros.

—Si sabías que era un asesino tan despiadado, ¿por qué aceptaste hacer esto? Quizá estés poniendo tu vida en peligro.

Él no dijo nada.

—Hugh, tú no arriesgarías tu vida por mí, ¿verdad?

—¿Qué clase de pregunta es ésa?

Jane suspiró frustrada.

—Oh, sólo contesta, ¿quieres?

Pareció como si todo su cuerpo se tensara y, tras una lucha interna, farfulló entre dientes:

—Sí.

—¿De verdad? —La voz de Jane sonó una octava más alta.

—Duerme un poco.

Como si tuviera alguna posibilidad de lograrlo. Tras un largo rato, Jane preguntó:

—¿Cómo los mata?

—Con un puñal.

A Jane la sangre se le fue de la cabeza y se quedó helada.

—¿Grey... los apuñala? ¿También a las mujeres? ¿Quiere hacerme eso a mí?

Hugh dudó un instante.

—No sé de qué serviría que te lo contara...

—Tengo que saberlo, Hugh —lo interrumpió ella—. Necesito saber qué planea hacer.

Hugh escrutó su cara y se rindió:

—Los degüella.

Unos violentos golpes en la puerta resonaron a través de la silenciosa mansión.

30

Jane saltó del susto y luego susurró:

—¿Quién diablos será a estas horas?

—Ethan. —Hugh se relajó un poco y se metió la pistola en la cintura del pantalón. «Tiene que ser él»—. Se suponía que mi hermano iba a reunirse aquí con nosotros. Jane, cierra la puerta detrás de mí y no salgas hasta que yo regrese.

Ella lo siguió hasta la puerta y, una vez fuera, Hugh esperó a oír el cerrojo.

Su hermano no podía haber sido más oportuno. Aparecía justo cuando Hugh se había decidido a hacer el amor con Jane, justo cuando ya no tenía ninguna duda de que él...

Hugh corrió escaleras abajo y se acercó a la ventana. Cuando miró afuera, un horrible escalofrío le recorrió la espalda. Era uno de los mensajeros de Weyland y no su hermano.

En ese instante, supo que a Ethan le había pasado algo. Hugh abrió la puerta de golpe y le arrancó la carta de las manos.

—¿Sabes algo de mi hermano? —preguntó Hugh, aunque sabía que los mensajeros no solían tener acceso a la información más importante.

El hombre sacudió la cabeza y se dio la vuelta para irse y poder así confirmar que la carta había llegado a su destino.

Hugh volvió a cerrar la puerta, abrió la carta y leyó la única línea que contenía. No pudo creer lo que veían sus ojos y arrugó el papel en el puño. Luego se dio la vuelta y corrió hacia arriba.

Tan pronto como Jane le abrió la puerta, empezó a gritar órdenes:

—Coge tu maleta más pequeña y mete en ella algo de ropa y cosas básicas. Puedes coger el arco, pero no treinta malditos libros. Nos vamos en diez minutos.

—¿Qué ha pasado?

—Grey está en Inglaterra. Lleva días aquí. —Si Grey podía manipular a la asociación de ese modo y engañar y dar esquinazo a tantos agentes, su adicción no le afectaba tanto el cerebro como creían. Al parecer, no había perdido el toque, y estaba jugando con ellos—. Tal vez nos haya seguido hasta aquí.

Hugh había estado tan ocupado intentando levantarle las faldas a Jane que no se había concentrado en protegerla del único hombre que había hecho de su asesinato la razón de su vida.

Grey podía atacar de mil y una manera insidiosas. Podía envenenar el pozo, o incendiar la casa con una mezcla de aguarrás y alcohol y luego atrapar a todo el que escapara. En los últimos meses, el fuego se había convertido en su arma favorita.

Jane empezó a revolver entre los montones de ropa y dijo:

—¿Cómo sabes que está en Inglaterra? —Ella debió darse cuenta de que él no iba a responder, porque gritó—: ¡Ahora no es momento de secretos! ¡A mí también me afecta todo esto!

Hugh se pasó la mano por la cara.

—Ha matado a Lysette.

Jane se quedó atónita y soltó la bolsa que había estado llenando.

—Si puede que él esté tan cerca, ¿qué pasará con mi familia que está en Vineland?

—Grey nunca ha matado indiscriminadamente, sólo mata a gente a la que odia o a quienes le conviene para sus planes. Pero para asegurarnos le escribiré una carta a Robert diciéndole que se vayan lo antes posible.

—¿Sólo a la gente que odia? ¿Y por qué ha matado entonces a Lysette? —Volvió a ocuparse del equipaje—. Me dijiste que eran amantes.

—Lo habían sido, pero acabaron mal. Grey creía que ella lo había traicionado.

—Hugh, si de verdad él está ahí ahora, podría dispararnos.

—A Grey no le gusta disparar —la tranquilizó Hugh—. Nunca ha sido demasiado bueno en eso, incluso antes de tener temblores.

—¿Y por qué no nos quedamos aquí? Cerramos la casa...

—No tendría ningún problema en incendiar la casa con nosotros dentro. —Se acercó a ella y la cogió por los hombros—. Pequeña, te mantendré a salvo, te lo juro, pero tienes que creer que sé lo que estoy haciendo.

Jane asintió aún temblando.

—Ahora, vístete para cabalgar por el bosque. Algo oscuro, si puede ser.

—¿Dejamos el carruaje?

—El cochero no está aquí. Además, Grey puede seguir las huellas del carruaje, pero nunca podrá seguirnos a caballo —dijo él mientras estudiaba el suelo de la habitación, que de repente estaba vacío. ¿Acaso era incapaz de descifrar la maldita lógica que impregnaba el desorden de Jane?—. ¿Te acuerdas de la senda rocosa que va desde las cascadas hacia el norte?

—Sí, de pequeña no me dejabas cabalgar por allí.

—Bueno, pues esta noche lo haremos, y hasta que nos hayamos alejado lo suficiente, iremos condenadamente rápido.

Quince minutos más tarde, iban ya a caballo a través de la espesa niebla del bosque, que los envolvía lo mismo que la luz de la luna.

Hugh sujetaba en su mano las riendas del caballo de Jane, y

ella se aferraba a la crin del animal mientras éste subía por la empinada y difícil senda. Las ramas de los árboles le habían rasgado la ropa, y algunas acabaron por deshacerle el moño, por lo que en esos momentos su melena se movía libre tras ella.

Al primer traspié que dio el caballo de Jane, Hugh cogió la montura y la ató junto a la suya. Luego levantó a Jane y la sentó detrás de él. Se aseguró de que se sujetase bien, y cabalgó como alma que lleva el diablo. El caballo estuvo a la altura, y logró arrastrar al de ella, que tenía muchos más problemas.

Nada de lo que había visto o hecho en Londres podía compararse a la emoción que sentía al rodear con los brazos el torso de aquel escocés, mientras cabalgaba como nunca antes lo había hecho, y mucho menos de noche.

Aunque para ella aquello fuera como un sueño, Hugh estaba alerta y muy concentrado. Igual que un jugador de ajedrez que se anticipa a los movimientos de su contrincante, Hugh los guió hacia el norte durante toda la noche, A menudo, cabalgaba en una dirección y luego sacudía la cabeza y daba la vuelta.

—¿Cómo lo llevas, pequeña? —preguntaba periódicamente dándole unos golpecitos en la pierna.

Ahora que por fin se había dado cuenta del peligro que corría, Jane se sentía abrumada al ver todo lo que Hugh hacía por ella. La imagen de él junto a la ventana, bajo la luz de la luna, tenso, con la mirada alerta y a punto para entrar en combate, se le había grabado en la mente.

Hugh había reconocido que estaba dispuesto a arriesgar su vida por ella. Y Jane supo entonces que era imposible que años atrás hubiera estado jugando con sus sentimientos. Y también supo que no se había olvidado de despedirse de ella. No, Hugh era mucho más de lo que se veía a simple vista. Y ella tenía intención de investigar todas sus capas.

Jane lo abrazó con fuerza y de repente fue como si volviera a tener diecisiete años y cabalgara detrás de él. Siempre lo hacían así cuando iban a explorar nuevos lugares.

—¿Necesitas que paremos? —preguntó él.

—No, estoy bien. Estoy... estoy contenta de ir por fin a Escocia.

Hugh dudó un instante y luego contestó:

—No es siempre como cuentan las baladas inglesas.

—¿Qué quieres...?

—Agáchate —le ordenó él. Y Jane lo hizo justo a tiempo de pasar por debajo de una rama—. Hay bandoleros y ladrones que no son tan heroicos como los de los libros.

—Oh. —Mucho tiempo atrás, Jane había mirado en un mapa dónde quedaba Carrickliffe, y se acordaba de que estaba muy hacia el norte—. ¿Vamos a ir donde tu clan?

—No, no vamos tan lejos. Aún no.

Suspiró aliviada. Después de pasarse años deseando ir allí, ahora le daba miedo.

—Vamos a casa de Court.

—¿Dónde está?

—En las tierras del sur de Escocia. Si la casa está bien, nos quedaremos unos días. Te lo advierto, no tendrá muchos lujos, pero creo que es el lugar más seguro.

—¿Estará Court? —«Por favor, di que no.»

—No, lo más probable es que ahora esté en Londres. O tal vez haya optado por quedarse en el continente y aceptar un trabajo allí con todos sus hombres. —Farfulló algo entre dientes que sonó parecido a: «Mientras no haya decidido regresar a buscarla».

—¿Qué has dicho? —preguntó Jane, y entrelazó las manos delante del torso de él a la vez que hacía esfuerzos por controlar las ganas que tenía de acariciarle la espalda con la mejilla.

—Nada, pequeña. Trata de dormir, si puedes.

Hugh cubrió las pequeñas manos de Jane con la suya para protegerlas del frío y ella sintió como si la atravesara un rayo. En ese instante, Jane se dio cuenta de que nadie la había empujado por un precipicio, era ella quien había saltado de cabeza, y ahora el suelo se iba acercando. Siempre se había estado acercando.

Pero ella se había negado a verlo.

31

Jane se agachó junto al riachuelo de agua cristalina para poder beber un poco con las manos, y de repente oyó que una rama se rompía detrás de ella. Se dio la vuelta, pero no vio a nadie a la poca luz de día que quedaba. Ella sabía que Hugh habría anunciado su presencia, y que era imposible que hubiera acabado ya de preparar el campamento para esa noche. Seguro que había sido un animal, los bosques por los que viajaban estaban llenos de corzos.

Se sentó en la orilla y se levantó la falda para meter las piernas, que ya llevaba sin medias, dentro de la helada corriente. Se pasó un paño húmedo por la cara e hizo inventario de todo lo que había sucedido durante aquellos cuatro días en los que había cabalgado con Hugh por espesos bosques y escarpados terrenos.

El paisaje era cada vez más espectacular y habían pasado por viejas fortificaciones celtas y vistas que dejaban sin aliento. Las hojas iban cambiando de color, empezando por el escarlata y acabando en el oro y el ocre. Ahora que oficialmente estaban en las Highlands, todo le parecía nuevo y excitante. Incluso el aire era más fresco. Comparado con eso, Londres era un lugar muy lúgubre.

Cada anochecer se detenían y acampaban junto a los árboles. Por la mañana, Jane observaba cómo Hugh se despertaba por etapas, y le dolía verlo apretar la mandíbula para resistir el dolor de las viejas heridas de su cuerpo. Y a pesar de todo, Hugh se ponía a trabajar en seguida para poder llegar cuanto antes a la finca de su hermano Courtland, tal como le había dicho.

Jane cabalgaba a su lado y, kilómetro tras kilómetro, lo veía estudiar el terreno, igual que años atrás, cuando la llevaba de caza. Utilizaba los mismos maravillosos instintos de cazador que de pequeña lo había visto poner en la práctica, y Jane se dio cuenta de que estaba tan fascinada con él como cuando tenía trece años.

Y ahora Hugh era su *marido*.

Su mirada, intensa y concentrada, la atraía una y otra vez, y le recordaba cómo esos mismos ojos la habían seducido en Ros Creag las últimas dos noches. Por desgracia, desde entonces él no había vuelto a tocarla.

Jane sabía que Hugh pensaba que esa vez había logrado no caer en sus brazos por los pelos, y seguro que estaba agradecido por haber esquivado la situación. Pero para Jane había sido sólo un primer intento fallido.

Se pasó la toalla húmeda por la cara y pensó en su futuro. Se preguntó si Hugh estaría en él. Sopesó los hechos: él la encontraba atractiva, y quería hacer el amor con ella. Estaba dispuesto a morir por ella. La primera noche que lo vio en Londres, estaba tan sucio porque había cabalgado sin descanso durante días para poder llegar a su lado.

Entonces, ¿por qué Hugh no quería que ella fuera algo más que...?

Oyó unos pasos sobre las hojas secas justo detrás de ella. Antes de que pudiera darse la vuelta, una mano le tapó la boca; otras manos la cogieron y la alejaron del agua para adentrarla en la espesura del bosque.

Jane clavó los talones en el suelo y, llena de rabia, mordió la mano de su agresor a la vez que intentaba arañarle con todas sus fuerzas. El hombre que la sujetaba la insultó. El tipo movió la mano y ella se dio la vuelta para verlo, pero al sentir la fría hoja de metal junto a su cuello, se asustó y se quedó quieta.

—¡Aparta tus sucias manos de mi mujer! —dijo Hugh con una calma helada.

El hombre se quedó petrificado. Jane desesperada, se apartó el pelo de la cara y vio a Hugh apuntándolos con su rifle absolutamente quieto y con una mirada tan fría como cenizas en una puesta de sol. Estaba apuntando a uno de los dos hombres que la tenían sujeta, al que apretaba el cuchillo de caza contra su cuello y llevaba un pañuelo alrededor del suyo. El segundo desenfundó su pistola y apuntó a Hugh.

—Soltadla u os mataré.

Una furia en estado puro emanaba de todos los poros de Hugh, pero de algún modo la mantenía controlada.

Aquellos dos tipos debían de ser bandidos, de esos poco heroicos que le había mencionado Hugh. ¿Por qué no se cubrían la cara con los pañuelos que llevaban?

Porque a Hugh y a ella no iban sólo a robarles.

El hombre que la sujetaba se puso nervioso bajo la mirada mortífera de Hugh y, al tragar saliva, se le movió la tela por encima de la nuez y apretó el cuchillo con más fuerza contra la piel de Jane. Ella sintió cómo la sangre empezaba a resbalarle y, asustada, entreabrió los labios.

Hugh entrecerró los ojos pero no dijo nada, sólo esperó. Jane se dio cuenta de que ya le había visto hacer eso antes: cuando cazaba y tenía al animal en el punto de mira, se quedaba igual de inmóvil.

Era como si el tiempo discurriera mucho más despacio. ¿Cuántas veces había visto a Hugh así de concentrado justo antes de que su dedo índice acariciara con suavidad el gatillo? Cuando Jane vio a Hugh rozar con el pulgar la culata del rifle, supo que aquellos hombres iban a morir.

El que la tenía sujeta por el cuello empezó a tirar de ella. Al caminar hacia atrás, el cuchillo ya no le amenazaba con tanta fuerza. Debería soltarle un puñetazo... una patada..., darle a Hugh la oportunidad de disparar.

Jane sintió contra su piel el podrido aliento del bandido cuando éste abrió la boca para decirle a Hugh:

—Tu preciosa mujer va a convertirse en mi...

El sonido del disparo la asustó, e intentó alejarse, pero el cuchillo ya había desaparecido. El hombre que lo sujetaba yacía en el suelo, detrás de ella, y la sangre salía a borbotones de un agujero que tenía entre las cejas.

Jane miró a Hugh.

Éste, sin apartar ni un segundo la vista del segundo hombre, que sujetaba tembloroso una pistola, vació el cartucho de su rifle como si tuviera todo el tiempo del mundo.

—Vamos, dispara —exigió Hugh impaciente.

El bandido disparó y Jane gritó; un pedazo de tela negra salió por los aires, pero no podía ver dónde había sido herido Hugh. Cuando el tipo vio que éste aún estaba de pie palideció y le tiró la pistola justo antes de echar a correr.

Jane se tambaleó. «Por los pelos.» Hugh tiró su rifle al suelo y, en tres zancadas, lo atrapó. Iba desarmado y sus movimientos eran contenidos, letales, silenciosos.

«Ese silencio lo impregna todo. El bosque también está alerta. ¿O es que he perdido oído por culpa del disparo?» Y entonces oyó un gemido, y no supo distinguir si venía de sus labios o de los del hombre que estaba luchando por su vida. Una lucha inútil; Hugh lo tenía completamente sujeto y sus fuertes manos y antebrazos rodeaban la cabeza del tipo.

«¿Cómo puede Hugh moverse sin hacer ruido? De qué modo tan raro sujeta al bandido...»

Jane se estremeció al ver cómo los brazos de Hugh se movían de un lado a otro. De repente, se oyó el inconfundible ruido de un hueso rompiéndose. El hombre cayó sobre sus rodillas, con la cabeza en un ángulo nada natural, y luego se desplomó.

Hugh se quedó quieto un instante sin saber qué hacer, y luego, despacio, se dio la vuelta para mirar a Jane.

32

El delgado cuerpo de Jane temblaba y le costaba respirar. Tenía las pupilas dilatadas y los labios pálidos a causa del miedo que había pasado.

Una fina línea roja le marcaba el cuello, y Hugh se asustó.

—Sìne, tengo que mirar si estás bien —dijo él con cautela a medida que iba acercándosele, como si creyera que ella iba a echar a correr. Hugh era consciente del aspecto que debía de tener, y sabía que lo que les había hecho a aquellos dos tipos la había asustado.

Ella no respondió.

—Jane, no he actuado a la ligera —le explicó despacio, dando otro paso—. Esos hombres te habrían matado. —«Tarde o temprano.»

Seguía sin decir nada. Tenía ojeras y estaba completamente blanca. Hugh se detuvo delante de ella y rezó para no asustarla. «No te apartes de mí...» Hugh no podría soportar que Jane le tuviera miedo.

Acercó la mano al corte que tenía en el cuello y lo tocó con las yemas de los dedos. Casi se cayó de rodillas del alivio que sintió al ver que sólo era un arañazo. Antes de que pudiera detenerse, la rodeó con los brazos, y la acercó a él, a la vez que inclinaba la cabeza sobre la suya. Él gimió al sentir que ella estaba sana y salva entre sus brazos, pero Jane no podía dejar de temblar.

—Chis, pequeña —la tranquilizó junto a su pelo—. Ya estás a salvo.

—¿Qué... qué ha pasado? —susurró ella—. No entiendo nada de lo que ha pasado. ¿Eran bandidos?

—Más o menos.

—¿Estás herido? —En la pernera del pantalón se veían las marcas de una quemadura y un agujero.

—No, no, en absoluto. ¿Crees que podrás cabalgar?

—Pero ¿qué vamos a hacer con los ca... cadáveres?

—Nada. Tardarán mucho tiempo en encontrarlos, si es que alguna vez lo hacen. —Hugh se apartó un poco para poder mirarla a los ojos. Deslizó las manos por sus brazos y añadió—: Tenemos que irnos de aquí ahora mismo. ¿Puedes vestirte mientras yo recojo el campamento?

Jane asintió y él se obligó a soltarla porque sabía que tenía mucho que hacer y que tenía que hacerlo rápido. Mientras ella se vestía y se limpiaba la herida con una toalla húmeda, Hugh siguió vigilándola, y recogió sus cosas para volver a ensillar los caballos.

Cuando Jane estuvo lista, le preguntó a Hugh:

—¿Puedo... puedo cabalgar contigo? —Lo miró como si se sintiera avergonzada por habérselo pedido.

Sin dudarlo, Hugh la cogió en brazos y la montó en su caballo. Luego, él se sentó detrás y la rodeó con un brazo. Suspiró aliviado al ver que seguía queriendo estar cerca de él.

—Intenta descansar. Cabalgaré toda la noche.

Jane asintió temblando.

Impaciente por alejarla de allí, Hugh forzó aún más la marcha. Después de una hora de duro viaje, llegaron a lo que había sido el cauce de un río y ahora era un camino escarpado y seco. Tuvieron que aminorar el paso.

—Gracias —murmuró Jane—. Por lo que has hecho ahí atrás... por todo lo que estás haciendo.

—Ni lo menciones.

—Al parecer, todo esto se te da mucho mejor de lo que yo me había imaginado. —Hugh se mantuvo en silencio y ella continuó—: Lo que hace que, después de haber visto esto y lo de la muerte de Lysette, me pregunte ¿cómo de bien se le da a Grey?

Hugh apretó los dientes.

—Tú no eres un mercenario, y él no es un hombre de negocios.

—No.

—¿Quieres explicármelo?

Tras un silencio, Hugh contestó:

—No puedo, aunque quisiera hacerlo.

—¿Quieres hacerlo?

—Yo... no lo sé. —Una parte de él quería hacerlo, aunque sólo fuera para que ella dejara de mirarlo de aquel modo.

Al cabo de un rato, Jane le preguntó:

—¿Estás enfadado conmigo?

—Dios, no, ¿por qué iba a estarlo?

—Porque yo te he metido en este lío.

—Pequeña, tú no eres la culpable de todo eso. Es culpa mía. Yo debería haber estado más alerta...

—No, no quería decir que fuera culpa mía. No es culpa de ninguno de los dos. Lo que quería decir es que siento que hayas tenido que matar por mí. Creo que te sientes mal por haberlo hecho.

—¿Y no debería sentirme así?

Hugh sintió que ella tensaba los hombros.

—Me dolería pensar que te sientes mal por haber hecho algo tan noble y necesario para salvarme la vida.

«¿Noble?» Hugh sintió cómo su orgullo crecía un poco y descubrió que así era exactamente como él quería sentirse cuando Jane estaba a su lado..., así era como quería que Jane le viera.

Jane le había visto matar con sus propias manos, y entendía que no había tenido otra elección. «Necesario.» Un pensamiento se le apareció de repente: «Jane puede aceptar que he matado. Sin juzgarme».

Pero ¿podría aceptar el modo en que lo había hecho?

En los periódicos y en la literatura solía representarse a los asesinos como seres cobardes, y se los vilipendiaba siempre, incluso a los del propio país. En las tres últimas grandes guerras que habían tenido lugar en el continente, cualquier ejército que atrapaba a un francotirador lo ejecutaba al instante. No los hacían prisioneros, no negociaban con ellos. A los hombres con el trabajo de Hugh nunca los utilizaban como moneda de cambio.

Fuera como fuese, Hugh no podía contarle la verdad a Jane sin desvelar secretos que no le pertenecían.

—¿Hugh?

—Podría haber dejado al segundo con vida.

—¿Y si hubiera habido por allí otros miembros de su banda? O... o tal vez hubiese querido vengarse por la muerte de su compañero. O haber armado un escándalo, con lo que entonces Grey sabría dónde estamos.

Tal vez Hugh hubiera podido pensar en todos esos factores, pero no lo había hecho. Cuando cogió al segundo, el único pensamiento que le pasó por la mente fue que tenía que matarlo por haberse atrevido a tocarla.

—No te sientes culpable, ¿a que no? —preguntó Jane.

—Tampoco me ha gustado hacerlo.

Jane se dio la vuelta, y se asomó por debajo de su brazo para poder mirarlo a la cara. Era obvio que estaba enfadada.

—¡Te comportas como si les hubieras disparado a unos huérfanos o a unos cachorros! ¡Has matado a unos asesinos! —Frunció el cejo y añadió en un tono de voz más suave—: ¿Te arrepientes de haber tenido que hacerlo para salvarme?

El brazo que la rodeaba la apretó con fuerza.

—No, pequeña, eso jamás. —«Me ha encantado hacerlo»—. Es sólo que... no quería que tú lo vieras.

Jane lo miró atónita.

—¿No querías que viera lo valiente que eres? ¿Que viera cómo te quedabas de pie, esperando a que te dispararan?

—Eso no es ser valiente. Sabía que había muy pocas posibilidades de que me diera en algún punto importante antes de que yo lo atrapase. Lo que quiero decir es que no quería que vieras la sangre, ni tampoco la muerte. No quiero que te persiga ese recuerdo. Que te haga daño.

—Si ese recuerdo pudiera hacerme daño, le plantaría cara y no permitiría que impregnara mi vida. No quiero que pienses que soy demasiado simple, o fría. —Escogió las palabras con mucho cuidado—. Pero estoy convencida de que cuando una carga se hace demasiado pesada hay que soltar un poco de lastre y aligerarse un poco los hombros. Y Hugh... —descansó con cuidado sus manos encima de la que él tenía en su cintura—... creo que tú tienes que soltar bastante lastre.

«¿Y si tenía razón? ¿Y si dejaba de sentirse culpable por todo lo que había hecho y no seguía atormentándose por ello?» La tentación era muy grande.

Cabalgaron otro rato en silencio. Al final, ella murmuró:

—Hugh, antes, cuando has dicho que era de ese modo tu mujer... —Se interrumpió.

Hugh cerró los ojos un segundo.

—Lo sé. No volverá a pasar.

—Eso... eso no es lo que iba a decir. —Jane temblaba junto a su torso, y le apretó el brazo con fuerza.

—¿Qué ibas a decir?

Las palabras de Jane hicieron que empezara a sudar por primera vez en lo que llevaban de día.

—Cuando has dicho que era tu mujer, me he dado cuenta de que me gustaba... mucho.

Si Jane ya sentía curiosidad acerca de la vida de Hugh antes del ataque, ahora estaba desesperada por saber más.

Aunque por fin habían aminorado la marcha, iban circulando por un terraplén muy resbaladizo, y ella no iba a preguntarle nada por el momento. Jane lo observó mientras cabalgaba a su lado bajo el sol de la mañana y le dio un vuelco el corazón al ver lo exhausto que estaba.

Hugh seguía siendo muy cauto y no cesaba de protegerla... y habían cabalgado sin descanso.

Aquel ataque había dejado de nuevo muy claro que Hugh la protegería de modo incondicional. Cuando Jane sintió aquel cuchillo junto a su cuello, ni por un momento creyó que moriría, no allí, pero entendió lo que pasaría si Grey los alcanzaba.

Ella no iba a desperdiciar ni un segundo más del tiempo que pudiese pasar con Hugh.

—Casi hemos llegado, pequeña —dijo él dándole ánimos—. Sé lo duro que ha sido esto para ti.

—¿Para mí? ¿Y qué me dices de ti? —Él y su caballo tenían el mismo aspecto que aquella noche en Londres.

Hugh se encogió de hombros.

—Yo estoy acostumbrado.

—Claro —dijo ella como ausente, mientras ladeaba la cabeza para estudiarlo mejor.

Hugh era un guardián muy fiero, siempre estaba dispuesto a utilizar la violencia que fuera necesaria; pero con ella era tierno y apasionado. Tenía muchos secretos, pero Jane sabía que sería un marido fiel. Hugh siempre había deseado su felicidad por encima de la de él.

En ese preciso instante, un mechón de pelo negro cayó encima de uno de sus ojos...

Jane tragó saliva. De repente lo entendió todo.

«El escocés es... mío.» Lo miró y se dio cuenta de que él seguía siendo *su* Hugh. Jane lo deseaba, siempre lo había deseado, pero ahora sentía un profundo respeto por él, y algo más maduro, algo que era... amor. Oh, Dios, ella no amaba a Hugh como antes.

Ahora le amaba mucho, mucho más.

Pero Jane apenas había logrado sobrevivir a la primera vez que la abandonó, ¿qué pasaría si volvía a perderlo?

Ella ya había decidido que quería que él fuera su primer amante. Ahora sabía que también quería que aquel reservado y maravilloso hombre fuera el último. «¿Cómo puedo lograr que él quiera seguir casado conmigo?», pensó, y sintió cómo el pánico corría por sus venas sólo de pensar en que quizá tuviese que separarse de él. «¡No! ¡Cálmate! ¡Piensa!»

—Jane, ¿te pasa algo? —preguntó Hugh.

—No, nada. —Se obligó a sonreírle mientras su mente empezaba a trazar un plan.

Nada de atormentarlo. Tenía que seducirle. Y tenía que ser para siempre.

Hugh frunció el cejo, y cuando llegaron a la pendiente, volvió a acelerar la marcha. Jane se alegró de tener tiempo para pensar.

Era obvio que tenía que estar a solas con él, y que tenía que demostrarle que vivir con ella no iba a convertirse «en un infierno». Y entonces volvió a alegrarse de que no fueran a Carrickliffe.

Por desgracia, sólo había algo más descorazonador que un montón de extraños escoceses, y era Courtland MacCarrick, quien siempre la había odiado.

Hugh le había dicho que no creía que Court estuviera en casa. Perfecto. Y, a menos que Court apareciera, nada podría impedir que ellos dos se quedaran allí.

33

«¿Un ligero remozado? Y una mierda.» Hugh soltó una maldición.

Tan pronto como se acercaron a los lindes de Beinn a'Chaorainn, la finca de Court en Escocia, Hugh tuvo un mal presentimiento. El largo camino de entrada estaba lleno de árboles caídos aquí y allí. Empezaban a pudrirse, lo que significaba que nadie había estado allí desde hacía años; ni siquiera un simple jardinero con unas pocas herramientas.

Cuando pudieron ver la casa, el cielo estaba cubierto por nubes de lluvia que proyectaban una luz siniestra sobre la mansión. Al verla, Jane se desanimó un poco. La casa en la que Hugh planeaba esconderla durante todo el otoño dejaba mucho que desear.

Descorazonado, él estudió los abandonados jardines. La puerta principal colgaba de una roñosa bisagra, las ventanas estaban o bien rotas o bien cubiertas por enredaderas muertas.

En ese instante, algo de ojos muy grandes y cubierto de pelo, atravesó la puerta de la entrada.

Hugh miró a Jane. Tenía los labios entreabiertos y su aliento dibujaba círculos de vaho en el aire frío. Tenía las ojeras marcadas en su pálido rostro. Habían cabalgado sin tregua, pero Hugh había estado convencido de que ambos podrían descansar y recuperarse en Beinn a'Chaorainn. Durante todo el viaje, Jane había intentado animarle y se había esforzado por estar de buen humor, riñéndolo con dulzura cuando él se ponía demasiado serio.

Ahora, la expresión de Jane era inescrutable, y Hugh se acercó a ella para ayudarla a desmontar. Sin decir ni una palabra, él entró en la casa con los hombros echados hacia atrás, como si haberla llevado allí hubiera sido un colosal error. La única alternativa viable era ir con su clan, y él quería evitar eso a toda costa.

Hugh cruzó el umbral y miró a su alrededor con atención. Tendrían que ir al clan, qué remedio.

El salón estaba lleno de plumas y de nidos de pájaros. Al parecer, allí también vivían ardillas, tejones e incluso un par de zorros, y Hugh podía oír cómo la chimenea estaba hasta los topes. Como si fuera un centinela, una marta estaba erguida junto a la entrada, con las patas delanteras listas para atacar.

—¡Cuidado, Hugh! —gritó Jane con energía—. Es un hurón. ¿O tal vez sea un gato? No lo sé. —Pasó junto a Hugh y empezó a hacer ruiditos cariñosos—. Es la cosita más adorable...

Hugh la cogió por el brazo.

—No, Jane, no lo hagas.

El animal le enseñó los dientes y se escurrió de nuevo hacia el interior. Jane pareció dolida, y farfulló que, de todos modos, nunca le habían gustado ni los hurones ni los gatos.

Luego siguió a Hugh hacia el interior, esquivando las telarañas que él apartaba y peleándose con una que se negaba a despegarse de sus labios. Cuando se libró de ella, miró a su alrededor y abrió los ojos horrorizada.

Sonrojado y a la defensiva, él dijo:

—Éste es el último lugar en el que a nadie se le ocurriría buscarnos. —Hugh reconoció que el interior estaba destrozado, y que, una vez desaparecida la puerta principal, la naturaleza había conquistado el lugar; hacía muchos años que nadie había habitado Beinn a'Chaorainn ni por casualidad.

No había ningún mueble a la vista, excepto tres míseros colchones amontonados junto a la pared. Hugh investigó la cocina y vio que estaba igual de vacía, sin platos ni cazuelas.

—Creo que tendré que renunciar a mi baño —dijo Jane seria.

Hugh abrió otro armario. Nada.

—He visto que en la parte de atrás hay un estanque. —Tal vez incluso hubiera un manantial de agua caliente cerca—. Si encontrara aunque fuera un cazo, podría traer un poco de agua...

Se detuvo al ver una extraña criatura correr escaleras arriba y, tras darse de bruces con una pared, seguir por el mismo camino. Jane se apartó y se cubrió la cara con las manos.

Hugh se acercó a ella.

—Jane, lo siento, no lo sabía. —Inseguro, le puso una mano en el hombro y frunció el cejo al ver que tenía el pelo lleno de plumón.

Lo había logrado, por fin la había llevado al límite. De camino, él ya le había advertido que la casa no era en absoluto lujosa. Ella le había contestado que mientras tuviera un baño lo demás no importaba. De hecho, Jane se había pasado horas soñando con bañarse, y ahora estaba cubierta de polvo, plumón y telarañas.

Estaba exhausta, la habían asaltado, y allí no sólo no había ningún baño, sino que tampoco había camas ni fuego, y las únicas habitaciones que tenían las ventanas más o menos enteras estaban invadidas por los pájaros.

Hugh no podía creerse que hubiera traído a su pequeña a un sitio como ése. Pues claro que estaba llorando.

Jane se agachó un poco y empezaron a temblarle los hombros. Hugh se juró a sí mismo que iba a darle una paliza a Courtland.

—Jane, si lo hubiera sabido jamás te habría traído aquí. Y no vamos a quedarnos. —Se acercó a ella, y con delicadeza, le apartó las manos de la cara.

Jane se estaba... riendo.

—Lo siento —dijo ella intentando parar de reír—. Esto no tiene gracia. —Con cara de resolución se golpeaba la frente con la mano.

—Jane, esto es muy grave. No tiene gracia.

Seguro que deliraba. Al menos Hugh parecía creerlo así, porque la miraba como si ella acabase de salir del manicomio y estuviera planteándose volver a enviarla allí de golpe. «Seguro que allí las habitaciones son sublimes comparadas con esto. Seguro que hay menos pájaros.»

Y le volvió el ataque de risa.

«¡Claro!» Allí vivía Courtland MacCarrick. Jane no sabía qué era peor, que Court fuera propietario de un sitio como aquél, o que ella siguiera teniendo ganas de quedarse allí.

—¿Jane? —preguntó Hugh despacio. Pobre Hugh. Se había sentido tan incómodo al entrar en la casa, con sus hombros echados el máximo hacia atrás, y ahora era obvio que estaba muy preocupado—. Pequeña, ¿de qué te ríes?

Cuando otra pluma se deslizó por el aire y esquivó por poco el pelo de Hugh, ella se rió aún más. Se limpió los ojos y dijo:

—Es que está mucho mejor de lo que me había imaginado. Al fin y al cabo, es la casa de Court.

—¿A qué te refieres?

—A que tiene paredes.

Hugh abrió los ojos sorprendido y luego esbozó media sonrisa y frunció un poco el cejo.

Jane respiró hondo y trató de decir muy seria:

—Y no tenía ni idea de que a Court le gustaran tanto los animales. Mira qué mascotas tan preciosas.

—Sí —reconoció Hugh intentando también parecer serio—, de pequeño nunca tenía suficientes animalitos. Les ponía nombres a todos.

Jane se rió a carcajadas, sorprendida y a la vez feliz de ver a Hugh así, pero quiso hacer otra observación:

—Y tengo que reconocer que ha sido muy hábil, a mí nunca se me habría ocurrido utilizar la chimenea y esos colchones como corral.

Hugh asintió con solemnidad.

—Así es más fácil alimentarlos y mantener su equilibrada dieta de suciedad y algodón. Mira cómo han crecido.

Jane se mordió los labios para no reír y continuó:

—Y la decoración es preciosa. —Se dio unos golpecitos en la barbilla—. Estilo cobertizo de principios de siglo, si no me equivoco. Sólo los más aplicados consiguen crear este efecto.

—De verdad, hoy en día resulta difícil encontrar este nivel de perfección. Seguro que le ha costado años alcanzarlo.

Jane ya no pudo controlar la risa, y se dio cuenta de que no podía recordar otro momento en que lo hubiera pasado tan bien como allí y entonces, riéndose con Hugh de aquel sitio horrible.

—Hugh, creo que lo estás pasando bien conmigo.

Hugh fijó la vista en el muro que había a la derecha de Jane y dijo:

—Cuando puedes controlarte y dejas de atormentarme, me gusta estar contigo. —Cuando vio que ella lo miraba incrédula, añadió con torpeza—: Siempre me ha gustado tu compañía.

Había algo en su expresión, un pequeñísimo atisbo de vulnerabilidad, como si esperara, o deseara, que ella dijera lo mismo.

—A mí también me gusta estar contigo —murmuró Jane.

—¿Y con «gustar» quieres decir que te gusta tener a alguien a quien poder ordenar que te alcance las cosas a las que no llegas y otras tonterías así? —¿Se le habían relajado las líneas que tenía alrededor de los ojos?—. Reconócelo, cuando yo estaba cerca, nunca dabas un palo al agua.

—Y a ti te encantaba que yo te pasara las uñas por la espalda y te trajera un pedazo de la tarta que hubiera en la cocina, y que te dejara verme en el lago, en ropa interior.

Hugh entrecerró los ojos.

—Dios, me encantaba verte en ropa interior.

A Jane le dio un vuelco el estómago, tanto por lo que había confesado como por la hambrienta expresión que apareció en su rostro. Pero en ese instante, Hugh fue consciente de lo que había dicho y salió de la casa en dirección al estanque. Jane corrió tras él.

Una vez en la orilla, ambos se dieron la vuelta para mirar la casa. Jane se puso a su lado y le acarició el brazo con la cabeza hasta que él se rindió y lo levantó para abrazarla por los hombros.

—No lo sé, Jane —dijo él preocupado—. Agradezco tu sentido del humor, pero eso no soluciona nada. Por culpa de habernos desviado, ahora tardaremos dos días más para llegar a Carrickliffe.

Aunque no hubiera tenido ya decidido que quería quedarse allí, nada más pensar en volver a subirse a un caballo, se sintió desfallecer.

—Seguro que tiempo atrás era una casa preciosa —dijo Jane para empezar a preparar el terreno. Si le decía directamente que quería quedarse, Hugh creería que se había vuelto loca de remate. Pero la verdad era que aquella mansión tenía que haber sido un lugar increíble en otros tiempos. Estaba muy bien situada junto a un estanque de agua cristalina, y la casa estaba formada por dos alas unidas de tal modo que todas las habitaciones tenían vistas a la laguna.

—Sí, seguro que sí.

—Si arrancamos las enredaderas que hay en la fachada, seguro que se verá mucho mejor. —Tal vez ahora fuera sólo un cobertizo, pero había sido diseñada al estilo imperial. Las enormes piedras que había en la entrada y las vigas que cubrían los techos del interior estaban muy de moda en Inglaterra.

Y lo que era más importante, allí Jane podía estar a solas con Hugh. Y para ella eso la convertía en el lugar perfecto.

«Excepto por una cosa», pensó Jane, pasándose la mano por la nuca. Tenía la extraña sensación de que alguien los estaba observando.

—Quizá tengas razón —dijo Hugh—, pero eso no hará que hoy pasemos mejor noche.

—Anímate, Hugh —dijo ella sin pensar—. Esto no puede empeorar...

Empezó a llover a cántaros. Auténticos chorros de agua helada.

34

—Bueno, la buena noticia es que por fin he podido bañarme —murmuró Jane adormecida. Estaba tumbada de lado, con la cabeza recostada en el regazo de Hugh y él estaba sentado, con la espalda apoyada en la pared.

Hugh no tenía ni idea de dónde sacaba Jane las fuerzas.

Esa tarde, cuando los pilló la lluvia, regresaron corriendo a la mansión. Una vez en la casa, lo primero que hizo Hugh fue instalar a los caballos bajo un pórtico para que pasaran allí la noche, luego, él y Jane fueron juntos a investigar el interior.

Después de esquivar las enormes goteras que había en casi todas las habitaciones, por fin dieron con un pequeño cuarto junto a la cocina, seguramente destinado al servicio. Sólo tenía una ventana y los postigos estaban viejos pero intactos. Allí no había plumas, y su pequeña chimenea parecía no tener habitantes, aunque estaba un poco obstruida y el fuego no acababa de prender.

Cenaron unas cuantas galletas, bebieron un poco de té hecho con agua de la lluvia recién caída, y lo acompañaron con unas manzanas que esa mañana habían cogido del huerto de algún granjero. Luego, se dispusieron a dormir.

—Hugh, ¿por qué ha permitido Court que este sitio se estropeara tanto? —preguntó Jane.

—Creo que ya debía de estar así antes de que Court lo comprara. —Y después su hermano no había tenido tiempo para hacer las reformas. Court estaba en el continente con su banda, trabajando para pagar aquel lugar, que había comprado por mucho dinero.

A pesar de que la tierra era fértil, y que la había a montones, en la casa estaba alojado su propio equipo de demolición. Hugh estaba sorprendido de que a Court se le hubiera pasado por la cabeza llevar allí a alguien tan rico y culto como Annalía. Ésta era una chica valiente, pero Hugh estaba convencido de que incluso ella se desmayaría al ver el estado en que estaba la casa de Court.

Pero ¿acaso no había hecho Hugh lo mismo? Él también había llevado allí a una mujer rica y culta.

Los rayos iluminaron el exterior y, cuando un trueno hizo retumbar la estructura, los animales que allí había empezaron a ronronear y a piar con nuevos ánimos. Hugh se apretó el puente de la nariz y Jane sonrió.

—Mañana te llevaré a un hostal —dijo él al instante—. Hay un pueblo pocos kilómetros al norte de aquí, y tal vez podamos encontrar algún sitio donde quedarnos. Podrás tener incluso un baño como Dios manda.

—Hugh, te estás preocupando tanto que empiezo a oír cómo se amontona el dinero que vas a pagarme. Y, a estas alturas, ya me debes cinco mil libras, como mínimo. —La voz de Jane sonaba relajada y divertida.

—Conque cinco mil libras, ¿eh? —Le acarició el pelo, que aún tenía húmedo y un cómodo silencio se instaló entre ambos. Pero Hugh no podía dejar de preocuparse por Ethan. No tenía ningún modo de ponerse en contacto con Londres y no se atrevía a dejar sola a Jane para ir en busca de su hermano o a cazar a Grey.

Hugh decidió asumir que Grey seguía libre, lo que significaba que él y Jane podían estar juntos por tiempo indefinido mientras esperaban que alguien capturase o matara a ese bastardo.

¿Por tiempo indefinido? Hugh se daba como mucho diez días

antes de acostarse con ella, y eso si recurría a toda la disciplina que creía poseer.

—Hugh, cuéntame algo sobre tu vida, alguna cosa excitante que hayas hecho desde la última vez que te vi.

Todas las cosas excitantes que había hecho entraban en la categoría de inconfesables. Finalmente, optó por contestar:

—Me compré una casa en Escocia.

Jane se puso boca arriba para poder mirarlo.

—Oh, cuéntamelo.

Hugh se pasó la mano que tenía libre por la nuca.

—Me topé con una finca en la costa, un cabo llamado Waldegrave. —Jane le dio unos golpecitos en la cadera para que continuara—. El oleaje es suave y tan claro que puedes ver cómo el sol se pone a través de las olas. —Hugh admitió—: No descansé hasta que fue mía.

Jane suspiró.

—Suena arrebatador. Creo que me gustaría vivir en Escocia.

Hugh se riñó a sí mismo por imaginarse la cara de Jane al ver su casa. No tenía ninguna maldita importancia que a ella le encantaran los rompeolas, ni que cuando compró la finca lo hiciera porque se la imaginó a ella allí, y porque quería impresionarla...

Desde la noche en que salieron de Ros Creag, Hugh había hecho esfuerzos sobrehumanos para no pensar en lo cerca que había estado de hacerle el amor, después de tantos años. Se acordó de que había sentido que estar con ella era inevitable, como si resistir la necesidad de estar dentro de Jane careciera totalmente de sentido. En especial desde que, al parecer, ella deseaba lo mismo.

La idea de que aquella mujer increíble, que ahora descansaba confiada la cabeza en su regazo, hubiera querido, ansiado, hacer el amor con él, iba a volverlo loco. Y cuanto más tiempo pasaba, menos se avergonzaba de lo que había pasado esa noche en Rose Creag... y más aumentaba su excitación.

«¿Diez días? Como mucho una semana.»

«No bajes la vista... limítate a no bajar la vista...»

Hugh se quedó sin aliento cuando, ignorando sus propios consejos, la bajó. Estaba ayudando a una Jane completamente desnuda a salir de la laguna de agua caliente. La cubrió en seguida con una toalla, como si estuviera en llamas y tuviera que apagarlas con ella, pero la imagen de su cuerpo desnudo con regueros de agua resbalándole por la piel se quedó grababa en su mente para siempre.

¿Una semana sin tocarla? Esa estimación había sido una estimación absurda y muy optimista.

—¡Qué sorpresa tan maravillosa! —Jane lo miró como si fuera su héroe, con unos ojos resplandecientes de placer. Su cuerpo no evidenciaba ningún signo de la fatiga del duro viaje, ni tampoco por haber pasado la noche en aquel pequeño cuarto. Era una chica muy fuerte.

Casi sin aliento, Jane le preguntó:

—¿Hugh, cómo encontraste esta laguna?

—Ayer, vi la cala en el estanque y me pareció ver salir vapor, pero no quise darte esperanzas hasta comprobarlo.

—Ya me extrañaba que esta mañana hubieras desaparecido.

—No tenía ni idea de que el agua iba a estar tan limpia. —Frunció el cejo—. Ni que te daría por quitarte la ropa y zambullirte. —Se aseguró de que tenía la toalla bien sujeta y la cogió en brazos para ahorrarle el paseo de cinco minutos que había hasta la casa.

Jane se rió y le rodeó el cuello con los brazos con ternura.

—Me he despertado creyendo que te encontraría a mi lado, y en tu lugar estaba ese hurón. Cuando me ha enseñado los dientes le he tirado una bota, de la cual se ha apropiado. Quiero quedarme aquí. ¿Puedes ayudarme a buscar mi bota?

—Has vuelto a dejarme sin habla, Jane.

—Bueno, lo he estado pensando, y he llegado a la conclusión de que este sitio no está tan mal. —Cuando Hugh la miró incrédulo, ella continuó—: No lo digo en broma, Hugh. Si tengo que estar en Escocia por tiempo indefinido, lejos de mi familia y mis amigos y sin las diversiones de la ciudad, necesitaré algo que hacer. De hecho, es perfecto. Esta ruina necesita muchas reparaciones, así que podríamos hacerlas nosotros. —Él no dijo nada, de modo que Jane siguió hablando—. Juntos, podríamos hacer una lista de los materiales que necesitamos y, mientras tú arreglas las cosas, yo puedo empezar a limpiar.

—¿Tú? ¿Limpiar?

Jane parpadeó.

—No puede ser tan difícil.

Él abrió la boca para explicárselo, pero volvió a cerrarla sin decir nada. Jane había llegado a la conclusión de que limpiar no era difícil, y nada la haría cambiar de opinión hasta que lo hubiera probado.

—¿Por qué estarías tú dispuesta a hacer eso?

—Alguien tiene que hacerlo. Es la casa de tu hermano. Él puede devolverte el dinero que gastes en ella.

No, no podía. Court estaba ahora ganando más dinero, pero reparar esa mansión iba a ser muy caro. Aun así, a Hugh empezaba a gustarle la idea. Poner aquella casa en condiciones tenía su atractivo.

—¿Y no crees que aquí, rodeados por tantas tierras, estaremos a salvo? —preguntó Jane.

«Incluso más a salvo que con el clan.» Allí él podía protegerla, darle algo con lo que mantenerse ocupada y, de paso, agotarse físicamente a la vez que le hacía un favor a Court. ¿Por qué no? Podría funcionar.

Jane lo miró a los ojos.

—¿Podemos quedarnos? Por favor, Hugh.

Y con eso quedó decidido.

Para que ella no creyera que él era una presa tan fácil, Hugh esperó a dejarla en la habitación antes de contestar:

—De acuerdo. Lo haremos. Pero sólo si te quedas cerca de la casa y haces todo lo que yo te diga para que pueda protegerte. —Le cogió la barbilla con suavidad—. No podemos bajar la guardia. Ni siquiera aquí.

—Lo prometo.

Hugh se dio la vuelta hacia la puerta y dijo:

—Llámame cuando te hayas vestido y volveré para ayudarte a recuperar tu bota.

Cuando Jane asintió feliz, él salió de la habitación. La niebla matutina había desaparecido. El sol empezaba a elevarse en el cielo e iluminaba la casa de tal modo que Hugh pudo valorar mejor todas las reparaciones necesarias para convertirla en un lugar habitable.

Bajo aquella luz, parecía incluso posible lograrlo.

Hugh estaba convencido de que gran parte del trabajo podría hacerlo él mismo. Tal vez la idea no fuera tan mala. Sí, el trabajo duro agotaba a cualquier hombre y dejaba sin energía a cualquier mujer. Tal vez aquel lugar fuera su salvación.

Jane gritó.

Hugh corrió hacia ella.

35

Jane se levantó las faldas y corrió hacia afuera, dispuesta a atrapar al mirón que la había estado espiando a través de una de las grietas de la madera de la ventana.

Se dio la vuelta y se topó con Hugh, que había detenido al mirón justo al tropezarse con él. Al intruso se le cayó el sombrero, y una larga melena negra quedó al descubierto. ¿Una chica? Sí, vestida con ropa ancha y sombrero a juego. Tendría unos dieciocho años más o menos, era de constitución fuerte y estaba llena de pecas que no le pegaban nada.

Jane la señaló.

—Me estaba espiando mientras me vestía.

—No es cierto —mintió la chica.

—Sí lo es. —Jane estaba furiosa. Ella había visto perfectamente cómo la espía abría la boca cuando la pilló. Luego echó a correr. Jane tenía la sensación de que alguien la estaba mirando, pero creyó que era Hugh.

La chica había visto todo un espectáculo.

—¿Y por qué iba a mirarte mientras te vistes? ¿No te has dado cuenta de que soy una chica?

«Provinciana», farfulló Jane entre dientes en dirección a Hugh, pero él la miró mal. Por su parte, se limitó a levantar a la chica y soltarla.

—¿Qué estás haciendo aquí? —le preguntó.

—Como nadie saca provecho de esta tierra, he estado haciéndolo yo. —Señaló con un dedo hacia los destartalados establos—. Ese gallinero que hay junto a la cuadra es mío, y detrás tengo un campo de nabos. También tengo un caballo —explicó. Jane observó el pequeño poni que con sus largos dientes estaba arrancando hierbajos atado a un palo. ¿Atado a un palo? Cómo si fuera a irse a alguna parte—. Soy lo más parecido que tienen a una vecina.

—¿Cómo te llamas?

—Mòrag MacLarty, con acento en el Mac, si no les importa. ¿Es familia del amo MacCarrick?

—Soy su hermano, Hugh MacCarrick. Mi mujer y yo nos quedaremos aquí este otoño. Tenemos intención de arreglar la casa.

Mòrag asintió despacio.

—Mis hermanos tienen las ventanas que encargó el amo MacCarrick el año pasado guardadas en nuestro granero. Y también tienen un montón de madera para vender antes de que llegue el invierno.

—Ésas son muy buenas noticias.

—Y podría contratarlos para que le ayudaran. Son seis, y todos fuertes como robles. —La chica repasó a Jane y dijo impertinente—: Y también va a necesitar ayuda con las tareas de la casa.

«Esa pequeña arpía mirona...»

—Sí, ¿te interesa?

Mòrag asintió y pidió un precio por ir a limpiar, cocinar y hacer la colada. Hugh aceptó y se pusieron de acuerdo.

Él había contratado a una doncella sin consultarla. Jane sabía cómo llevar una casa, y contratar al servicio era una de las áreas que dependían de la mujer.

—Durante al menos dos semanas tendrás que venir cada día —añadió Hugh—. Y tendrás que trabajar tan duro como nosotros.

Mòrag hizo una mueca en dirección a Jane.

—Eso no será ningún problema.

—¿Cómo te atreves, pequeña...?

—Jane, ¿podemos hablar un momento? —Hugh cogió a Jane por el codo y dijo—: Mòrag, ¿hay alguna posibilidad de que cenemos caliente esta noche?

—Si consigo echar a las ardillas de los fogones, ya puede contar con ello.

Hugh asintió y empujó a Jane hacia el prado cubierto de hierbas. Jane miró hacia atrás y vio cómo Mòrag le sacaba la lengua justo antes de entrar en la casa.

—No la quiero, Hugh. Es una impertinente.

Hugh la miró a los ojos.

—¿Por qué te cae tan mal? ¿Porque te ha espiado mientras te vestías? Seguro que jamás había visto nada parecido a tus sedas parisinas. Y créeme si te digo que cualquiera se hubiera quedado a mirar. Seguro que sentía curiosidad.

Jane no podía decir con exactitud por qué no le gustaba la chica. Tal vez fuera porque era obvio que a Mòrag, o como quiera que se llamara, ella no le gustaba lo más mínimo.

—Me ha sacado la lengua —dijo sin otros argumentos.

—El último propietario que vivió aquí fue un inglés muy, muy estúpido que trató muy mal a la gente de estas tierras. Tenlo presente. —Al ver que aún no la había convencido, añadió—. Cuando el interior sea habitable, el exterior me mantendrá ocupado desde que salga el sol hasta que se ponga. ¿De verdad quieres bombear agua y desplumar gallinas? ¿Y sabes algo de cocinar?

«Bombear, desplumar, cocinar». No eran sus verbos preferidos, ni unos que solieran asociarse a Jane. La idea de arreglar aquella casa sola, de repente no le pareció tan maravillosa como antes. En ese instante, se oyó un ruido procedente de la cocina. ¡Aquella chica había encontrado los fogones! Jane miró a Hugh sorprendida.

Éste aprovechó esa ventaja y dijo:

—También puede ir al pueblo a comprar provisiones.

Jane levantó la barbilla.

—Tal vez esté bien tener a alguien por aquí, pero sólo para ayudarme mientras yo trabajo. —Caminó hacia la mansión con Hugh pegado a sus talones. Una vez dentro, Jane se puso seria—. ¿Qué puedo hacer? —preguntó a la chica.

—No mucho, con el aspecto que tienes.

Jane miró a Hugh para que viera lo que quería decir, pero él se limitó a darle un apretón en el hombro.

—¿Hay alguna escalera por aquí? —le preguntó Hugh a la chica.

—En el establo, justo detrás de mi caballo y mis cosas.

Durante el rato que Hugh estuvo fuera, Jane trató de ayudar a la chica, que, eso tenía que reconocerlo, era muy eficiente. Pero Jane tuvo la impresión de que sólo la molestaba, lo que se confirmó cuando Mòrag estalló:

—Aparta tu escuálido culo de mi camino, inglesa.

Las ardillas se dieron cuenta de que algo raro pasaba en su madriguera y empezaron a expresar su furia.

Cuando Hugh regresó con madera para quemar y una manta empapada, Jane frunció el cejo:

—No vas a encender el fuego justo debajo de ellas, ¿no? Puede que haya bebés ardilla o ardilla heridas y viejas...

—El estofado de ardilla es muy sabroso —interrumpió Mòrag.

Jane la miró horrorizada y se volvió hacia Hugh.

—¿Estofado de ardilla?

Hugh le sonrió.

—Jane, voy a encender un fuego muy, muy pequeño con madera húmeda para que haya más humo que otra cosa. Luego pondré la manta empapada encima de la salida de humos. Tendrán tiempo de sobra de correr hasta el tejado.

Jane aún no estaba convencida cuando Mòrag dijo:

—Basta de perder el tiempo con esas malditas ardillas, inglesa. ¿Qué prefieres? ¿Dar de comer a las gallinas o fregar los cacharros?

Jane se limitó a morderse el labio inferior, así que Mòrag decidió por ella:

—Te ocuparás de los cacharros. —Con la barbilla, señaló un armario lleno—. Puedes llevártelos a la bomba de agua que hay en la parte de atrás y allí los lavas. El jabón y los estropajos están en una estantería de la cocina.

Aunque Hugh se ofreció a ayudarla, Jane se negó:

—Puedo hacerlo sola —le dijo convencida.

—No vayas a ningún otro sitio que no sea la bomba de agua y luego regresa aquí en seguida. ¿De acuerdo?

—Hugh, en serio. —Al ver que él no se inmutaba, farfulló—: De acuerdo.

Jane empezó a trasladar los cacharros hacia la bomba y Hugh se acercó a una ventana para poder verla.

—Necesitamos comestibles —le dijo a Mòrag—. Pero no quiero que nadie sepa que estamos aquí, ni recibir visitas de ningún tipo.

—¿Por qué no?

Hugh se planteó decirle cualquier tontería, como por ejemplo que quería darle una sorpresa a su hermano, pero la chica era lista, y tenía la impresión de que se podía confiar en ella.

—Tal vez aparezca un inglés buscándonos. Es un hombre peligroso, uno al que preferiría evitar.

Mòrag lo miró y supo que no le estaba contando toda la verdad. Mientras ambos supieran a qué atenerse, a Hugh no le importaba lo que pensara de él.

—El de la tienda sabrá que estáis aquí, y eso equivale a que lo sepa todo el pueblo. Pero no se enterará nadie que no sea de estas tierras.

Hugh añadió otro trozo de madera al fuego.

—¿A los aldeanos no les gustan los forasteros?

—No, en absoluto. A los forasteros los recibimos con muy mala cara, y si por casualidad aparece alguien preguntando por ti, me enteraré en seguida. Y yo misma me aseguraré de que todo el mundo sepa que estáis de luna de miel y que por ahora no queréis recibir visitas.

Hugh levantó las cejas. Ir a ese pueblo había sido casi como desaparecer de la faz de la Tierra. Hugh y Mòrag se entendían a la perfección. Él asintió y acabó de tapar los fogones con la manta. Luego salió afuera. Cogió la destartalada escalera y subió hasta el segundo piso para quitar las ramas que bloqueaban la salida de la chimenea.

Desde ese punto tan elevado, Hugh podía vigilar a Jane mientras trabajaba. Cuando ella volvió a entrar, él contempló la vista y entendió por qué su hermano había comprado Beinn a'Chaorainn. Una brisa onduló el agua del estanque, pero luego se detuvo y éste reflejó la luz del sol como si fuera un espejo. En un día claro como ése, se podía ver hasta treinta kilómetros más allá de las montañas que rodeaban la finca de Court.

Durante la media hora siguiente, Hugh observó el éxodo de ardillas y marcó los puntos del tejado que tenían que ser reparados cuando los hermanos de Mòrag fueran a ayudarlo. De vez en cuando, desviaba la mirada hacia Jane, que estaba absorta en su trabajo.

Los cacharros eran pesados y poco manejables, pero a ella no parecía molestarle hacer viajes y cargar sólo un par o tres en cada trayecto. Iba y venía una y otra vez, hasta que logró amontonarlos todos con mangos y asas apuntando en todas direcciones.

Entonces se acercó a la bomba, se remangó la camisa y bajó la palanca...

Del grifo salió disparado un montón de lodo negro que le salpicó todo el vestido y la cara como si hubiera estallado un bote de pintura.

—Oh, maldición —farfulló Hugh y se deslizó a toda prisa hacia abajo, llevándose tras él dos travesaños de la escalera.

Jane se quedó quieta mucho rato, luego escupió y se limpió la cara con el antebrazo.

La chica lo había hecho a propósito, estaba seguro. Mòrag le podría haber dicho a Jane que llevara los cacharros al lago. Antes de que Hugh llegara junto a ella, Jane lo miró a los ojos y levantó un dedo para detenerle.

—Yo me ocuparé de esto —dijo entre dientes y con mirada asesina—. Tú no le digas ni una palabra.

—Jane, no pienso tolerarle esto...

—Precisamente por eso voy a ocuparme yo del tema. Ella me ha echado el guante, así que voy a recogerlo. —Cogió la cazuela más grande y, con cuidado, la llenó de lodo. Luego, se dirigió hacia el establo. Pesaba tanto que le dolía el brazo e incluso le hacía perder el equilibrio al caminar.

Cuando Jane salió del establo, donde Mòrag había atado su caballo y dejado sus cosas, el cacharro estaba vacío, y Jane lo zarandeaba feliz junto a su cintura como si fuera una cesta para ir a recoger fresas.

36

Al final del quinto día, Hugh se sentía como una caldera a punto de estallar. Muestra evidente de su malestar era que el estado de la mansión estaba a punto de dar un vuelco. Cada vez que tenía ganas de tocar a Jane, se ponía a trabajar.

En el tiempo que llevaban en Beinn a'Chaorainn, Hugh había hecho el trabajo de una docena de hombres.

Esa tarde, serró las tablas para cubrir el suelo de la entrada mientras Mòrag y Jane limpiaban el piso de arriba. Los días que hacía buen tiempo y podía trabajar fuera, Mòrag aprovechaba para airear la casa. A través de las ventanas, podía oír a Jane cantando o riéndose mientras limpiaba, o verla un instante cuando atravesaba el salón.

Hugh esperaba con ansia esos momentos.

Gracias al trabajo duro de los tres, las condiciones en las que Jane y él vivían habían mejorado considerablemente. Hugh había escogido las dos mejores habitaciones de la casa, que eran contiguas, para él y Jane, y luego Mòrag las había limpiado a fondo. Aunque sólo fuera para burlarse del modo tan torpe que tenía Jane de barrer.

El segundo día, Mòrag apareció con un caballo de arrastre y un carro. Había comprado todo lo que necesitaban: mantas, colchones, utensilios para la cocina y la limpieza, comida, etc. Pero además, el tendero del pequeño pueblo de Mòrag la había convencido para que se llevara un montón de cosas más para el hermano del «amo MacCarrick». Todos consideraban a Court como su salvador, un guerrero escocés que había reclamado aquellas tierras al engreído barón inglés. Un hombre que había insistido en criar ovejas y en echar a los lugareños para que los animales tuvieran más pastos.

Lo único que Court había hecho había sido capitalizar la mala inversión del barón, pero Hugh no iba a contárselo a nadie.

De hecho, Hugh estaba cada vez más convencido de que quedarse allí había sido una decisión acertada. Y tener a Mòrag con ellos era ideal, no sólo porque ayudaba a transformar el interior y porque de mala gana enseñaba a Jane, sino también porque su presencia evitaba que Hugh persiguiera a Jane como un lobo en celo.

El único problema con Mòrag era que ella y Jane se peleaban constantemente. A Jane le dolía que se burlara de ella por su modo de hablar o por no ser de allí. Hugh no quería que Jane se enfadase, pero no le importaba que entendiera que «maldito inglés» equivalía a su «rudo escocés».

A veces Jane ganaba alguna de las discusiones, y Hugh la oía decir:

—No, no. Me prometí a mí misma que no me recrearía.

Otras veces perdía, y tenía que reprimir las lágrimas.

—Oh. —Se callaba un instante—. De acuerdo —decía luego.

Ella y Mòrag competían en todo. Si él bajaba algún mueble del desván y lo reparaba, Jane y Mòrag corrían a pintarlo o a barnizarlo, y se preocupaban más por lo que hacía la otra que por sus propios progresos. Si cambiaba una ventana, corrían a ver quién la limpiaba primero. De hecho, a Hugh le preocupaba que Jane estuviera trabajando demasiado, de un modo casi obsesivo. Hugh ya sabía que era competitiva por naturaleza, pero aquello parecía algo más que mera rivalidad.

Para distraerla un poco, Hugh convirtió una bala de paja en una diana; le colgó una sábana y Jane le pintó los círculos. Pero aun así, Jane no dejó de trabajar para poder entrenar un poco, sino que se levantó más temprano para poder hacerlo todo.

Cada mañana, en el patio que había entre la mansión y los establos, Jane se enfundaba sus guantes y cargaba su carcaj. El vaho de su aliento era visible en el helado aire matutino mientras preparaba el arco. Era algo precioso que observar, y él lo hacía en secreto cada mañana.

Incluso Mòrag se detenía asombrada junto a la ventana de la cocina.

A pesar de que Jane se estaba comportando, Hugh seguía deseándola con todas sus fuerzas. Aunque ella ya no lo atormentara, verla seguía causando en él el mismo efecto. Jane exudaba sexualidad. Ese mismo día, al pasar junto a ella por un estrecho pasillo, Hugh le había puesto las manos en la cintura, y a Jane se le había acelerado la respiración y se le sonrojaron las mejillas.

Si Hugh pasaba por delante de la habitación de Jane y por casualidad veía sus medias o su ropa interior tirada por ahí, el estómago le daba un vuelco de lo mucho que la deseaba. Como sus habitaciones estaban tan cerca, cada noche Hugh se dormía con el embriagador aroma de sus lociones y su perfume, y con la imagen de sus corsés de seda. En otras palabras, cada noche se acostaba duro como el acero.

En varias ocasiones, Jane se le acercaba y se mordía el labio inferior como si quisiera decirle algo muy importante. Hugh no tenía ni idea de qué podía ser pero se sentía muy aliviado cuando ella se daba la vuelta sin haberle dicho nada. Sin embargo, Hugh sabía que, fuera lo que fuese lo que preocupaba a Jane, ella pronto acabaría por decírselo, y a él no le gustaría nada.

Cuando Hugh no se moría de deseo por Jane, se reconcomía

de preocupación por su hermano o por la seguridad de ella. Y día tras día tenía el presentimiento de que algo iba a pasar.

Algo muy malo...

Hugh y su caballo se llevaban los escombros de la mansión, mientras Jane seguía sentada en el suyo y se apartaba un poco para poder mirarlo.

A ella le encantaba observarlo mientras trabajaba, en especial cuando iba sin camisa. Cada vez que Hugh se detenía y se secaba el sudor de la frente con el antebrazo, se le tensaban los músculos del abdomen y a Jane se le hacía un nudo en la garganta. Estaba segura de que no había nada que fuera ni la mitad de bonito que esos abdominales cubiertos de sudor.

Desde el día de su llegada, ésa era la primera tarde que Jane se tomaba libre. Mòrag había ido a recolectar coles y Jane, para alegría de Hugh, estaba descansando.

Jane estaba convencida de que él creía que ella trabajaba tan duro para competir con Mòrag, pero no era así; sabía muy bien que la chica siempre lo haría mejor.

No, Jane trabajaba tanto para demostrarle a Hugh que podía ser una buena esposa y que saldría ganando si se quedaba con ella. Había arreglado los jardines, pintado de nuevo los muebles y decorado la casa con las alfombras que Mòrag había traído de los artesanos del pueblo. A esas alturas, la mansión era casi confortable, e incluso hogareña.

Si acababa perdiendo a Hugh no sería por no haberlo intentado...

—¿Me pasas el agua, pequeña?

Jane parpadeó y le echó la cantimplora. Hugh bebió con ganas y luego se pasó el antebrazo por la boca. Le encantaba cuando los hombres hacían eso. Y cuando decía «hombres» se refería a «Hugh». Cuando él le devolvió la cantimplora, estaba tan ocupada mirándolo, que la pobre dio dos saltos entre sus manos y acabó en el suelo. Jane apenas podía controlar el deseo que sentía por él. Aunque ella ya había dejado de intentar disimular lo que sentía, Hugh seguía sin tocarla. Jane no podía dejarse de preguntar por qué.

Hugh se apartó de ella con expresión reservada y volvió a sus quehaceres. Su caballo empezó a tirar de nuevo.

Ella había intentado sacar el tema de seguir casados el uno con el otro, pero él siempre la miraba como lo había hecho antes; como advirtiéndole que no lo plantease. Jane se sentía como si fuera a declarársele, y era perfectamente capaz de admitir que se sentía insegura. Lo habitual para ella era que los hombres se pelearan por darle todo lo que pidiera. Y no al revés. Pero Hugh se mantenía distante e inescrutable.

Jane tomó aire para darse valor. Aquél era el mejor momento para hacerlo. Antes de que pudiera arrepentirse, le preguntó:

—¿Quieres saber en qué he estado pensando?

Hugh sacudió la cabeza enfáticamente, así que Jane esperó varios minutos antes de preguntar:

—Hugh, ¿crees que seré una buena esposa?

Después de pensarlo un poco, Hugh respondió despacio:

—Sí.

—¿Estás seguro?

—Sí.

—¿No lo dices sólo para quedar bien?

—No. Cualquier hombre se sentiría orgulloso de que fueras su esposa.

—Entonces, ¿por qué no te quedas conmigo?

Hugh tropezó y se cayó de rodillas en el barro.

—Yo quiero quedarme contigo —dijo Jane, como si su inocente pregunta no hubiera bastado para que el cuerpo y la mente de Hugh se descontrolaran.

Él se levantó maldiciendo por dentro. ¿Por qué volvía a atormentarlo? Maldita fuera, hasta entonces estaba teniendo muy buen día. Hacía una temperatura nada propia de la estación y, como siempre, le gustaba que Jane estuviera allí con él. Ella hablaba y se reía por cualquier cosa y él no podía evitar mirarla de vez en cuando y pensar que Escocia le sentaba muy bien.

Tenía las mejillas sonrosadas y sus ojos, por increíble que pareciera, eran ahora de un verde más vibrante y su melena cobriza brillaba aún más, como si se la hubieran espolvoreado con oro.

Su pequeña estaba más y más guapa cada día, pero ahora lo había dejado sin habla.

—Es una pregunta razonable, Hugh.

Él empezó a enfadarse.

—No bromees con este tema.

Unos instantes antes de que soltara la bomba, la expresión de ella había pasado de la preocupación al pánico y luego al miedo, pero ahora era de pura determinación.

—No bromeo —dijo Jane muy seria—. En absoluto. Yo quiero seguir casada contigo.

Hugh abrió la boca para hablar, pero cuando vio que ella lo había dicho en serio, no pudo pronunciar ni una sola palabra. «Increíble.» Con voz ronca logró articular por fin:

—Eso no pasará, Jane.

¿Jane quería ser su amante y su esposa? Hugh deseó poder ser lo bastante egoísta como para aceptar su propuesta.

—¿Por qué? Si me das una buena razón, desistiré. Pero de lo contrario... —le advirtió Jane.

—Ya te lo dije. Nunca he querido casarme.

—Pero ¿por qué? Dame una razón.

—Es que ese estilo de vida no es para mí —se limitó a responder él—. Nunca lo ha sido y nunca lo será. Tienes que reconocer que no todos los hombres están hechos para el matrimonio.

—Yo creo que tú sí.

—Tú ya no me conoces.

—Porque tú te niegas a contarme nada —contraatacó Jane.

—Créeme. Tengo razón.

—¿Estás seguro de que no quieres ni intentarlo? ¿Ver si cuando todo esto acabe podemos seguir llevándonos bien?

—Sí, estoy muy seguro —contestó Hugh obligándose a ser antipático.

—¿De verdad? —preguntó ella despacio. Y, como si no hubiera escuchado ni una palabra de lo que Hugh había dicho, se bajó del caballo—. Es una decisión muy importante. —Lo miró solemne—. Seguro que querrás pensarlo mejor. —Antes de alejarse de él sus brillantes ojos verdes se clavaron en los suyos.

Hugh se dio cuenta de que lo había mirado del mismo modo que miraba la diana antes de apuntar con sus flechas.

37

Ahora que por fin se había atrevido a sacar el tema de que siguieran casados, a lo largo de la semana siguiente, Jane no dejó escapar ninguna oportunidad para volver a hablar de ello.

Hugh estaba en el destartalado pórtico, intentando cepillar el nuevo panel de madera danesa de una de las columnas. No sabía qué pensar de la última estratagema de Jane, pero seguía deseando verla cada instante.

La noche anterior, Hugh se sentó a beber un poco de whisky en la alfombra que había delante de la chimenea. Jane se puso de rodillas detrás de él y le masajeó los agotados músculos de la espalda mientras le robaba pequeños sorbos de bebida. Hugh fue relajándose y los párpados empezaron a pesarle.

El fuego, el whisky, su mujer dándole un masaje después de un duro día de trabajo. «Felicidad.» Saboreó su bebida...

—¿Has pensado en nuestro matrimonio, mi amor?

Hugh se atragantó. Cuando tosió, ella le sonrió inocente.

Esa misma mañana, de camino a sus prácticas matutinas, Jane le había dicho en tono despreocupado:

—Me he fijado en que no tienes nada que leer, excepto ese libro tan raro, así que he dejado una novela junto a tu cama. —Cuando él se quedó embobado mirándole la espalda, añadió—: Y he marcado las escenas que más me gustan.

Hugh sabía perfectamente de qué tipo de novela hablaba. Tan pronto como la perdió de vista, subió a la habitación impaciente por ver qué era lo que más le gustaba. Allí, encima de la almohada, descansaba aquel libro de la falsa cubierta. Lo abrió en seguida. Cinco minutos más tarde, se sentó en la cama y, con manos temblorosas, se frotó la cara.

Si aquéllas eran las escenas que más le gustaban, ellos dos se entenderían a la perfección...

No, maldita sea, eso sólo era la nueva estrategia de Jane. Con todas las trampas que le ponía, a Hugh le resultaba imposible olvidar que la mujer de sus sueños estaba a su alcance. Hugh era como un caballo en celo alrededor de su yegua; no podía concentrarse, no podía pensar en nada que no fuera lo bien que olía su pelo o en el sabor de su piel.

Sus ojos la seguían a todas partes. Jane había tomado por costumbre ponerse un pañuelo a modo de diadema para trabajar, y cada vez que cocinaba o hacía cualquier otra tarea, se desabrochaba un par de botones de la camisa. Hugh siempre tenía la sensación de que esos pechos húmedos de sudor iban a desparramarse por el escote. La siempre elegante Jane parecía ahora una sensual camarera, y a Hugh le encantaba el cambio.

De hecho, no podía decir qué versión de Jane le gustaba más: la belleza intelectual de Londres, la arquera con guantes de caza o aquella relajada seductora.

La necesidad que sentía hacia ella era inexorable. Ya no podía ni pensar con claridad. Se pasaba todo el día excitado, y por la noche no podía dormirse a no ser que se masturbara. Una de esas noches, después de soñar que ella estaba encima de él haciendo el amor, se despertó empapado de sudor y a sólo tres segundos de eyacular.

Jane lo había hundido, derrotado. Y cuando lo miraba con aquella mezcla de inocente curiosidad y deseo descarado, sólo una cosa impedía que respondiera al ruego que había en sus ojos: el libro.

Ahora lo tenía siempre a la vista y lo abría a menudo. Le recordaba lo que él era...

Al ver que hacía más de una hora que no veía a Jane ni la oía cantar, Hugh frunció el cejo. Deseó que se hubiera ido a descansar durante un par de horas, en vez de seguir trabajando como una loca, como solía hacer, pero supo que no era así.

Dejó a un lado el cepillo, se sacudió el serrín de los pantalones y se encaminó hacia la puerta principal. Se encontró con Mòrag, que se dirigía a la cocina con una cesta llena de nabos.

—¿Dónde está mi mujer?

—La última vez que vi a la inglesa estaba en el ala norte. —Se encogió de hombros—. Me dijo que iba a encerar los suelos.

Hugh asintió y cogió una manzana de un bol, pero al percibir un olor inconfundible, la soltó al instante.

—¿Qué diablos ha hecho ahora? —preguntó la chica mientras arrugaba la nariz.

—Parafina, Mòrag —gritó Hugh y echó a correr—. Piensa.

Mòrag se quedó boquiabierta, y tiró la cesta para correr tras él.

La cera de parafina era para los suelos.

Y era muy fácil confundirla con el aceite de parafina, también conocido como queroseno.

Hugh entró en la habitación y se le hizo un nudo en la garganta. Jane había empapado toda aquella sedienta madera con litros de queroseno.

Ella se puso de pie.

—Quería darte una sorpresa cuando estuviera todo terminado. —Se frotó la nariz con el reverso de la mano—. Pero me siento un poco mareada. —Con esfuerzos, cogió un saco de arena y dijo—: Ahora iba a aplicarla en la parte más seca...

—¡No! —gritaron Hugh y Mòrag al mismo tiempo. «Una chispa...»

Con el corazón en un puño, Hugh se abalanzó hacia Jane mientras Mòrag exclamaba:

—¿Es que eres tonta, inglesa?

Jane parpadeó, y al ver que Hugh tiraba de ella hacia afuera, supuso que había vuelto a equivocarse en algo.

—¿Qué he hecho mal? —preguntó al ver que Hugh le quitaba toda la ropa excepto la camisa.

—Esta vez estoy de acuerdo con Mòrag. —Le echó encima un montón de agua a la vez que le frotaba las manos y los brazos para eliminar los residuos del aceite—. Trabajas demasiado, y quieres hacer más de lo que nadie podría. Este aceite es inflamable, y normalmente sólo lo utilizan los profesionales. Si una gota de cera te hubiese caído en la falda, habrías ardido como una antorcha.

—Oh. —Jane se mordió el labio inferior—. Estás enfadado.

—Preocupado.

—Hugh, ten paciencia conmigo.

—Dios sabe que lo intento, pequeña.

Cuando Hugh vio que Mòrag se disponía a irse, le dijo a Jane:

—Frótate bien las piernas y los pies. En seguida vuelvo. —Y se encaminó al establo para hablar con la chica—: Mòrag, quiero que mantengas alejada a mi esposa de todos los productos inflamables que haya en esta propiedad. Enciérralos bajo llave si es necesario. Y te triplicaré el sueldo si evitas que regrese al ala norte hasta que yo haya cambiado el suelo.

Hugh se dio la vuelta para gritarle a Jane:

—¡Frota fuerte!

Jane se sobresaltó, pero le hizo caso.

Mòrag lo miró enfadada.

—¿No vas a reñir más a la inglesa? ¿Después de haber estropeado así esa habitación?

Hugh se encogió de hombros.

—A partir de ahora, me aseguraré de que entienda que aquí hay ciertas cosas peligrosas, pero, no, no le diré que ha estropeado todo ese suelo de caoba.

—Yo me pondría furiosa. —Pero Hugh supo que Mòrag le estaba cogiendo cariño a Jane cuando la chica añadió—: La inglesa no es estúpida, tendremos que asegurarnos de que el suelo nuevo parezca igual de viejo.

—Ya va siendo hora de que me digas por qué te empeñas en trabajar tanto, pequeña —dijo Hugh al volver con ella.

Jane tenía frío, y estaba un poco mareada, pero le encantaba que Hugh moviera las manos recorriéndole los brazos arriba y abajo en busca de residuos de aceite. Sonrió aturdida.

—Estoy tratando de impresionarte. Para que te quedes conmigo y me dejes vivir contigo en tu casa junto al mar.

Cuando Hugh empezó a esbozar una sonrisa, lo interrumpió:

—No es broma.

Su mueca se convirtió en enfado.

—¿Vuelves a sacar el tema del matrimonio? ¿Otra vez? ¡Eres tan tozuda como los escoceses! ¿Lo sabías?

—Yo podría hacerte feliz —insistió ella—. Y tú tienes edad para casarte.

—Maldita sea, pequeña, a ti no te gustaría estar casada conmigo.

—¿Qué tendría de distinto a lo que hacemos ahora?

Cuando Hugh accedió a casarse con Jane, creyó que ella estaría ansiosa por escapar de aquella situación. Se suponía que eso se daba por hecho. Él nunca se habría imaginado que acabaría discutiendo consigo mismo, mientras abrazaba a una Jane empapada en agua cuyos turgentes pechos se apretaban contra él. Empezó a mover las manos más despacio.

De todos modos, hacía rato que había perdido la concentración. ¿Se suponía que tenía que ser capaz de formular una frase coherente sintiendo los pechos de Jane pegados a su torso? Estaba fatal. Recordó la última vez que los besó, que los sintió temblar bajo su lengua...

Se apartó y retiró las manos del cuerpo de Jane.

—Jane, déjalo. Yo no soy un buen hombre. Y no sería un buen marido.

—Para mí eso tiene sentido. Es el movimiento más lógico entre nosotros. Ya estamos casados, y ya hemos cumplido con todos los trámites. —En voz baja, añadió—: Lo único que falta es que me hagas el amor.

—¿Lógico? ¿Quieres que sigamos casados porque es lógico? Ésa es la única maldita cosa que no es.

Jane juntó las cejas y lo miró a los ojos.

—¿Qué tengo de malo, Hugh?

Él nunca se habría imaginado que una mujer como ella pudiera sentirse insegura. No podía permitir que pensara eso. Lo que significaba que tenía que decirle la verdad. Al menos, parte de la misma.

—No eres tú. Soy yo.

Fue evidente que eso era lo peor que podría haber dicho. Jane se quedó helada al instante.

—¿Tienes idea de a cuántos hombres les he dicho yo esa frase para no herir sus sentimientos? —Se cruzó de brazos y se apartó de él—. Oh, cómo han cambiado las cosas. Ahora la infeliz a quien consuelan con tópicos soy yo.

—Jane, no. —Hugh alargó el brazo y descansó una mano en la cadera de ella para acercarla hacia él—. Tú eres todo lo que un hombre podría desear en una mujer. —La miró a los ojos—. La verdad es... la verdad es que si yo alguna vez tuviera intención de casarme, sólo me casaría contigo; con nadie más.

Jane ladeó la cabeza.

—¿Con nadie más?

—Con nadie. En serio que es culpa mía. Yo tengo... dificultades que me impiden casarme.

—Sólo dame una razón por la que no quieras casarte.

—Eso sólo logrará que me hagas más preguntas. Ya te lo dije una vez, no descansas hasta que averiguas toda la verdad.

—Hugh, esto me incumbe a mí, y merezco saberlo. Sólo te pido que seas justo.

—Sí, lo sé. Créeme, lo sé. Pero antes tienes que entrar en casa y secarte.

—No pienso moverme hasta que me des una razón.

Por fin, después de dudar un largo rato, Hugh dijo:

—Yo no... no puedo darte hijos.

38

—Oh —dijo Jane tras soltar el aliento que no sabía que contenía—. ¿Por qué no?

—Nunca he podido.

Hugh tenía razón. Ahora ella se moría de ganas de acribillarlo a preguntas.

—Y supongo que lo has intentado —dijo Jane, haciendo esfuerzos por disimular lo dolida que estaba. Sólo pensar que él hubiera querido tener hijos con otra mujer le retorcía las entrañas.

—Por Dios, no. Nunca lo he intentado.

Jane frunció el cejo.

—Entonces, ¿cómo lo sabes?

—Mis hermanos tampoco pueden.

Ella abrió un poco los ojos. Una enfermedad infantil. Podría ser. Los abrió un poco más. ¿Por eso no quería casarse con nadie? ¿O por eso no quería casarse *con ella*?

¡Eso lo explicaría todo! Jane se tambaleó y Hugh la cogió con más fuerza. Hugh no quería negarle el tener hijos. Él siempre había sido así de generoso. Eso tenía sentido, ¡ésa era la explicación en busca de la cual se había estado devanando los sesos! Pero eso a ella no le preocupaba en absoluto. Si tenía a su escocés, podía vivir toda la vida sin hijos. Al fin y al cabo, sus primas seguirían criando, y pronto inundarían a Jane con un montón de niños con los que jugar.

Si el día que vio su anillo de casada sintió como si su corazón fuera un carro rodando desenfrenado, ahora sentía como si alguien hubiera prendido fuego a ese carro y lo hubiera echado colina abajo.

El primer impulso de Jane fue tirar a Hugh al suelo y comérselo a besos, pero se contuvo, y se dio cuenta casi al instante de que era una mala idea. Seguro que tras esa confesión, él se sentía vulnerable, y no quería que creyera que ella se alegraba de su desgracia. Su segundo impulso fue reñirle por haber creído que eso sería un obstáculo, pero eso implicaría que no respetaba su opinión sobre un tema tan delicado.

A los hombres solían importarles mucho esas cosas. ¿Se sentiría menos hombre por eso? Jane respiró hondo. «Sé sensata.»

—Ya veo. Te agradezco tu confianza. —Sonó calmada y razonable.

Hugh asintió serio.

—Nunca se lo había dicho a nadie. Pero ahora entenderás por qué no quiero casarme.

—Lo entiendo.

Él asintió sombrío.

—Pero eso no hace que cambie de opinión sobre nosotros.

—¿Qué? —casi gritó él y, tras soltarla de nuevo, dio un paso hacia atrás.

—No sé cómo convencerte de que eso no tendría un impacto demasiado grande en mi vida.

—Tú me dijiste que adorabas a los niños. Incluso me hiciste una lista de los motivos.

—Adoro a los niños de los demás —contestó ella haciendo una mueca. Al ver que Hugh fruncía el cejo, se puso seria—. Si crees que me muero de ganas de tener uno, te equivocas. Quiero mucho a los niños con los que me viste porque son mi familia. —Apartó la mirada—. Espero que no creas que soy una mujer sin sentimientos por no sentir esa necesidad. Esto no se lo había dicho nunca a nadie.

—¿Nunca has pensado en tener hijos?

—Si me caso y vienen, perfecto; si no también.

—No creía que reaccionarías de este modo —dijo él y se frotó la nuca.

—Lamento decepcionarte. Pero para mí eso no cambia nada.

—Maldita sea, el único motivo por el que estás empeñada en esto es porque no puedes tenerlo. Cuando lo tengas, el deseo desaparecerá.

—Eso no es cierto.

—Hace años te empeñabas en tener cosas que no querías sólo porque te gustaba pelear por ellas. Te encantaba el reto. ¡Reconócelo!

«Bueno, tal vez en una o dos ocasiones...» Pero incluso de pequeña, cuando estaba convencida de que acabaría casándose con Hugh —y, por tanto, en eso no había ningún reto—, no podía pensar en nada que no fuera él.

—¿Y qué pasará si me rindo y tu interés se desvanece? —exigió saber él—. Cuando regreses a Inglaterra y vuelvas a ver a tus amigos y a tu familia y regreses a tus fiestas, tu deseo de estar conmigo desaparecerá. Yo lo veo muy claro, Jane.

—Aún no se ha desvanecido —murmuró ella.

Hugh se rió sin humor.

—Ah sí, claro, ¿en estas pocas semanas que llevamos juntos?

Jane sacudió la cabeza.

—No. No se ha desvanecido en los diez años que hemos estado separados. O podemos redondearlo a la mitad de mi vida, más o menos.

A Hugh se le hizo un nudo en la garganta.

—¿Quieres decir...? ¿No querrás decir que...? —Se le quebró la voz—. ¿Yo, Jane?

Jane suspiró.

—Sí, tú.

Hugh se tensó en el mismo instante en el que Jane creyó escuchar cascos de caballo en la entrada de madera. Con un rápido movimiento, Hugh se dio la vuelta, la escondió detrás de él y se quitó la camisa para cubrirla con ella.

Cuando Grey perdió el rastro de Hugh en Escocia, sabía que sus posibilidades no eran muchas.

Aquél era el país de Hugh, y aquellas tierras eran su elemento, no el de Grey.

Peor aún. Hugh sabría que era lo bastante bueno como para despistar a Grey. Y eso irritaba a éste sobremanera.

Si Grey no hubiera perdido el tiempo con Ethan, Hugh y Jane no se le habrían escapado esa noche. Le pareció irónico pensar que para matar a un hermano había tenido que dejar escapar al otro.

A pesar de que Grey conocía un montón de países del oeste de Europa y del norte de África como la palma de su mano, jamás había trabajado en Escocia. Hablaba cuatro idiomas con fluidez, pero el gaélico no era uno de ellos. Cuanto más al norte se adentraba, más cerrado era el acento y más antipatía sentían los lugareños hacia los ingleses. Y mucha más aún por Grey, que tenía un aspecto demacrado y enfermizo. Parecía un loco.

Se había planteado regresar a Londres y torturar a Weyland, pero sabía que el anciano no hablaría, y probablemente tampoco supiera dónde estaban exactamente.

Grey empezó a dudar de si lograría dar con ellos, pero de repente se acordó de que en todos los procedimientos habituales de la asociación se aconsejaba a sus miembros que se refugiaran lo más cerca posible de las líneas de telégrafos. Así podían enviarse y recibir mensajes, cifrados, por supuesto, y mantenerse informados.

Seguro que, como mucho, Hugh se había instalado a un par de días de distancia de la estación de telégrafos más cercana. Querría saber si lo habían atrapado o matado para poder regresar a casa cuanto antes. A pesar de que Grey conocía todas las claves para descifrarlos, sabía que nadie mandaría ningún mensaje hasta que lo mataran. Lo que para él era un problema. ¿Cómo podía lograr Grey que Weyland mandara un telegrama?

Entonces se dio cuenta de que no hacía falta que lo atraparan o lo mataran a él para lograr eso.

La muerte de Ethan era una noticia lo suficientemente importante.

Grey estaba seguro de que mandarían a Hugh un telegrama urgente informándole de la situación de su hermano. Para ello, se enviaría la misma noticia a diferentes oficinas de toda Escocia. Al cabo de unos días, Grey descubrió, utilizando distintos niveles de violencia, que sólo se habían recibido telegramas en cuatro oficinas postales, y dos estaban situadas en una pequeña zona tocando a la frontera. Grey ya había peinado los casi ciento cincuenta kilómetros a la redonda que abarcaba la primera y estaba a punto de terminar con la segunda. Hugh tenía que estar en algún lugar por allí cerca.

Por desgracia, la gente era igual de fría que siempre, y el dinero los dejaba indiferentes.

Estaba a punto de dar una paliza a un individuo para obtener información cuando oyó el repiqueteo de unos caballos. Se dio la vuelta y, a lo lejos, vio a una chica salir de un camino de entre los bosques, uno que no había visto al pasar.

Iba sola, cabalgaba relajada sobre un poni en dirección opuesta a la suya y no llevaba alforjas. Un viaje de un día. Interesante.

¿Qué había escondido entre esa maleza? ¿Tal vez la guarida de Hugh?

Seguro que aquella chica era igual de reservada que el resto de escoceses que había conocido, pero Grey sonrió de todos modos, y se deslizó un poco de su medicina entre los labios para prepararse. Era obvio que aquella muchacha trabajaba para vivir. La mano de Grey se deslizó hacia el puñal que llevaba a la cintura.

Él sabía de sobra que a las mujeres trabajadoras no les gustaba nada perder un dedo.

39

Jane descansó la barbilla en la palma de la mano y siguió mirando por la ventana cómo Hugh bebía acompañado de aquel puñado de forzudos.

El ruido de caballos que habían oído antes no eran más que media docena de enormes escoceses montados en lo que parecían ser caballos de batalla: los hermanos de Mòrag. Habían venido para ayudarles a arreglar la parte que faltaba del tejado.

Hugh les dio las gracias y les ofreció un poco de whisky hecho en casa, pero a ella no la invitó. Lo que a Jane no le molestó. No demasiado. Como tampoco le molestó que Hugh no se hubiera mostrado particularmente interesado por su revelación, o al menos no lo había inquietado lo suficiente como para no dejar de beber con aquellos chicos hasta el anochecer.

Jane aún estaba alterada por lo que Hugh le había dicho, y tenía muchas más preguntas que hacerle, pero él siguió allí afuera durante horas. Para alguien que decía ser un solitario, Hugh parecía llevarse muy bien con todos aquellos hombres, y ellos lo trataban como a uno más. Jane frunció el cejo. *Era* uno más. Hugh era un orgulloso y enorme escocés, y cuando hablaba en aquel tono de voz tan suyo, aquellos tipos se callaban y lo escuchaban. En tan poco tiempo ya empezaban a respetar a su serio y paciente marido.

Jane se llevó un mechón de pelo a los labios y jugó con él, luego estornudó. Dios, tendría que bañarse en ácido para quitarse de encima aquel olor. Aún no tenían baño y, aunque lo tuvieran, a esas horas no se habría puesto a calentar agua. Hugh no la echaría de menos si iba a bañarse a la laguna, y de todos modos tampoco podía pedirle que la acompañara sin que él la acusara de «atormentarle».

Cogió lo necesario para el baño y una toalla. Salió por la puerta lateral, la que quedaba más lejos de donde estaban los hombres. Paseó relajada y, mientras miraba el cielo estrellado, pensó en aquellas últimas semanas que había pasado con Hugh. Jane creía que por fin estaba agotándolo, pero ¿de verdad quería a un hombre al que tenía que «agotar» para convencerlo de que le hiciera el amor? ¿Un hombre al que parecía no importarle que ella llevara años sintiendo algo por él?

Cuando llegó a la laguna se maravilló de lo bonito que era allí todo. La luna llena brillaba amarilla y majestuosa en el cielo y se reflejaba por encima de la bruma que cubría la superficie del agua. El vapor se escapaba por entre las rocas que albergaban las aguas termales.

Quitaba el aliento. Maldición, Jane no quería irse de Escocia. Ahora Londres le parecía monótono, sucio y sin alma. Cuando atraparan a Grey, ¿cómo podría regresar allí después de haber vivido en aquellas tierras con Hugh?

Suspiró y se desnudó. El agua parecía demasiado apetecible como para seguir resistiendo la tentación y se metió en ella. Dejó el jabón y los aceites en una piedra, cerca de la orilla, y se lavó el pelo a fondo. Justo cuando iba a zambullirse para quitarse la espuma, apareció Hugh.

Por primera vez, lo oyó antes de verlo. Jane miró por encima de su hombro y lo vio despeinado y cansado, pero sus ojos... ardían salvajes.

—No tenías por qué venir a buscarme —dijo Jane—. Vuelve con tus nuevos amigos.

Él se mantuvo en silencio, mirándola.

—¿Estás borracho? —Ella nunca lo había visto de ese modo. Incluso en Vineland, a pesar de que todos bebieron mucho, él sólo tomó un vaso de whisky.

—Sí —contestó al fin—. Pero eso tampoco me ayuda.

—¿Ayudarte a qué? —preguntó ella desconcertada por esa nueva faceta de Hugh.

—A dejar de desearte día y noche. Y me he dado cuenta de que sólo hay una cosa que pueda hacerlo.

El agua cubría a Jane hasta la cintura, y su melena le tapaba la espalda. El vapor se elevaba a su alrededor y la luna brillaba en el cielo iluminando la pálida perfección de su cuerpo.

Ambos estuvieron largo rato sin moverse, con la respiración acelerada, esperando a ver qué hacía el otro. A no ser que antes le hubiera tomado el pelo, esa exquisita mujer había reconocido que hacía años que sentía algo por él... Años.

Hugh preferiría no haberlo sabido jamás.

Él no se había quedado bebiendo con los hermanos MacLarty sólo para asegurarse de que ninguno tenía intenciones deshonestas respecto a su mujer, en especial después de haberla visto mojada y llevando sólo su camisa. Él se había quedado a beber porque ella lo había dejado estupefacto.

Jane se dio la vuelta del todo, con los brazos a ambos lados del cuerpo. Y algo dentro de él sencillamente... estalló.

Soltó una maldición y se quitó la camisa, las botas y los pantalones. Se zambulló junto a ella y, al emerger, arrastró a Jane hacia él para apretarla contra su torso. Las manos de ella subieron y rodearon el cuello de Hugh, mientras el roce de sus sensuales pechos lo hacían gemir de anhelo.

—Se suponía que esto iba a ir a menos, pero no ha sido así —dijo él contra el cuello de Jane—. Ahora es mucho peor. ¿Cómo demonios puede ser aún peor?

—No... no te entiendo, Hugh.

—Ya me entenderás —dijo él, y con un brazo derribó todas sus lociones colocadas sobre la roca. La sentó allí sin contemplaciones, y quedaron el uno frente al otro. Jane abrió la boca sorprendida, pero él se limitó a mirarla, como si quisiera que aquella escena quedara para siempre grabada en su memoria. La melena de Jane se deslizaba por sus pechos hasta sus muslos. Los sedosos rizos de su sexo destacaban entre la palidez de sus piernas—. Eres preciosa —gimió él—. Me atormentas. Si supieras cuánto...

Hugh colocó sus caderas entre las piernas de Jane y se acercó a ella para besarle el lóbulo de la oreja. Jane suspiró y se relajó, y le permitió que le separara un poco más los muslos.

Hugh le cubrió los pechos con las manos y empezó a acariciárselos. Entonces, ella lo miró jadeante y él se agachó y le besó uno de los pezones tal como había querido hacerlo durante toda esa tarde.

Jane gritó de placer, y él supo que, aunque quisiera, no podía evitar lo que iba a suceder. Y él no quería evitarlo.

Cambió de pecho y la lamió con fuerza, pero a ella le gustó, y le cogió la cabeza para que no se moviera al tiempo que se arqueaba hacia atrás para disfrutar aún más.

Cuando se aseguró de que ambos pechos estaban igual de excitados, Hugh se apartó y, a medida que le separaba las piernas, empezó a agacharse. Cuando su boca estuvo a pocos centímetros del sexo de ella, se detuvo un instante para que Jane sintiera su cálido aliento; luego la besó y deslizó la lengua en su interior. Ella gimió y Hugh cerró los ojos de felicidad, concentrado en disfrutar de lo sedosa que era su piel y de lo húmeda que estaba.

Miró hacia arriba para ver su reacción y vio que le miraba con los ojos abiertos y sin ningún pudor. Eso lo excitó aún más, cosa que parecía casi imposible. Le separó los labios con los pulgares y la besó para que ella no olvidara jamás esa imagen de él allí. Entre esos besos, logró pronunciar:

—¿Te habían hecho esto antes?

Jane sacudió la cabeza.

—N... no, nunca.

Hugh sabía que su expresión era de niño travieso.

—Voy a hacer que te corras como nunca en toda tu vida.

Ella gimió.

—¿Estás seguro, Hugh? —preguntó nerviosa—. ¿Estando tú ahí abajo?

—Quiero sentir tu orgasmo en mis labios —gimió él antes de lamerle el clítoris por primera vez.

Ella gritó de placer y enredó los dedos en su pelo agarrándoselo con fuerza.

—Hugh, ¡lo que tú quieras, sí! Ahí. Oh, Dios, ¡sí!

Al oír eso, Hugh perdió el control... Sentir cómo sus pechos se excitaban entre sus manos, su suave, suave piel bajo su lengua... poder saborearla, devorarla, acariciarla. Hugh empujó un poco más los muslos de Jane y le separó algo más las rodillas para así tener mayor acceso a aquel exquisito sabor. Ella soltó un gemido más agudo y empezó a ondular las caderas contra sus voraces labios, en completo abandono.

Hugh se apartó un instante para decir:

—Ahora, hazlo por mí.

Y volvió a lamerle el sexo. Cuando ella empezó a alcanzar el orgasmo, sus largos gemidos sólo eran interrumpidos por palabras de asombro:

—Me gusta tanto. Hugh, me haces sentir tan bien.

Él siguió acariciándola con frenesí, mientras ella seguía sacudiéndose y, a cada palabra de Jane, su erección palpitaba más y más dentro del agua. Cuando su clímax empezó a agotarse, él se apartó por fin y se levantó para quedar frente a frente.

—Tengo que estar dentro de ti —gruñó desesperado por hundirse en aquella piel que resplandecía, abierta delante de él. Se volvió loco y, con una mano, le sujetó los brazos por encima de la cabeza contra una roca.

Jane abrió los párpados que hasta entonces tenía medio cerrados y se apresuró a decir:

—Espera, Hugh. Su... suéltame. Tengo que decirte una cosa. —Pero sus palabras parecían indescifrables mientras él seguía acariciándole el sexo con una mano—. Hugh, espera, por favor.

—Yo... —farfulló él sin soltarle las muñecas—, yo he esperado demasiado, maldita sea, no pienso esperar más.

—Pero...

—Basta de hablar. —Estaba harto de escuchar—. Me has embrujado. —Hugh quería castigarla como ella lo había castigado a él una y otra vez. Quería que ella experimentase el dolor que había sentido en aquellos diez años, y quería que supiera lo mucho que él había sufrido. Le separó las piernas, y estaba a punto de poseerla, de hundirse en ella. Por fin.

Con la mano que tenía libre, le acarició los pechos y sintió cómo la punta de su sexo se movía buscando penetrar a Jane.

—Ya te dije que no soy un buen hombre. Si me hubieras creí do, si supieras todo lo que he hecho, no querrías que te tocara. Pero no has parado de provocarme, una y otra vez.

—Lo sé. Lo sé. —La expresión de Jane se suavizó y su cuerpo se relajó—. Y lo siento. Es sólo que te necesito, Hugh —le susurró besándole el cuello—. Tanto que no puedo pensar en nada más que no seas tú. —La luz de la luna se reflejó en sus labios, y cuando Hugh recibió esas palabras contra su piel, sintió algo indescriptible... sintió que todo iba a salir bien.

Ella lo miró a los ojos. Lo miró con deseo, pero también con confianza.

Hugh le soltó las muñecas y apoyó la frente contra la de ella.

—Maldita seas, Jane.

¿De verdad había pensado que podía hacerle daño? Él había nacido para amarla y para desearla.

—No te enfades, por favor —murmuró Jane—. Yo quiero que esto pase, pero sólo si tú también quieres.

Hugh casi se echa a reír. «¿Sólo si él quería?»

—Quiero, Sìne. —Hugh se alegró de que ella lo hubiera hecho recapacitar. No porque quisiera una excusa para dejarlo. En ese sentido, su destino ya estaba sellado, pero no quería tomarla como un animal en celo. No la primera vez.

Apenas podía creerse lo que iba a hacer, pero ya estaba decidido. Por una vez en su vida iba a tener a la mujer que deseaba por encima de todas las cosas de este mundo. No la merecía, pero era un bastardo egoísta. No la merecía, pero Dios, la necesitaba.

Lograría que tuviera otro orgasmo. Él había tenido intención de que el próximo lo alcanzase con él dentro de ella, pero al ver lo excitado que estaba, tenía miedo de hacer el ridículo y no poder hacer más que un movimiento antes de perder el poco control que le quedaba.

Deslizó un dedo dentro de su humedad, y ella gimió y arqueó las caderas al encuentro de su mano. Estaba húmeda de deseo por él, pero estaba muy cerrada.

—Hugh —gimió Jane cuando él apartó el dedo y a continuación introdujo dos para prepararla. Los movió de nuevo dentro de ella al tiempo que Jane arqueaba la espalda...

Entonces Hugh se quedó petrificado. La miró confuso y dijo preocupado:

—Jane, ¿eres virgen?

Al oír su tono de voz, ella abrió los ojos y se mordió el labio, sintiéndose culpable.

—Iba a decírtelo.

Hugh retiró los dedos y, al pensar en lo que había estado a punto de hacer, se estremeció. Había estado a punto de hacerle daño, había querido hacerlo, sin saber lo devastador que eso habría sido.

—¿Por qué no me lo dijiste?

—Creí que si lo sabías aún tendría menos posibilidades de que quisieras hacerme el amor.

—¡Y tenías razón! —Entrecerró los ojos—. Pero ¿y Bidworth?

—Ni siquiera se acercó lo suficiente.

El alivió que Hugh sintió fue abrumador, pero entonces se dio cuenta de que de ningún modo podía estar con ella. Sin embargo, cuando iba a apartarse, Jane le cogió las caderas y lo mantuvo pegado a ella.

—Hugh, quiero que seas tú, sólo tú. He esperado tanto tiempo, y sé que tú harás que mi primera vez sea increíble.

Jane no podría haber dicho nada más convincente. Hugh sabía que era la verdad. Él se había imaginado incontables veces apropiándose de su virginidad, había visualizado todo lo que haría para que ella no sintiera ningún dolor. Haría todo lo que pudiera para darle placer. ¿Podría algún otro hombre estar a la altura de Hugh?

40

—Lo haré —declaró Hugh, y volvió a llevar los dedos donde los había tenido—. Quiero ser yo quien te enseñe esto. Y para eso tengo que asegurarme que estás preparada. —Empezó a acariciarla, a atormentarla, a derretirla de deseo por él hasta llevarla al límite. Sin piedad, la mantuvo allí mientras la recorría con sus manos una y otra vez.

Jane gimió con ansias, y estaba ya dispuesta a suplicar.

—¡Hugh, ya estoy preparada! —gritó—. Te necesito mucho... por favor...

Él estaba magnífico bajo la luz de la luna, sus ojos brillantes de pasión, de la necesidad que sentía de poseerla. Jane apoyó las manos en el húmedo torso de Hugh y le gustó ver que los músculos se flexionaban bajo sus caricias.

Por fin, él se situó delante de ella y apretó la mandíbula con fuerza cuando el extremo de su sexo encontró la entrada del de Jane.

—Estás tan caliente... tan húmeda. —Tenía los labios entreabiertos y la respiración entrecortada—. Tengo que concentrarme o estallaré aquí mismo. —Empezó a penetrarla despacio y ella sintió cómo él iba abriéndose paso, pero a pesar de lo mucho que la había preparado, el camino seguía siendo estrecho—. Dime —gimió él penetrándola casi por completo—. Dime lo que significa lo de esta tarde, Sìne.

Cuando Hugh se topó con la barrera, Jane estaba temblando,

y se agarró a sus hombros con fuerza. Él sudaba por el esfuerzo que estaba haciendo para ir despacio, e inclinó la cabeza para preguntarle lo mismo con los ojos.

—Soy tuya —susurró Jane—. Toda tuya. —Ella nunca había estado tan segura de nada en su vida.

Hugh gimió y empujó. Jane sintió el tirón y suspiró a la vez que él decía entre dientes.

—Estás tan apretada... —Se estremeció pero se quedó quieto dentro de ella, y con ternura le apartó el pelo de la frente—. No quería hacerte daño.

—No, yo ya sabía que... —intentó disimular la mueca de dolor—... que me dolería un poco.

A pesar de la incomodidad, Jane se sentía abrumada por la enorme sensación de cercanía con Hugh. Haber esperado tanto había valido la pena. Podía sentirlo dentro de ella, podía ver lo excitado que estaba, pero de algún modo él lograba no moverse para no hacerle más daño, para que ella sintiera más placer.

Jane lo miró a los ojos y no pudo contener las palabras:

—Yo... te amo.

—¿Qué has dicho? —preguntó él intentando controlar la frenética necesidad que tenía de mover las caderas y enterrarse en ella.

—Siempre te he amado.

Las palabras de Jane hicieron que Hugh se cuestionara si estaba soñando; así era exactamente como se lo había imaginado. En ese instante, estando dentro de ella, sintió la necesidad de decir el juramento que la ataría a él para siempre, las viejas promesas susurradas en una lengua del pasado. Pero no podía hacerlo. Ese derecho no le pertenecía.

En vez de eso, inclinó la cabeza y la besó, con todo lo que sentía por ella, hasta que Jane ya no pudo ni respirar. Las manos de ella dejaron de apretarle los hombros como si su vida dependiera de ello y empezaron a explorarlo. Cuando Jane intentó mover las caderas, él se retiró un poco y luego, despacio, volvió a arremeter, decidido a lograr que a ella le gustara. «Concéntrate. Despacio, dentro... fuera. Otra vez.»

Tenía que dejar de preguntarse por qué Jane le había hecho ese regalo, el regalo de su amor. Se apartó un poco para mirarla a la cara.

—¿Aún te duele, Sìne? —preguntó sin dejar de mover las caderas.

Ella abrió sus ojos asombrados.

—N... no, ya no —susurró—. Es perfecto... —Se inclinó hacia adelante y dibujó un camino de húmedos besos en su torso, hasta volverlo loco—. ¿Lo es para ti?

Como respuesta, Hugh se volvió a estremecer y se abrazó a ella de un modo conmovedor, saboreando toda la calidez que lo envolvía. Cuando volvió a empujar, los pechos de ella eran duros montes que se apretaban contra su torso. Se agachó para besarlos y Jane empezó entonces a moverse al mismo ritmo que él.

Tan pronto como él deslizó el pulgar entre los dos cuerpos para acariciarla, ella gimió:

—Voy a... Estás haciendo que... Oh, Dios, prométeme que volverás a hacerme esto. Esta noche. —Le cogió la cara entre las manos—. Prométemelo, Hugh. —Su nombre se convirtió en un gemido al llegar al clímax.

A pesar de que había luchado con todas sus fuerzas, e incluso había dejado de moverse, el pequeño cuerpo de Jane se lo exigía, su sexo lo envolvía, lo apretaba como un puño. Hugh no pudo controlarlo más. Derrotado, se hundió entre sus muslos con todas sus fuerzas y gritó hacia el cielo. Tuvo un orgasmo arrollador y tembló con violencia con cada espasmo que sintió dentro de ella.

Se apoyó en Jane, su corazón latía desbocado al unísono con el suyo, y le preguntó con voz entrecortada.

—¿Me amas?

Una vez en la cama de Hugh, Jane se acurrucó a su lado. Sentía su respiración sobre su torso y su cuerpo cálido invadido por el sueño. Pero él en cambio estaba muy despierto, y no podía dejar de pensar.

Esa noche se había atrevido a poner sus sucias manos sobre el delicado cuerpo de Jane, esas manos con las que había matado tantas veces. Se había atrevido a llevarse su virginidad, y había estado a punto de hacerlo con rabia, de causarle un daño irreparable.

Pero no se lo había hecho.

La única cosa grave que había hecho había sido sucumbir cuando ella le había pedido que volvieran a hacerlo cuatro veces más. Si él estaba destinado a hacerle daño, ¿cómo era posible que Jane le hubiera dicho que se sentía abrumada por lo bonito que había sido todo?

Hugh se preguntó dónde estaba la culpabilidad que se suponía que tenía que sentir. Él creía que se sentiría decepcionado por su falta de fuerza de voluntad, pero se sentía vivo, fuerte, optimista. Su cuerpo estaba relajado, sus músculos destensados. A lo largo de toda la noche, Jane lo había hecho sentir como el chico joven que era la última vez que la vio. Quería sentirse así más veces.

Esa noche, él la había hecho suya, y al hacerlo sintió que era su derecho.

«Porque ella también me quiere.» Ella siempre lo había querido. Antes de dormirse, Jane le contó lo que sentía, y lo mucho que había luchado contra esos sentimientos. Cuantas más cosas le contaba, más se sorprendía Hugh.

Ella le dijo que siempre había comparado a todos los hombres con él, y que ninguno había estado a la altura. «Los había comparado con él.» Con el brazo, la acercó más. Apenas podía creer nada de lo que le decía, pero sabía que era verdad.

«¿Y si le cuento lo de la maldición?», pensó Hugh de nuevo. Ella era inteligente. Él respetaba sus ideas y admiraba el modo como funcionaba su mente. Tal vez entre los dos encontrarían una solución.

«Mañana. Lo haré mañana.»

A la mañana siguiente, Jane se despertó con una sonrisa en los labios. Se sentía un poco dolorida, pero amada. Y jamás había estado tan enamorada como en aquel momento. La noche anterior había sido todo lo que siempre había soñado, incluso mucho mejor.

Lo único que lamentaba era no haber pasado juntos los últimos diez años de sus vidas. Pero si iban a pasar el resto de ellas así, podría resignarse.

Abrió los ojos y vio a Hugh sentado en un extremo de la cama con los pantalones puestos. Lo miró a la cara y lo supo.

—Oh, Dios santo —murmuró—. Estás arrepentido.

—No es eso, Jane...

—Entonces dime que no lamentas haber hecho el amor conmigo.

Hugh se pasó los dedos por el pelo que aún tenía despeinado.

—Es más complicado que eso.

Jane se rió con amargura.

—Es muy sencillo. El hombre al que le entregué mi virginidad desearía no haberla aceptado.

Hugh se apartó dolido.

—Tú ganas, Hugh. —Se levantó y se enrolló la sábana alrededor—. Voy a decirte dos palabras que nunca le he dicho a nadie en toda mi vida: me rindo. —Salió corriendo hacia su habitación, dio un portazo y echó el cerrojo.

Segundos más tarde, su puerta colgaba de las bisagras. Sorprendida miró perpleja cómo la hoja se tambaleaba.

Hugh ocupaba por completo la entrada. Ahora que había pasado la noche aprendiéndose su cuerpo de memoria, besándolo, acariciándolo y lamiéndolo, era mucho más consciente de la fuerza que él tenía.

—¡Deja de hacerle eso a mis puertas! —gritó.

—Entonces, no vuelvas a poner un cerrojo entre tú y yo.

—¡Estoy harta de hablar contigo! —estalló Jane, y trató de esquivarlo para poder salir.

Hugh la cogió por el codo y le dio la vuelta.

—¿Por qué no te limitas a escucharme?

Estaban frente a frente, los dos con la respiración acelerada. Hugh frunció el cejo como si estuviera confundido y luego le acarició la nuca con la mano y la acercó hacia su torso desnudo. Con voz entrecortada, dijo:

—Dios mío, nunca me saciaré de ti.

Sus labios conquistaron los de ella, y los asaltaron en busca de un beso posesivo hasta lograr que ella volviera a desearle. Pero Jane logró apartarse.

—¡No! ¡No pienso hacerlo! Otra vez no. No hasta que me cuentes qué ha pasado entre ayer por la noche y hoy por la mañana.

Hugh dudó un instante y respiró hondo para calmarse. Luego asintió:

—De acuerdo. Vístete. Tenemos que hablar —dijo, y su cara parecía la de un hombre al que hubiesen sentenciado a la horca.

41

Media hora más tarde, después de asearse, vestirse e intentar prepararse para escuchar la confesión de Hugh, Jane estaba sentada en un extremo de la cama de él, esperándolo pacientemente.

Hugh seguía sin hablar, y se paseaba arriba y abajo de la habitación como si fuera un animal enjaulado, parecía... nervioso.

—Sólo di lo que piensas —dijo ella cuando pasó por su lado—. Sea lo que sea, no pasará nada porque me lo cuentes.

Hugh aminoró el paso.

—¿Y eso cómo lo sabes?

—¿Es un secreto por el que alguien me mataría? ¿Por el que Grey me torturaría?

—No.

—¿Te da vergüenza contármelo?

—No, pero...

—Hugh, son sólo palabras. Confía en mí y cuéntame tu secreto. No te arrepentirás. —Al ver que él seguía resistiéndose, intentó bromear—: ¿Te preocupa que si dejas de ser un misterioso escocés sin secretos oscuros ya no me parezcas atractivo? Dímelo.

—Qué diablos, de todos modos no te lo vas a creer —farfulló él—. Te parecerá una locura. Sé que sí. —Se pasó la mano por la nuca—. Pero mi familia está... maldita. Y creo que si sigo casado contigo sólo te traeré desgracias.

«¿Maldita? ¿De qué demonios estaba hablando?» A pesar de

que la mente de Jane estaba descontrolada, su tono de voz sonó tranquilo al decir:

—Continúa, te escucho.

—Diez generaciones atrás, el brujo del clan predijo el destino de toda la saga de los MacCarrick y lo escribió en un libro llamado *Leabhar nan Sùil-radharc,* el Libro del Destino. —Señaló el viejo libro que estaba encima de la mesa—. Se supone que mis hermanos y yo estamos destinados a ser unos solitarios, a vivir nuestras vidas sin compañía y a causar dolor a aquellos que nos importan, a no ser que lo evitemos. Seremos los últimos de nuestro linaje y nunca tendremos hijos. En los últimos quinientos años, todas las predicciones se han cumplido, todas y cada una de ellas.

—No... no lo entiendo. —Jane respiró hondo y volvió a intentarlo—. ¿Si no fuera por eso, me quieres lo suficiente como para quedarte conmigo?

—Sí, Dios, sí.

—Entonces, ¿lo que me estás diciendo es que lo único que se opone a que sigamos casados es una... maldición?

Al ver que él no lo negaba, Jane tuvo que reprimirse para no gritar «¡Esto no me está pasando!». ¿Cómo podía ser racional ante algo así? Era imposible recurrir a la razón en esas circunstancias.

Sintió cómo si uno de los pilares de toda su vida adulta se tambaleara. Y todo lo que había construido encima quedó torcido. El sereno, razonable Hugh que había conocido durante la mitad de su vida, había desaparecido, y en su lugar había un loco supersticioso.

—Hugh, la gente... la gente como nosotros ya no cree en cosas de ésas. No ahora que existe la ciencia y la medicina. Mòrag es supersticiosa porque no conoce nada más. Tú has viajado por todo el mundo, has estudiado mucho. Las creencias como ésa pertenecen al pasado.

—Y ojalá pudieran quedarse allí. Pero esto ha ensombrecido toda mi vida.

—Tú sabes perfectamente que yo no creo en esas cosas.

—Sí, lo sé. —Respiró hondo—. Y sé que te burlas de la gente que lo hace.

—¡Pues claro que sí! —soltó ella a pesar de que se esforzaba por mantener la calma—. ¿Me cuentas todo esto ahora porque estás dispuesto a olvidarlo y a dejar a un lado esas creencias?

Hugh parecía desamparado y resignado.

—Si hubiera encontrado el modo de deshacerme de la maldición, nunca te lo habría contado.

Cuando Jane se dio cuenta de que Hugh no se lo estaba contando para justificar su comportamiento en el pasado, sino para explicarle por qué no podía seguir casado con ella, estalló:

—¿Lo dices en serio? ¿En serio crees que una maldición escocesa, y Dios sabe que suelen ser las peores, nos impide seguir casados?

Todas las preocupaciones, las cuidadas estrategias, los esfuerzos por conquistarle, todo había sido en vano.

Por culpa de una maldición.

La frustración casi la ahoga. «No, papá, no puedo convencerle de que siga conmigo.» Jane jamás había tenido ninguna posibilidad.

—Todo lo que está en el libro se convierte en realidad —dijo Hugh—. Todo. Sé que es muy difícil de creer.

—¡Tendría que haber escrito una lista con tus excusas! ¡Tú no eres de los que se casan, no puedes tener hijos, y, ah, sí, estás maldito! ¿Se te ocurre algo más para conseguir que me aleje de ti? ¡Ya lo sé! ¿Antes eras un eunuco? ¿Sólo te quedan dos meses de vida? —Con voz alterada, añadió—: ¿Eres un fantasma, a que sí?

Hugh apretó y relajó la mandíbula en un visible esfuerzo por mantener la calma.

—¿Crees que me lo estoy inventando?

—Hugh, la verdad es que *deseo con todas mis fuerzas* que te lo estés inventando. —Se le ocurrió una cosa y se levantó de golpe—. Oh, Dios mío. —Se frotó la frente—. ¿Significa eso que el único motivo por el que crees que no me has dejado embarazada es la maldición?

—Ya te dije que no podía darte hijos. —Entrecerró los ojos—. Pero tú me dijiste que no te importaba tenerlos o no.

—¡Dije que no me importaba siempre y cuando siguiéramos casados! Por lo que yo sé, tú aún tienes intenciones de dejarme. Y, sí, me dijiste que no podías tener hijos, pero ahora mismo dudo mucho de tu fuente de información.

Hugh se acercó a la mesa y abrió el libro por el final.

—Léelo y deja que me explique.

Jane sacudió la cabeza.

—No puedo seguir escuchando esto. No tengo intención de escuchar esto, como tampoco escucharía a alguien que me dijera que el Sol es azul.

—Tú querías saberlo y ahora te lo estoy contando. ¿Eres la primera persona a la que se lo cuento y ahora no quieres escucharme? —preguntó él—. Léelo.

Jane le arrebató el libro de las manos.

—¿Esto es el origen de la maldición?

Al ver que Hugh asentía, la joven dejó el libro encima de la mesa y empezó a volver las páginas sin ningún cuidado, a pesar de que vio que era muy viejo. Había textos en gaélico y textos en inglés. Al llegar a las últimas páginas, frunció el cejo. Al parecer, esa parte estaba toda en inglés.

—¿Por qué frunces el cejo? ¿Has sentido algo?

—¡Sí! —gritó ella mirándolo con los ojos muy abiertos—. Siento unas enormes ganas de tirar este libro al estanque.

Hugh ignoró el comentario y se sentó a su lado para leer la última página.

—La escribieron para mi padre.

Jane leyó el pasaje.

Nunca se casarán, no sabrán lo que es amar, si lo hacen, a su destino se deberán resignar.

Tu familia contigo desaparecerá...

La muerte y la desgracia los atraparán.

—¿Y dices que todo esto se ha hecho realidad?

—Sí. Mi padre murió al día siguiente de que nosotros leyéramos estas palabras por primera vez. Justo a la mañana siguiente, y no era mucho mayor de lo que yo lo soy ahora. Y hace años, la prometida de Ethan murió la noche antes de su boda.

—¿Cómo?

Hugh dudó un instante.

—O se cayó o saltó por una torre.

—¿Esto es sangre? —Jane rascó con una uña la mancha cobriza que había en el extremo. Cuando él asintió, preguntó—: ¿Qué dice bajo la mancha?

—No lo sabemos. Nunca la hemos limpiado.

Jane lo miró.

—¿Y si dice, «no hagáis caso a lo de antes»? —Al ver que él ponía mala cara, dijo—: Hugh, yo no creo que nada de eso haya pasado por culpa de una maldición, yo creo que la vida es así. A veces suceden cosas malas, y si alguien decide creer en mitos o predicciones, seguro que puede dar con algo que se ajuste a ello. De acuerdo, reconozco que lo de la muerte de tu padre es raro, pero hay muchos médicos en Londres que dicen que la mente puede convencer al cuerpo para que haga casi cualquier cosa, incluso apagarse. Belinda me lo contó. Si tu padre creía en esto lo suficiente, tal vez podría haberse visto afectado por ello.

—¿Y Ethan? ¿La muerte de su prometida justo antes de la boda?

—O bien fue un accidente o quizá su prometida no pudo soportar la idea de casarse con alguien a quien no amaba.

Una tras otra, Jane fue rebatiendo todas sus teorías sobre la maldición recurriendo a la ciencia o a la mera lógica.

Al final, Hugh la dejó sin argumentos con un simple:

—Yo lo creo. Para mí es real.

—Porque te criaste escuchándolo, y has llegado a convencerte de que es así, has acabado convirtiéndolo en realidad. Eres el epítome de la autoinducción. Tú estabas convencido de que tenías que caminar con la muerte, de que no tenías derecho a disfrutar de la vida. —Levantó la mano e, indecisa, le tocó el brazo—. Pero Hugh, yo no te pido que reniegues de todo esto en un instante. Lleva treinta y dos años contigo, tardarás un poco en alejarte de ello. —El que Hugh siguiera en silencio le dio ánimos—. Con el tiempo, empezarás a creer que puedes ser feliz, que mereces ser feliz. —Le acarició la cara—. Dime que al menos lo intentarás. Por mí. Yo estoy dispuesta a luchar por nosotros si tú también lo estás.

El silencio se alargó de un modo interminable. Todo el futuro de Jane pendía de un hilo... era imposible que él no eligiera bien. Se negaba a creer que estuviera tan enamorada de alguien capaz de echar por la borda todo lo que había entre ellos.

Cuando Hugh apartó la mirada de su cara para dirigirla incómodo hacia el libro, Jane supo que había perdido.

Pero ella no era buena perdedora.

Se levantó, cogió el libro y salió corriendo de la habitación hacia la escalera.

—¿Qué estás haciendo? —preguntó él siguiéndola a través de la espesa niebla matutina—. Dime qué pretendes hacer.

Ella atravesó corriendo el prado cubierto de rocío y se dirigió al estanque.

—Voy a deshacerme del problema.

—El libro no es el problema. Sólo sirve como recordatorio.

Jane tenía el agua a tiro de piedra, y no apartó la mirada al decirle:

—Entonces, te voy a dejar sin recordatorio. —Se acercó el libro al pecho y lo sujetó con las dos manos. De repente, sintió cómo un sudor frío le cubría todo el cuerpo y se sacudió por dentro.

—No, pequeña, no es tan simple. Que lo tires al agua no servirá de nada.

—Me hará sentir mejor. —Se dio la vuelta y se dirigió hacia una roca, la que había más cerca de la orilla del agua. Allí había más profundidad, y Jane quería que el tomo se hundiera hasta el fondo para que no volviera acercarse a nadie jamás.

—Que lo hundas en el fondo del agua no cambiará nada. Siempre consigue regresar.

—¿Es que te has vuelto loco? —gritó de espaldas, sin detenerse—. ¿Sabes lo que estás diciendo? —Cuando llegó al sitio que buscaba, cambió el libro de postura y se dispuso a lanzarlo, pero dudó un instante.

—¿A qué esperas? Hazlo, pequeña. Yo lo he hecho un montón de veces.

Al oír su tono de desafío, Jane levantó las cejas.

—¿Crees que lo digo en broma? ¡Lo haré!

Hugh le indicó con la mano que siguiera adelante, y ella lo arrojó al agua con todas sus fuerzas. Ambos miraron en silencio cómo se hundía, cómo las páginas flotaban hasta desaparecer por completo.

—Es raro. No me siento distinta. —Jane lo miró y, al ver que él seguía igual de resignado y decidido, no se molestó en disimular lo decepcionada que estaba—. Tenías razón, nada ha cambiado. Tú sigues dispuesto a echar por la borda todo lo que hay entre nosotros. Seguro que aún estamos malditos.

—Si sólo pusiera en peligro mi vida, no dudaría en seguir adelante —le aseguró él—. No lo pensaría dos veces. Pero nunca podría perdonarme hacerte daño a ti.

A Jane empezaron a resbalarle las lágrimas por las mejillas.

—¿Hacerme daño? —Levantó las manos—. Esto me está haciendo daño, Hugh. Nunca en mi vida nada me había hecho tanto daño. —Se secó los ojos con el reverso de la mano en un vano intento por dejar de llorar—. Claro que, para ti, esto sólo es una prueba más de que la maldición existe, ¿tengo razón?

—Yo nunca quise que sintieras esto. —La miró como si no pudiera soportar verla llorar. Parecía tener ganas de acariciarla, pero se limitó a abrir y cerrar el puño—. A no ser por Grey, yo jamás habría vuelto a verte. Lo logré durante años...

—¿Tú... tú evitaste adrede volver a verme? —¿Él la había estado evitando? ¿Cuando ella se había pasado horas suplicándoles a sus primas que pasaran cerca de su casa de Londres para poder verlo aunque fuera sólo un instante?—. No me lo puedo creer. Mira, métete en la cabeza que los últimos diez años han sido insoportables sin ti. Al mantenerte alejado de mí, me hiciste mucho daño. Al abandonarme, me destrozaste.

—¿Abandonarte? Yo nunca te prometí nada.

—¡Creía que íbamos a casarnos! —Las lágrimas le caían sin control—. Creía que sólo estabas esperando a que cumpliera dieciocho años. No le describiría mi anillo de pedida a un hombre que no fuera a convertirse en mi esposo.

Hugh entreabrió los labios, pero luego sacudió la cabeza.

—Si nada de esto hubiera pasado, incluso sin maldición, yo nunca le habría pedido tu mano a tu padre. Yo no tenía nada que ofrecerte. No tenía nada.

—Si te tenía a ti, nada de eso me habría importado.

—¡Y una mierda! —gritó él llegando al límite de su autocontrol—. A ti te gustaban los lujos y nunca lo ocultaste. Y cada vez que lo hacías yo me desesperaba, porque eso era sólo otro recordatorio de que yo no era lo bastante bueno para ti. Me describiste ese anillo por una razón, Jane, ¡porque lo querías!

—Lo único que quería era que no me abandonaras sin decir ni una palabra. Y deja que te diga que es mucho peor que te dejen que no ser el que deja.

—No tienes ni idea. ¡Maldita sea! —exclamó él furioso—. ¿Quieres conocer todos mis secretos, Jane? Pues tienes que saber que a los veintidós años salí a enfrentarme al mundo e hice algo horrible a sangre fría. Y lo hice por ti. Lo hice porque sabía que si lo hacía, nunca jamás volvería a soñar con que tú formaras parte de mi vida. Así que no me digas que es más fácil irse... porque no lo es. No, si aún puedes volver.

—Pero sigues decidido a volver a hacerlo. Cuando atrapen a Grey.

—Sí. Sé que lo haré —le confirmó Hugh mirándola a los ojos—. A pesar de que no tengo ni idea de cómo lograrlo.

42

Esa misma mañana, un poco más tarde, cuando Hugh sintió que había recuperado la calma perdida en aquella decisión, decidió ir a buscar a Jane. Ella estaba en la terraza, practicando con su arco. Tenía la expresión fría y helada como el mármol y cogía una flecha tras otra sin cesar y a una velocidad increíble.

Hacía rato que había acertado en la diana.

—Jane, ¿puedes parar un momento? —preguntó Hugh poniéndose a su lado cuando ella fue a recuperar las flechas.

Jane las arrancó enfadada y las guardó en el carcaj.

—¿No ves que estoy ocupada? —Ni siquiera lo miró, y volvió a prepararse para disparar. Con un rápido movimiento, levantó el brazo, tiró, soltó la cuerda y acertó en el centro.

—Necesito hablar contigo —dijo Hugh.

—Y yo necesito estar sola.

Al ver lo triste que estaba y que sus manos empezaban a temblar, él dijo:

—Llevas aquí muchas horas, pequeña.

—No tenemos que hablar de nada. Entiendo a la perfección lo que pasa. Lo único que me falta hacer es suplicarte que sigas casado conmigo. Ya te he confesado que hace años que estoy enamorada de ti y te he dicho que estoy dispuesta a hacer lo que sea necesario para salir de esta situación. Pero hay un problema: tú no puedes hacerlo, porque estás maldito.

Él le había confesado su secreto más oscuro y ella había reaccionado tal como él había supuesto; discutiendo y argumentando. ¿Y qué esperaba ella? ¿Esperaba que él se alejara de algo que siempre había condicionado su vida? Maldición, incluso si pudiera dejar de creer en esa amenaza, ésta había estado tanto tiempo planeando sobre su cabeza, moldeando su carácter, que ahora la mera idea de la felicidad le daba escalofríos.

Hugh sabía que si no estaba dispuesto a intentar seguir con ella no debería habérselo contado.

—¿Qué quieres hacer con lo de nuestro matrimonio? Tenemos que decidir algo.

—Es muy fácil. Olvídate de esa absurda maldición. Si me juras que no volverás a mencionarla, te juro que borraré de mi memoria todo esto. Y viviremos felices para siempre. Y, si insistes en seguir adelante con esta locura, entonces tenemos dos modos de solucionarlo: el divorcio o la separación.

—Me cortaría el brazo derecho con tal de poder renunciar a todo eso y seguir casado contigo.

Al oírlo, Jane dudó en medio de un disparo y la flecha se alejó del centro.

—Pero no puedes —confirmó ella en voz baja.

—No. —Hugh suspiró agotado.

Eso hizo que la joven recuperara toda su rabia.

—Entonces, ya está decidido.

—Jane... —Ella se negó a volver a mirarlo, así que él se alejó sin saber adónde ir ni qué hacer.

«Trabajo.» El trabajo lograría que dejara de pensar en ella, en lo que habían hecho la noche anterior. Pero tras semanas de incesante tarea, lo único que faltaba por hacer en la finca era quitar los árboles que había en el camino. Se dirigió al establo y entró en el oscuro edificio. Su mal humor debía de ser palpable, porque los animales se asustaron cuando nunca antes lo habían hecho ante su presencia.

Sí, si conseguía agotar su cuerpo, tal vez así lograra adormecer las ansias que sentía de ella. Pero ¿a quién pretendía engañar? *Nada* adormecería eso. Maldita fuera; todo iría a peor, ahora que había sido lo bastante estúpido como para creer que podría saciarse de ella...

Un horrible dolor le hizo estallar la cabeza. Cayó tumbado de lado sobre el duro suelo y sintió cómo un líquido espeso resbalaba por su nuca.

Grey.

La frente de Hugh recibió otro puñetazo. Dos golpes, justo en los sitios donde Grey le había enseñado que tenía que golpear si quería dejar a su víctima viva pero inmóvil. Las patadas que le dio en el estómago fueron sólo para mayor placer de Grey.

Éste se rió.

—Maldita sea, Hugh, podrías habérmelo puesto un poquito más difícil.

Jane vio cómo Hugh se iba colina abajo hacia los establos, con los hombros hundidos, como si soportara sobre ellos todo el peso del mundo, y se sintió culpable. Luego se enfadó aún más. Él nunca le permitía alejarse, lamerse las heridas ni siquiera un poco. Y si ella necesitaba hacerlo...

Jane se sentía como si la hubieran abofeteado y aún estuviera temblando.

Hugh no quería quedarse con ella, incluso después de haber hecho el amor y de que Jane creyera que era lo más maravilloso que le había sucedido nunca. Ya era muy doloroso saber que, después de esperar impaciente durante tanto tiempo, había entregado su virginidad a alguien que lamentaba haberla aceptado. Pero que Hugh se arrepintiera por culpa de una estúpida maldición era echar sal en la herida.

Todo aquello era demasiado increíble para ser cierto.

Hugh había dicho que daría su brazo derecho. A pesar de que todo indicaba que lo que Hugh sentía por Jane era mucho más profundo y duradero de lo que ella jamás había imaginado, rezaba por que no fuera cierto. Si él había sentido aunque fuese la mitad de lo que había sentido ella durante esos diez últimos años y les había negado a ambos la posibilidad de casarse por culpa de esa...

Jane se dio cuenta de que era capaz de odiarlo.

Si Hugh hubiera sido honesto y sincero con todas esas supersticiones años atrás, ella habría podido olvidarle. Habría entendido que ellos dos no tenían ninguna posibilidad, y se habría casado con otro. Pero él no había sido sincero, y ella ya estaba harta de que sus sentimientos por Hugh «Años y Lágrimas» MacCarrick le arruinaran la vida.

Había llegado el momento de ser práctica. Jamás podría competir contra una maldición de más de quinientos años. Ella no iba a compartir su vida con Hugh una vez hubieran atrapado a Grey. ¿Y qué haría entonces? A pesar de que le había dicho a Hugh que podían divorciarse, nada más pensarlo se le ponía la piel de gallina. Tal vez aún pudiesen obtener la anulación.

Basada en la demencia de Hugh.

O podían seguir casados y llevar vidas separadas. Ladeó la cabeza. Sí, ésa era la mejor solución. Le exigiría a Hugh que le devolviera su dote, y a su padre más le valía pagarla en seguida, al fin y al cabo él era el principal culpable de aquel simulacro de matrimonio.

Con todo ese dinero y siendo una mujer casada, podría ser independiente. Podría viajar, hacer de mecenas, ¡por fin podría fundar la Sociedad para la Defensa del Vicio! Podría escribir libros eróticos y venderlos en la calle Holywell, podría tener amantes sin importarle el mañana y tener hasta diez hijos con ellos. Sí. Eso podría funcionar...

Se le pasó una cosa por la mente que hizo que el corazón le diera un vuelco y que le empezara a hervir la sangre. Tal vez Hugh creyera que una maldición era una buena medida contraceptiva, pero Jane no.

Después de lo de la noche anterior, podía estar embarazada.

¿Cómo podía hacerle Hugh tal cosa? ¡Él esperaba que ella creyera todas aquellas tonterías y le decía por enésima vez que la dejaría cuando ella podía estar esperando un hijo suyo!

Antes de que ni ella misma supiera lo que iba a hacer, empezó a caminar hacia el establo. Probablemente era una mala idea. En un arrebato había tirado el libro al agua, y eso no había logrado que se sintiera mejor; bueno, no tanto como esperaba. En su mente se había imaginado otro final.

Ahora ya no tenía importancia cómo se comportara. Si soltaba toda la ira que tenía en su interior, ¿cuánto más daño podría hacerle?

Ninguno.

Era imposible que las cosas empeoraran aún más.

43

Hugh intentó abrir los ojos y gimió de dolor. Cuando lo logró, se encontró con el cañón de una pistola apuntándole.

Luchó por incorporarse, pero lo único que casi consiguió fue volver a quedar inconsciente. A pesar de que sabía que era imposible disuadir a Grey de sus planes, tenía que intentarlo. Él lo había mantenido con vida por algo y, como Hugh entendía perfectamente el motivo, sentía náuseas sólo de pensarlo.

—No lo hagas —dijo Hugh a pesar de que le dolían las costillas al respirar—. Mátame, hazlo despacio, pero ella no tiene nada que ver en eso.

—¿Por qué malgastas el aliento? —preguntó Grey—. Yo no pienso igual que tú. Y por si no te has dado cuenta, nunca he pensado igual que tú. La mataré con la misma facilidad con que se mata a un insecto.

—Tú no siempre has sido así.

—Por eso estoy aquí, escocés. Para enmendar mis errores del pasado.

—¿Cómo nos has encontrado? —gruñó Hugh en un intento de despistarle.

—Fue una cosa muy rara. Estaba siguiendo a una chica, no muy lejos de aquí, con la intención de arrancarle los dedos cuando charláramos, cuando de repente ella se reunió con una banda de seis jinetes. Esos bastardos eran enormes y sus caballos también. Se adentraron en el bosque y dejaron una senda tan marcada que incluso un ciego habría podido seguirla...

Por el rabillo del ojo, Hugh vio un atisbo de tela blanca. Levantó la vista y vio a Jane en la puerta del establo, hierática como un ángel. Un ángel de la noche. Tenía una flecha preparada en el arco y apuntaba a la espalda de Grey. La cuerda estaba tan tensada entre los dedos enguantados de ella, que Hugh pensó que se iba a romper.

Bajó la vista, pero Grey ya había seguido la dirección de su mirada. Se dio la vuelta con intención de dispararle a Jane pero ella soltó la flecha sin dudar ni un instante. Era obvio que había apuntado al corazón pero disparó demasiado rápido. Grey no había acabado de darse la vuelta cuando la flecha lo atravesó. Le rozó el brazo con que sujetaba el arma y se le clavó en el pecho. Hugh no pudo ver la reacción ni la cara de Grey, pero sí vio la de Jane.

Tenía los ojos y los labios abiertos de par en par por el horror.

Un monstruo. El hombre que ella había conocido como Grey había desaparecido, y en su lugar había alguien apenas reconocible. La piel de su rostro se tensaba de un modo casi imposible en los pómulos, y un enorme sombrero negro cubría su demacrado rostro y sus dientes podridos.

Antes de que pudiera preparar otra flecha, Grey se abalanzó sobre ella. Con el brazo que no tenía herido, le dio un golpe que la mandó contra la pared. Jane oyó el grito de furia de Hugh antes de golpearse la cabeza y empezar a tambalearse. Centímetro a centímetro se fue desplomando hacia el suelo mientras intentaba mantener los ojos abiertos.

A pesar de que Hugh estaba tumbado en tierra, con la sangre resbalándole por el cuello y la frente, había logrado ponerse de rodillas. Pero Grey se dio la vuelta y, con un grito, empezó a darle patadas en la cabeza y logró que Hugh se retorciera de dolor y volviera a derrumbarse.

Jane se mordió los labios para evitar gritar como una histérica y gateó hasta donde estaba su arco. Alcanzó a cogerlo justo antes de que Grey volviera a clavar sus desquiciados ojos en los de ella. Se tambaleó hacia atrás y, con torpeza, sacó otra flecha del carcaj.

El movimiento hizo que se le nublara la vista... no podía dejar de parpadear... ni siquiera cuando apuntaba. Cerró los ojos, rezó y volvió a disparar. Oyó el impacto del metal. Le había dado... En el hombro.

No lo había matado. «Vuelve a intentarlo. Coge otra flecha.»

Grey se acercó, le arrebató el arco y las flechas de las manos y los tiró a un lado.

—Jane, me temo que te estás poniendo pesada —dijo en un tono de voz calmado que no concordaba nada con la maníaca expresión de su rostro cetrino—. Si cooperas, tal vez procure que todo sea menos doloroso.

La sangre le salía a borbotones de las heridas, y aún tenía el brazo levantado contra el pecho y la mano que sujetaba la pistola inutilizada. Cuando intentó extraerse la primera flecha, se tambaleó, y al final optó por romper ambas saetas por la mitad y coger luego la pistola con la mano izquierda.

—Grey, maldita sea, tiene que haber algo —dijo Hugh esforzándose por hablar—, algo que desees más que esto.

—¿De verdad quieres que lo hagamos, Hugh? —preguntó Grey exasperado—. ¿Sacar los trapos sucios a la luz, revelar los secretos que nunca le hemos contado a nadie con la esperanza de llegar a un acuerdo? Si hubiéramos hecho eso cada vez que íbamos a matar a alguien, ahora tú y yo seríamos hombres muy sabios. Además, tú sabes de sobra que ni a ti a mí nos han afectado nunca las confesiones. Nunca nos han inspirado piedad.

«¿De qué está hablando?»

Grey se guardó la pistola y, al verle coger el puñal, Jane empezó a temblar de miedo. «Grey degüella a sus víctimas», le había dicho Hugh.

Cuando Grey se dio la vuelta hacia ella con el cuchillo, Jane intentó mirarle a los ojos.

—¿Por... por qué? —susurró.

—¿Por qué? Porque tu padre ordenó que me mataran, y casi lo logra. Cuatro disparos de bala en el pecho como pago por haberme pasado veinte años matando bajo las órdenes de ese viejo bastardo. Y porque cuando estaba en muy mala forma, tu marido me dio una paliza que casi acaba con mi vida por tu culpa, y luego me dejó encerrado en un sótano para que me pudriera. Voy a matarte para castigarlos a ambos por sus errores. Como puedes ver, no es nada personal.

—¿Mi padre? ¿De qué estás hablando?

—¿Tú no sabías nada de todo esto? —Miró a Hugh y chasqueó la lengua—. Eso no es muy sincero por tu parte. Y ahora que lo pienso, bastante arrogante. Tú nunca se lo dijiste porque no creías que yo lograra acercarme lo bastante. ¿Pensabas eliminarme y así ella jamás se enteraría? Pues aquí estoy. —Se dirigió a Jane y dijo—: Tu padre se gana la vida matando gente, y Hugh es su asesino preferido. Tu padre, Hugh, Rolley, e incluso Quin te han estado ocultando su verdadera identidad. Y mientras tú ponías tu vida en sus manos. Me juego lo que quieras a que ahora mismo estás más enfadada que asustada.

Jane escupió su respuesta:

—Ellos sabían que era necesario matarte.

—Sí, Weyland quiso destruir aquello que había creado.

—Él no te hizo esto... fue tu adicción.

—¡Te equivocas! Cuando tu padre repartía los trabajos, se aseguraba de que a mí siempre me tocaran los peores, aquellos que cambian la vida de un hombre. *Mi* sacrificio hizo de tu marido lo que es hoy. Hugh podría haber acabado como yo.

—Jamás —dijo Jane convencida.

—¿Por qué no? Hugh también es un asesino a sangre fría, él también se ha ocultado entre las sombras para matar a gente. Igual que yo. —Abrió los labios y mostró sus putrefactos dientes—. Pero él no se ha echado a perder, aún no. Porque tu padre se aseguró de mantenerle así por ti.

Jane parpadeó confusa.

—¿Acaso no te han contado nada? —Le sonrió condescendiente—. Querida niña, Hugh ha sufrido tanto por ganarse tu corazón y durante tanto tiempo, que por fin voy a hacer su sueño realidad. Voy a dárselo calentito, justo después de arrancártelo del pecho.

44

Mientras Hugh intentaba hacer acopio de las pocas fuerzas que le quedaban, tuvo que escuchar cómo Grey le desvelaba toda la verdad a Jane. Vio la confusión en su rostro y también cómo sus ojos lo buscaban confiando en que lo negara.

Pero cuando Grey dio un pequeño paso hacia ella, Hugh se le echó encima y lo cogió por las piernas. Ambos cayeron al suelo.

Hugh se apartó. El cuerpo de Grey yacía en un ángulo grotesco, con las flechas sobresaliendo aún de su torso y que, tras la caída, se habían clavado por completo.

Hugh luchó por acercarse a Jane. Como le costaba respirar, apenas oía los gemidos de Grey. Cuando llegó a su lado, Hugh la rodeó con el brazo y le acarició la cara con ternura, pero al parecer a ella le era imposible enfocar la vista.

—¿Te ha hecho mucho daño, Sìne?

—Hugh, estás... herido, golpeado.

—Me ha dado unos puñetazos. Quería que lo viera.

Jane gritó asustada.

—Oh, Dios, puedo sentir su sangre. —Se estaba deslizando desde el cuerpo de Grey hasta empaparle la falda.

Hugh la cogió en brazos y la apartó de allí.

—¿Está... muerto? Asegúrate de que está muerto, por favor.

Hugh la dejó con cuidado apoyada contra el muro y, tras apretar la mandíbula para controlar el dolor, regresó junto a Grey. Cuando Hugh le dio la vuelta, vio que aún tenía los ojos abiertos.

Estaba con vida, pero la flecha que tenía en el pecho garantizaba que no le quedaba mucho tiempo.

Se lo acercó para que Jane no pudiera oír lo que iba a decirle.

—Maldito seas, ¿dónde está la lista? ¿Llegaste a entregársela a alguien?

Grey hizo un pequeño movimiento, como si quisiera sacudir la cabeza.

—La tengo yo —dijo, y sus labios escupieron sangre.

—¿Le hiciste algo a Ethan? ¡Dímelo!

La expresión de Grey dibujó una horrible mueca. Justo antes de morir, farfulló:

—Ethan... fue... mi último número.

Como si flotara en una nube, Jane sintió que Hugh la cogía en brazos a pesar de que él también estaba herido. Se dio cuenta de que él temblaba y de que se abrazaba a ella con desesperación. Jane quería caminar, quería curarle las heridas. Pero cada vez que intentaba soltarse, él la apretaba con más fuerza contra su pecho.

Frunció el cejo, su falda le molestaba mucho, y entonces se acordó de que la tenía empapada de la sangre de Grey. A cada paso que daba Hugh, la tela golpeaba pesadamente contra los muslos de él. Sintió náuseas e hizo esfuerzos por mantener los ojos abiertos, pero era casi imposible...

Cuando volvió a abrirlos, estaba tumbada en la cama de Hugh y ya no llevaba la ropa ensangrentada.

—Estás despierta. —Hugh la miró con ojos llenos de lágrimas.

Bueno, por supuesto que lo estaba. Ella sólo tenía un golpe en la cabeza y la mandíbula dolorida. Era él quien realmente estaba herido; aún tenía sangre seca por todo el cuello y la cara. Cuando Hugh empezó a lavarla con una toalla húmeda, Jane dijo:

—Hugh, para... deja que me levante y te vea.

Él continuó como si ella no hubiera dicho nada, y Jane no pudo reunir fuerzas suficientes para incorporarse.

Justo cuando acabó de lavarla y vestirla con uno de sus camisones limpios, Mòrag entró en la habitación y, al ver toda aquella ropa ensangrentada, empezó a hacerles preguntas.

—Ve abajo —ordenó Hugh—. En algún lugar cerca de la entrada tiene que haber un caballo. Búscalo y átalo fuera del establo. —Luego, tras pensarlo mejor, añadió—: El inglés que quería hacernos daño está muerto en el establo. No entres allí.

—Bueno, si está muerto no necesitará su caballo.

—¡Hazlo! —ladró Hugh—. Y no leas nada de lo que encuentres en sus bolsas.

—No sé leer —respondió ella saliendo ya a toda prisa de la habitación.

Jane levantó una mano para tocarle la frente.

—Tenemos que mirar estas heridas que tienes en la cabeza.

—No es nada. —Hugh sabía por experiencia que iba a estar mareado y que durante un par de días dormiría más de lo normal. Las costillas le dolerían como mil demonios durante semanas, pero se había recuperado de cosas mucho peores que ésa—. Soy escocés, tengo la cabeza muy dura, ¿te acuerdas? Pero tú... —Le observó la mandíbula y cuando tocó la zona más sensible, Jane no pudo evitar hacer una mueca de dolor—. Ese bastardo quería rompértela. —La voz le tembló de rabia al añadir—: Y lo habría logrado si hubiera estado en plena forma.

—¿Qué te dijo antes de morir?

—Me dijo que... había matado a mi hermano.

—Oh, Hugh, lo siento mucho.

Mòrag volvió a interrumpirlos. Había corrido tanto que tenía la respiración acelerada.

—Ya he atado el caballo.

—Bien hecho. —Hugh se levantó un poco inseguro y le dijo—: Quédate aquí hasta que regrese.

—¿Hugh? —susurró Jane, que aún no se veía capaz de perderlo de vista. Le temblaba todo el cuerpo, tanto por el dolor como por el miedo que todavía sentía a pesar de que Grey estuviera muerto.

—Tengo que comprobar una cosa —contestó él, a quien tampoco le gustaba en absoluto separarse de ella—. En seguida vuelvo. —Se dio la vuelta hacia Mòrag—, quédate con ella.

—Ese caballo es precioso —dijo la chica—, tiene una silla de mucha categoría. *Mi* silla la echó a perder una inglesa con un montón de lodo...

—Quédatelo —gruñó Hugh—. Pero no te atrevas a salir de esta habitación por si ella necesita algo.

Mòrag asintió, y tan pronto como Hugh desapareció, dijo:

—¿Qué diablos sucede, inglesa? ¿Le has disparado tú a ese tipo lleno de flechas? —La admiración resonó en su voz.

Jane asintió, y aunque no se sentía culpable por haber ayudado a matar a un hombre, le sorprendió ver que tenía las mejillas bañadas en lágrimas. Y la mente hecha un lío y llena de preguntas.

¿Cuánta verdad había en las palabras de Grey? Una de dos, o era un loco y todo era mentira o su vida no era para nada lo que ella creía. ¿Estaba rodeada de mentirosos y asesinos? ¿De verdad Hugh se ocultaba entre las sombras para matar a gente indefensa?

¿La había deseado Hugh tanto como ella a él?

Grey había demostrado ser tan peligroso como todos le habían advertido, pero ahora estaba muerto, y la amenaza había desaparecido. Pero incluso después de todo eso, Jane tenía la sensación de que nada había cambiado con Hugh, lo que significaba que pronto regresaría a casa.

Para vivir entre gente a la que ya no conocía.

Hugh encontró la lista escondida dentro de un tubo en una de las alforjas de Grey, y quemó el papel hasta que no quedaron más que cenizas.

Jane estaba a salvo de Grey, y tanto ella como su padre ya no corrían peligro. Habían salido ilesos de todo aquello. A diferencia de Ethan.

No. Hugh se negaba a creerlo. No creía que Grey fuera capaz de mentir sobre eso, pero tal vez se hubiera equivocado. Tal vez fuera una de sus alucinaciones.

Si uno de sus hermanos estuviera muerto, ¿no lo sentiría Hugh en el alma?

Decidió que lo mejor sería escribir y pedir que le informaran sobre Ethan. Sí, le pediría a Mòrag que fuera a la oficina de telégrafos esa misma mañana. Tenía que comunicar la muerte de Grey, y también que había logrado recuperar la lista.

Deseó saber qué escribir sobre Jane, aparte de que gracias a Grey ahora Hugh se veía obligado a contarle toda la verdad.

Regresó a la habitación con el mensaje ya escrito y mandó a Mòrag a correos. Vio que Jane estaba dormida, con las mejillas aún húmedas de lágrimas. Después de los eventos del día y de lo de la noche anterior, estaba exhausta, ¿qué otra cosa cabía esperar?

Él se lavó las heridas y tuvo que apretar los dientes al limpiar la sangre pegada a su dolorido cuerpo. Al acabar, puso una silla contra la puerta y se acurrucó en la cama junto a Jane.

Cuando se despertó, vio que ella estaba tumbada de lado, mirándolo. Era de noche, pero la luna iluminaba la habitación.

—¿Te duele la cabeza? —preguntó medio dormida.

—No te preocupes por mí, pequeña. Lo que de verdad hay que mirar es tu mandíbula.

Jane se pasó los dedos por ella.

—Me dolerá un poco porque ya ha empezado a amoratarse, pero se curará.

Hugh también se la tocó. Necesitaba asegurarse de que estaba bien.

—Hugh, quiero entender lo que ha dicho Grey. ¿Qué significa todo eso sobre ti y sobre mi padre?

Jane había oído demasiadas cosas, tenía que saber el resto. Y después de todo lo que había pasado con Grey, ¿acaso no se le debía la verdad? Ella había aguantado mucho, había aceptado todo lo que había pasado sin rechistar. Hugh lo sabía, pero aun así seguía dudando.

Al igual que se había imaginado haciéndole el amor, también se había imaginado lo que sucedería cuando le contara todo aquello.

—Jane, yo trabajo... —Se quedó callado.

—Continúa. Por favor.

—Yo era francotirador.

—¿Qué es eso?

Hugh tragó saliva.

—Yo... mataba a gente siguiendo órdenes de la Corona.

—No lo entiendo. Creía que trabajabas con Courtland. ¿Y qué tiene que ver mi padre en todo esto?

Hugh le contó que Weyland dirigía una organización que se encargaba de solucionar ciertas *situaciones* que no podían resolverse con la diplomacia. Le contó lo que hacían todos.

—¿Quin y Rolley, también? ¿Y cómo es que nunca me di cuenta? —preguntó Jane.

—La mayoría de los familiares no lo descubre nunca. Y tu padre no quería que esto te afectara. Ésa ha sido siempre su mayor preocupación. No le gustaba nada tener que mentirte.

Con voz suave, Jane preguntó:

—¿Y a ti, te gustaba mentirme?

—Yo nunca te he mentido.

Jane se mordió el labio inferior y trató de recordar. Pasado un rato, dijo:

—¿Mi padre pidió que mataran a Grey? —Hugh asintió a regañadientes y Jane preguntó—: ¿Tenía razón Grey al decir que mi padre te protegía?

Él se pasó la mano por la cara.

—Antes no lo creía así. Pensaba que a Grey le tocaban esos trabajos por ser diez años mayor que yo y tener más experiencia. Ahora... creo que tal vez, de un modo inconsciente, Weyland podría haberlo hecho.

A Jane empezaron a pesarle los párpados, pero Hugh sabía que se moría de ganas de hacerle más preguntas.

—¿Y eso que ha dicho Grey sobre... tú y yo?

Después de dudar un largo rato, Hugh farfulló:

—Es cierto.

Esa respuesta pareció dolerle más que todo lo otro.

—¿Desde cuándo, Hugh?

—Desde ese verano. Igual que tú.

Jane lo miró a los ojos.

—¿Ahora ya conozco todos tus secretos?

—Sí, pequeña. Todos y cada uno de ellos. —Al ver que Jane permanecía callada, Hugh dijo—: Jane, ¿no piensas decirme qué piensas de todo esto... de mí?

Ella le respondió con una pregunta:

—¿Lo que ha pasado hoy cambiará las cosas entre nosotros?

Hugh se obligó a sacudir la cabeza.

—Entonces nada lo hará. —Se apartó de él y murmuró—: Y lo que yo piense no tiene importancia.

45

Hugh se sentó de golpe en la cama, sacudido por la peor pesadilla que había tenido en toda su vida. El punzante dolor que notaba en las costillas y en la cabeza aún no le era familiar, de modo que al despertarse se sintió un poco confundido. Al ver dónde estaba frunció el cejo y se frotó los ojos. Ya era más del mediodía. ¿Había dormido toda la noche y toda la mañana?

Temblaba y las sábanas estaban empapadas de sudor. Soñó con la prometida de Ethan muerta entre las rocas, con la cabeza rodeada por su propia sangre bajo la luz de la luna. Pero en lugar de ver esos ojos sin vida, Hugh vio a Jane, fría y muerta sin remedio. Sólo de pensarlo se volvió a estremecer...

¿Dónde diablos estaba ella?

Cuando la oyó vistiéndose en la habitación de al lado, suspiró aliviado. Se levantó por etapas, se tambaleó hasta el lavamanos, humedeció una toalla y se la pasó por el cuerpo para quitarse aquel horrible sudor frío de encima.

Oyó las ligeras pisadas de Jane en el pasillo y supo que se había ido abajo. Hugh se vistió tan rápido como le permitieron sus heridas y la siguió. Cuando entró en la cocina, encontró a Jane inmóvil y absorta mirando algo.

Lo primero que vio Hugh fue que desde el día anterior el morado se había oscurecido y alargado, y se estremeció. Luego, deslizó la vista hacia el objeto que tenía a Jane tan concentrada: el *Leabhar*.

Caminó hacia ella en silencio. Incluso después de tanto tiempo, los misterios de aquel libro seguían sorprendiéndolo. Se preguntó cuántos de sus antepasados habían tratado en vano de quemarlo o encerrarlo en un baúl en un intento desesperado por librarse de la maldición. Pero el *Leabhar* estaba atado a la familia como una enfermedad congénita.

—No puede ser el mismo —dijo Jane en voz baja—. Lo tiré al agua.

—Es el mismo.

—Alguien lo ha sacado del fondo del lago. Les pediste a los hermanos de Mòrag que lo buscaran.

—Está seco, Jane.

—Esto tiene que ser una broma. Tiene que serlo —insistió ella—. Hay más de un libro.

Hugh abrió la última página con la característica mancha de sangre.

Jane se quedó horrorizada.

—No lo entiendo.

—Por eso no me importó que lo echaras al lago. El *Leabhar* siempre consigue regresar a los MacCarrick. ¿Sigues creyendo que son sólo supersticiones?

Jane se frotó la frente.

—Yo... yo no... —Los ruidosos cascos de unos caballos acercándose por el camino la salvaron de tener que contestar.

Hugh fue hacia a la ventana y ella preguntó:

—¿Quién puede ser?

Un carruaje se detuvo frente a la entrada. Hugh vio al hombre que descendió de él y lo invadió el pánico.

—Es... Quin.

Hugh sabía que su telegrama habría llegado a casa de Weyland el día anterior por la mañana; Quin debió de ponerse en marcha en seguida, seguro que había tomado el primer tren hacia Escocia. Luego, en la estación, un carruaje para llegar hasta aquí.

Él sólo podía haber ido por dos razones. O bien a buscar a Jane, aunque Hugh aún no se lo había pedido. O a darle noticias de Ethan.

Hugh se dio la vuelta hacia Jane, pero ella ya estaba subiendo la escalera. Seguro que estaba convencida de que Hugh le había pedido a su primo que fuera a buscarla lo antes posible.

Antes de que Quin llegase a los escalones de la entrada, Hugh abrió la puerta de golpe y salió a su encuentro.

—¿A qué has venido? —exigió saber—. ¿Tienes noticias sobre Ethan?

—Acabábamos de recibir las últimas noticias de Londres cuando llegó tu telegrama —respondió Quin con expresión reservada—. No hemos podido encontrarlo. Sé que algunos testigos oyeron disparos y vieron a dos hombres llevarse el cuerpo de Ethan hacia un callejón.

—¿Para robarle o para ayudarle?

—No lo sabemos. Lo único que sabemos con certeza es que le habían disparado.

Disparado. Hugh dio un paso hacia atrás para evitar caerse. Se aferró a la idea de que Ethan seguía con vida.

—Aún puede estar vivo —prosiguió Quin—. Estamos peinando la zona, y Weyland te comunicará en seguida cualquier cosa que averigüe.

Hugh no confiaba en nadie para buscar a su hermano. Tenía que hacerlo él. Juntó las cejas.

—¿A qué has venido?

—Weyland quiere que se destruya la lista o tenerla él mismo en sus manos —respondió Quin.

—Está destruida. ¿Por qué has venido en carruaje?

—Para llevarme a Jane.

—Yo no te he pedido que lo hicieras.

—No, pero tampoco has dicho que ella fuera a quedarse contigo, sólo decías que estaba a salvo y que Grey le había contado muchas cosas. Weyland dijo que tu mensaje revelaba más de lo que allí había escrito. ¿Me he equivocado al venir a buscarla?

A pesar de que era otoño y que aún no había salido el sol, Hugh empezó a sudar y a recordar las escenas de su horrible pesadilla.

Al ver que no contestaba, Quin estalló:

—Maldita sea, hombre, decídete y hazlo rápido. Esto afecta a la vida de otras personas. Y no pienso permitir que sigas jugando con mi prima por más tiempo.

—No estoy jugando con ella —dijo Hugh serio.

—Tal vez no a propósito, pero las consecuencias son las mismas, ¡y hace años que dura! —Quin era el único varón de la generación de Jane, y para todas sus primas era como un hermano mayor. Pero en especial para Jane, pues ella era hija única. Hugh entendía perfectamente que Quin estuviera enfadado y no se ofendía por ello—. Estoy convencido de que ella es demasiado orgullosa para decirte esto, pero Jane ha estado enamorada de ti desde pequeña.

—Ya lo sé. —Aunque seguía pareciéndole increíble.

Quin no disimuló su sorpresa.

—Entonces, ¿qué pasa? ¿Es porque crees que ella se merece algo mejor? Odio ser yo quien te lo diga MacCarrick, pero sí, ella se merece algo mejor. Sé lo que eres y todo lo que has hecho. —Bajó la voz—. Y ahora que la lista está destruida, vas a volver de inmediato al trabajo. ¿La dejarías sola y te irías a matar a escondidas? ¿Qué clase de vida sería ésa para Jane?

—Ella ya sabe lo que soy. Y si fuera mi mujer, lo dejaría —rebatió Hugh como si estuviera discutiendo para lograr quedársela.

—¿Y te quedarás en casa con ella? ¿Intentarás llevar una vida normal? —le preguntó el otro lleno de sarcasmo—. ¿Cómo lograrás encajar con sus amigos y su familia si no tienes ni idea de cómo hacerlo? Dios mío, si incluso antes de convertirte en un asesino ya eras incapaz de asistir a ningún acto social.

Tenía razón. Hugh llevaba demasiados años en el campo de batalla y era imposible que se adaptara al entorno social de Jane.

—Si tú no puedes tomar una decisión —dijo Quin en voz baja y amenazante—, ¡yo la tomaré por ti!

Ese sueño, el siniestro regreso del libro, la llegada de Quin. ¿Qué más tenía que pasar para que Hugh se convenciera de que tenía que dejarla marchar...?

Al parecer, lo único que necesitaba era ver a Jane en la puerta con el equipaje preparado, el semblante estoico y la mandíbula amoratada. Maldición. Por lo visto, después de todo lo que había fundido y de haber reencontrado el libro esa mañana, ella tampoco quería quedarse allí con él.

Al verle la cara, Quin se quedó sin aliento.

—Dios mío, Jane. ¿Te encuentras bien?

Ella asintió y Quin le lanzó a Hugh una mirada asesina.

Jane estaba vestida para viajar y tenía su equipaje junto a los pies. Se iba a marchar de verdad. De inmediato.

—¿Te vas con él? —preguntó Hugh con la voz una octava más baja.

—¿Y qué otra cosa podría hacer? —Se alisó la falda—. Te agradezco que le pidieras que viniera en cuanto pasó el peligro. Muy previsor por tu parte.

—Yo no...

—Yo había pensado lo mismo —le interrumpió Quin—. Es lo mejor para ambos. Jane, si queremos tomar el tren en Perth tenemos que irnos ya. Dile adiós y ven en seguida.

Jane asintió ausente y Quin cogió el equipaje y se fue hacia el coche. Se iban. Ya.

Hugh sabía que él y Jane iban a separarse, pero había pensado que tendría tiempo para prepararse. Se dio la vuelta hacia ella y la miró.

—Yo iba a acompañarte a casa.

—¿No crees que Quin pueda mantenerme a salvo?

—Sí. Ahora sí. Pero quería dejarte instalada antes de...

—¿Antes de volver a dejarme? —Se encogió de hombros y se mantuvo inexpresiva—. Los dos sabíamos que este momento llegaría. No es necesario que lo prolonguemos más de lo necesario.

Hugh exhaló y se pasó una mano temblorosa por la cara.

—Los dos tenemos que seguir adelante con nuestras vidas —continuó Jane—. Esto es lo que querías, ¿no es así?

—Yo no quiero que te vayas todavía.

—Todavía.

—¿Y qué diablos quieres tú? —Hugh volvía a sudar, y no podía dejar de ver las imágenes de aquel horrible sueño en su mente.

Con la voz quebrada por la emoción, Jane respondió:

—De nuevo, es una elección muy sencilla. O dejamos la maldición atrás. O tú te niegas, y, después de que me vaya hoy de aquí, no querré volver a verte nunca más en toda mi vida.

Hugh no podía prometerle que ignoraría u olvidaría algo que lo había convertido en el hombre que era, y tampoco quería causarle dolor; y eso era lo que pasaría si se quedaba con él. Pero él tenía que saberlo...

—¿Estarías dispuesta a seguir conmigo? ¿Incluso después de saber todo lo que he hecho? —preguntó, y deseó que ella dijera que no. Descubrir que la única mujer que podía aceptarle era su Jane, ya sería demasiado.

—Estaría dispuesta a intentarlo —contestó ella—. Me gustaría entenderlo todo un poco mejor.

—¿Y ahora que has vuelto a ver el libro?

—Creo que eso es algo que jamás lograré entender. —Jane se estremeció—. Sí, cuando lo miro, lo temo... pero también sé que nosotros podemos ser más fuertes que todo lo que allí está escrito.

Jane estaba dispuesta, preparada para enfrentarse a cualquier infierno por él, y Hugh se sintió abrumado. ¿No debería estar él dispuesto a hacer lo mismo por ella?

—¡Jane, vamos! —gritó Quin desde el carruaje—. Tenemos que coger el tren.

Ella se dio la vuelta hacia Hugh.

—Si me voy hoy de aquí, se ha acabado. Para siempre, Hugh. Tengo que superar esto. —Su voz se convirtió en un susurro—. Si no me eliges a mí ahora, nunca lo harás. Pero lo más triste es que algún día te darás cuenta de todo lo que echaste por la borda. —Al ver que él seguía en silencio, se le llenaron los ojos de lágrimas—. Y te aseguro que entonces será demasiado tarde para recuperarlo. —Empezó a caminar hacia el carruaje y justo cuando iba a subir a él, se detuvo y regresó junto a Hugh.

Había entrado en razón, iba a quedarse con él una semana más, un *día* más.

La bofetada que le cruzó la cara lo cogió completamente desprevenido.

—Ésta por los últimos diez años de mi vida. —Le abofeteó la otra mejilla un poco más fuerte—. ¡Y ésta por los próximos!

46

—Nunca creí que diría esto —dijo su padre mirando nervioso el rostro de Jane—, pero tal vez deberías llorar.

Quin le había sugerido lo mismo repetidas veces a lo largo de su viaje de regreso a Londres, justo antes de dejarla en el despacho de su tío. Llevaba una hora en casa, lo suficiente como para que éste acabara de contarle lo que él y Hugh, y todos los demás, hacían para ganarse la vida.

—Estoy bien. —«No siento nada.» ¿Desde cuándo su voz sonaba tan débil?

Jane bebió un poco de whisky con hielo y esperó que su padre no se atreviera a decirle que era demasiado pronto para beber.

—Estoy seguro de que todo esto ha sido un gran golpe para ti.

—¿Quieres ganar una medalla por haber dicho la mayor obviedad del mundo? —Puso los ojos en blanco—. En serio, papá, ¿importaciones?

Weyland se encogió de hombros, y Jane suspiró. Por fin había sido totalmente sincero con ella, o eso esperaba Jane. Ella no había hecho lo mismo al contarle los motivos por los que Hugh la había dejado marchar.

—Quién sabe lo que Hugh piensa —les dijo tanto a su padre como a Quin—. Hizo algunos comentarios del tipo que él no era lo bastante bueno para mí...

—Jane, ya sé que dices que estás bien, pero no lo parece.

No, desde que vio que Quin había ido a buscarla estaba al borde de las lágrimas. De hecho, jamás había estado tan al límite sin llegar a llorar. Hizo las maletas sin pensar. Jane estaba convencida de que si le caía una sola lágrima no podría parar.

—Tienes razón. —Se apoyó el helado vaso en la mandíbula, pero hizo una mueca de dolor y su padre la imitó—. Me cuesta mucho digerir todo esto. Os veo a ti y a Quin e incluso a Rolley, y siento que sois unos desconocidos. —Al volver a verlos, Jane había intentado mantenerse fuerte, pero ahora lo único que conseguía era fingir indiferencia—. ¿Y Hugh? La idea que he tenido de él durante la mitad de mi vida ahora ha... cambiado.

Jane no estaba enfadada por el papel que Hugh había desempeñado en todo aquel engaño. Él tenía un trabajo que hacer, y después de hablar con su padre, Jane comprendía mejor la seriedad y la importancia de lo que Hugh hacía. Una de sus balas podía ahorrar una guerra sin sentido, pero a pesar de todo era un trabajo solitario, por el que nunca iba a recibir reconocimiento y en el que nadie iba a intentar salvarle si lo capturaban. A Hugh podía perdonarlo, al menos en ese tema. Pero ¿y a su padre?

—En lo que a ti respecta, papá, bueno, tal vez deberías haberme dado alguna pista, y no insistir tanto en que me casara con un asesino. Pero bueno, es sólo una sugerencia.

Su padre no podía ni mirarla a los ojos y Jane se dio cuenta de que, en la última hora, también había evitado mirar el retrato de su madre.

—Lamento lo que he hecho. Pero te juro que creí que Hugh cambiaría de idea y haría lo correcto. Ese hombre hace años que está enamorado de ti, y siempre ha sido honorable. Pero bueno, tú ya lo sabías, tú siempre lo habías sabido. Jane, ¿sabes lo orgulloso que me sentí de ti cuando elegiste a alguien como Hugh? Tú veías en él cosas que los otros no podían. Siempre creí que erais perfectos el uno para el otro.

«Casi llegamos a serlo.»

—¿Estás segura de que le dijiste que estabas enamorada de él? ¿Y que querías seguir casada?

Jane suspiró frustrada.

—No tienes ni la más remota idea.

Su padre levantó las manos.

—Sí, sí, de acuerdo. No volveré a preguntártelo.

—Bueno, ¿y qué propones que haga ahora? —Giró el vaso para que el lado más frío estuviera en contacto con su mejilla y añadió—. Con todo el dinero de la dote que me darás.

Su padre enarcó una ceja, pero fue lo bastante prudente como para no decir nada.

—La verdad es que no tengo ni idea de lo que hace una mujer en mi situación.

—Jane, ya sé que te prometí que intentaría ayudarte a arreglar las cosas con Frederick, pero —tiró del cuello de su camisa—, él ya no está disponible...

—¿Y cómo es eso? —preguntó Jane sin mostrar interés.

—Se ha prometido con Candace Damferre. Su marido murió sin herederos y se lo dejó todo. Bidworth está, bueno, loco de contento de que los dos vuelvan a ser libres.

¿Qué habría hecho Jane si a las pocas semanas de casarse con Freddie su único amor hubiera vuelto a quedar libre? Tal vez Hugh no le hubiera ofrecido un matrimonio lleno de amor y felicidad, pero al menos había ayudado a su padre a que ella no aceptara uno completamente sin amor.

—Me alegro por Freddie.

—¿Lo dices de verdad?

—Sí. De todos modos, yo no habría podido volver con él.

—Lo sé, pero te prometí algo que no estaba en mi mano porque estaba completamente seguro de que las cosas entre tú y Hugh saldrían bien.

Jane se encogió de hombros.

—No te sientas culpable, al menos no por eso. Tú me dijiste que podrías arreglar las cosas con Freddie —dijo Jane moviendo la mano sin pensar— si el matrimonio con Hugh no se consumaba. —Levantó la vista y frunció el cejo—. Tu cara tiene un tono escarlata muy interesante, papá. De verdad, muy interesante.

Weyland apretó los puños.

—Voy a matarlo.

—Creo que... —Jane miró a ambos lados con exagerado sigilo y añadió en voz baja— tengo que preguntarte si lo dices en serio.

Hugh se pasó toda la semana peinando todos los pueblos alrededor del lago en busca de su hermano o de noticias sobre él. Después de perseguir durante días cualquier pista, no había encontrado nada aún que le dijera si Etham estaba vivo o muerto.

Tal como le había dicho Quin, mucha gente había oído los disparos y unos vendedores habían visto a dos hombres arrastrar el cuerpo de Ethan hacia un callejón. Uno también había visto a un hombre muy delgado saltar desde un árbol. Lo único que estaba claro era que Ethan había desaparecido, y Hugh ya no tenía más pistas que seguir.

Ni tampoco sabía adónde ir ni qué hacer.

Sin Jane nada tenía sentido.

En el pasado, al menos su vida había tenido un objetivo, pero ahora tampoco se veía capaz de regresar a su oficio. Sí, todo indicaba que Hugh no podría llevar una vida normal, pero maldita fuera, había cambiado. Jane lo había cambiado, y ahora no sabía si sería capaz de volver a recuperar su existencia. Además, si era verdad eso que decían de que Weyland siempre se enteraba de todo, entonces ya sabría que había comprometido a Jane y luego la había echado de casa. Hugh temía que Weyland ya no quisiera saber nada más de él.

En su lugar, Hugh haría lo mismo.

Las cartas oficiales que Hugh mandó a Weyland recibieron respuesta en seguida, pero con frialdad.

Si antes, no tener a Jane en su vida había sido doloroso, ahora era una agonía. Hugh sabía exactamente lo que se estaba perdiendo. Peor aún, sabía el daño que le había hecho. Cuanto más pensaba en aquella mañana, más se arrepentía de haberla dejado marchar. Pero ¿qué otra alternativa tenía?

¿Adónde podía ir? Hacía más de un año que no iba a Waldegrave. Debería hacerlo y asegurarse de que su finca no necesitaba reformas, o hacerlas él mismo en caso contrario. Beinn a'Chaorainn estaba de camino hacia allí. Podría dejarle dinero a Mòrag por vigilar la finca, recoger las cosas que había dejado allí y cerrar la casa de una vez por todas.

¿Ir allí donde ya no resonaba la risa de Jane? Maldición, ¿a quién pretendía engañar? Quería ir allí y preocuparse por valor de unas ochocientas mil libras.

Las primas de Jane la estaban agobiando.

Claudia prácticamente se había mudado a vivir con ella, y Belinda y Samantha la visitaban tan a menudo como sus hijos y sus maridos les permitían. Esa misma tarde, por ejemplo, Claudia y Belinda estaban hojeando unas revistas, fumando cigarrillos franceses y saqueando el armario de Jane.

En las últimas dos semanas, Jane no había estado ni una hora a solas. Al parecer, cuando Jane regresó a casa los había dejado a todos muy preocupados con su amoratada mandíbula y su comportamiento tan inusual. Pero ahora el morado se había curado y los dolores de cabeza habían desaparecido.

A menudo se preguntaba si Hugh se había ya recuperado del todo.

Cuando pensaba en el tiempo que había vivido con él, a pesar de todo lo que había pasado entre ellos, sólo había una cosa que desearía haber hecho de otro modo. «Confía en mí y cuéntame tu secreto. No te arrepentirás», le había dicho ella. Jane se sintió culpable. Sabía que él ya se arrepentía. Le había demostrado no ser comprensiva ni respetuosa, pero es que nunca se había sentido tan furiosa, ni tan frustrada.

Ése fue el instante en que Jane se dio cuenta de que iba a perder al único hombre que había amado, y que nada de lo que pudiera hacer iba a cambiar eso. Lo iba a perder por algo que ni siquiera existía.

—Janey —dijo Claudia riñéndola—, ¿estás pensando en «Años y Lágrimas» otra vez? —Sacudió la cabeza despacio—. Ahora ya no pensamos en él, ¿te acuerdas?

Por razones obvias, Jane no les había contado a qué se dedicaba Hugh. Pero por motivos que aún desconocía, tampoco les había hablado de lo de la maldición. Ella sabía que si lo hacía, ellas sentirían pena por Hugh y tal vez no lo atacarían tanto, pero como sabía que él no querría que lo supieran, no lo hizo. Así que todas creían que la había dejado marchar por simple cabezonería o, por lo mismo que en el pasado, porque era un hombre inconstante.

Jane sí les había contado que había hecho el amor con Hugh, y todas contaron nerviosas los días que faltaban para averiguar si estaba embarazada.

Al ver que no lo estaba, Jane sintió alivio, por supuesto. Pero también una confusa punzada de...

—Jane, no sé si hoy ya te lo he recordado —dijo Claudia acariciándose la melena que le caía por encima del hombro—, pero en todo caso, voy a hacerlo de nuevo: te pasaste una década enamorada de él. —Atravesó a Jane con la mirada—. Ya no puedes recuperar esos años. Se han ido. Han desaparecido.

La primera vez que Claudia hizo ese comentario, Belinda la riñó y dijo:

—Lo que tiene que hacer Jane es pensar en el futuro, y no recrearse en el pasado.

Ahora Belinda dijo en cambio otra cosa bien distinta:

—Claudia tiene razón. Ya hace dos semanas, Jane. Como mínimo tendrías que empezar a superarlo.

Claudia suspiró frustrada.

—Dios santo, Jane, si hasta estoy creyendo que aceptarías regresar con él...

—¡No te atrevas a pensar eso! —exclamó Jane—. No soy una completa idiota. El único hombre al que he amado me ha rechazado no una, sino dos veces, y deja que te diga que eso anula cualquier posibilidad de reconciliación.

—Entonces, ¿qué te pasa?

—Todo me recuerda a él. Y cada vez que veo lo culpable que se siente mi padre me muero por dentro.

Claudia asintió con firmeza y dijo:

—De acuerdo. Creo que será más fácil que olvides a Hugh si nos vamos de viaje, tal vez a Italia, donde abundan los hombres guapos y viriles. —Jane levantó una ceja ante la sugerencia, así que Claudia continuó—. ¿No has oído ese viejo refrán que dice que el mejor modo de olvidar a un hombre es entre los brazos de un italiano?

47

—¡Courtland, por lo que decías, creía que este lugar iba a ser horrible! —exclamó Annalía Llorente MacCarrick al llegar al camino de entrada de Beinn a'Chaorainn—. Es precioso. ¡No puedo creer que éste sea mi nuevo hogar!

—¡Cariño! ¡Ve más despacio! —gruñó Court cojeando tras ella. Después de dos meses de convalecencia, Annalía se había recuperado, pero Court, ahora, siempre la estaba reclamando y persiguiéndola por todos lados. Como aún le dolía la pierna y no podía seguirla, se había convertido en un marido muy nervioso.

¿Qué pasaría si se caía y él no estaba allí para ayudarla?

Pero cuando la alcanzó y la sujetó por las caderas, Court fue incapaz de mirar más allá. «¿De quién es esa casa y qué han hecho con la mía?»

Ladrones. Seguro que unos ladrones con muy buen gusto habían ocupado su casa.

Las puertas de la entrada, que antes apenas se sujetaban por las bisagras, estaban nuevas y recién pintadas. Un brillante pomo daba la bienvenida a los visitantes, el camino de grava de la entrada estaba libre de raíces, y había flores plantadas formando complicados dibujos. El techo parecía totalmente arreglado, y a través de las inmaculadas ventanas vio que había muebles y alfombras. ¿Lo habría hecho su madre? ¿Quién si no?

Cuando de modo inconsciente apretó las caderas de Anna, ella puso las manos encima las suyas y le sonrió coqueta.

—¿Otra vez? —susurró con su acento—. Mi lujurioso escocés.

Court levantó una ceja ante su clara invitación y eso bastó para que se olvidara por completo de la casa. Su voz se volvió más sensual:

—¿No te satisfice lo bastante en el hostal ayer por la noche? ¿Ni esta mañana?

Anna se dio la vuelta entre los brazos de Court y susurró.

—Creo que nunca me saciaré de ti. —Le cogió la cara con las manos—. Courtland, ¿por qué me dijiste que tu casa era horrible cuando es preciosa? ¿Por qué dijiste que tendríamos que vivir en el hostal hasta que la hicieras como mínimo *habitable*? Recuerdo las palabras exactas que utilizaste: decrépita, destrozada, y, ¿cuál era la otra?, ah, sí, asquerosa.

—No... no estaba así cuando me fui. —Apartó la mirada de su mujer y volvió a mirar la casa. Él ya sabía que algún día iba ser hermosa, y se juró a sí mismo que lo conseguiría, pero nunca se la había imaginado así.

Y no sabía a quién tenía que darle las gracias.

—Ahora ya puedo confesarte que estaba un poco preocupada —dijo Annalía—. No sabía a qué parte de la salvaje Escocia ibas a traerme. Y con el bebé...

Court temía mucho llegar allí, y más ahora que iban a formar una familia. Aunque no hubiera sido ésa su intención. Pero aunque Annalía no hubiera estado embarazada, él lamentaba tener que llevarla a esa casa. Sin embargo, no tenía otra opción.

Para estar con ella, Court había renunciado a su vida como mercenario. Sin su trabajo apenas tenía dinero, y se había vuelto loco intentando encontrar una solución. No poder mantenerla con los lujos a los que estaba acostumbrada, era algo que le preocupaba mucho. Annalía era una rica y real, en el sentido literal de la palabra, belleza. Ella le había ofrecido su dinero, pero tras ese primer intento, vio que no tenía que volver a hacerlo.

La intención de Courtland había sido arreglar primero una habitación y luego hacer todo lo humanamente posible por mantener a su mujer encerrada allí hasta que él pudiera pagar el resto. Court sentía como si le hubieran quitado un peso de encima.

Anna se dio unos golpecitos en la barbilla y miró hacia los establos recién pintados.

—¿Courtland, ése no es el caballo que mi hermano le regaló a Hugh?

Court siguió la mirada de Anna. Sí lo era. Aleixandre Llorente le había dado ese caballo a Hugh para agradecerle que hubiera ido a Andorra y, con su «inigualable talento», los hubiera ayudado a eliminar a los Rechazados. Ni siquiera el mismo Court sabía que Hugh podía hacer saltar por los aires la cima de una montaña, y que al hacerlo mataría a treinta hombres sin parpadear.

¿*Hugh* había ido allí y había hecho todo eso por él? ¿Era allí donde había estado todo ese tiempo? Court había rastreado todo Londres en busca de él y de Ethan y les había mandado mensajes por todos los canales imaginables para contarles lo del *Leabhar* y su futuro... porque ahora sí lo tenían. Court fue a casa de Weyland para preguntar dónde estaba Hugh, pero como de costumbre, el hombre fue muy críptico.

Y resulta que Hugh estaba en el único lugar donde nunca se le habría ocurrido buscarlo.

Court sacudió la cabeza al acordarse de todo lo que le debía a su hermano. En primer lugar, Hugh había invertido el dinero de Court dándole así la oportunidad de deshacerse de su banda y de tener unos ingresos fijos. Luego, había ido a su finca y la había renovado por completo, a sabiendas de que él no podría pagarlo, al menos por un tiempo.

Dios, y eso que ya le debía algo que era imposible pagar con dinero: Hugh había salvado la vida a Annalía.

Algo llamó la atención de Court. Una mujer menuda salió de la casa corriendo, huyendo de unos gritos de hombre. Era imposible que fuera Hugh. Él no gritaba a no ser que tuviera una muy buena razón para hacerlo.

Cuando volvieron a oírse los gritos, Court se tensó de golpe. Sacó la pistola que tenía escondida en la espalda y empujó a Annalía hacia la casa, justo hacia el hueco de la escalera.

—Anna, métete ahí. ¡Ahora! Y no salgas hasta que yo regrese.

Con los ojos muy abiertos, ella entró el armario que había bajo la escalera.

Court se dio la vuelta para asegurarse.

—Cariño, esta vez lo digo en serio.

Al ver que ella asentía, Court subió la escalera en silencio, gracias a las mullidas alfombras y a que el suelo no crujía. Siguió el sonido de los insultos de su hermano, que iban acompañados del sonido de cosas rompiéndose contra el suelo. ¿Se estaba peleando con alguien?

Court levantó la pistola y con la otra mano abrió la puerta.

Nada más hacerlo se quedó atónito. No sólo le habían cambiado la casa, también habían cambiado a su hermano.

El siempre serio y calmado Hugh iba sin afeitar, estaba completamente borracho, y lo miraba con los ojos desorbitados.

Hugh señaló la puerta, y ese leve movimiento lo hizo tambalearse.

—Esa pequeña bruja se ha llevado mi maldito whisky.

—¿Quién?

—El ama de llaves.

Court aplaudió a la chica por haber tenido el valor de hacerlo y el sentido común necesario para saber que tenía que huir de allí.

—Sí, ya veo que estás perdido sin él.

—Vete al infierno —dijo Hugh, pero sonó más cansado que enfadado. Se hundió en uno de los extremos de la cama y, con los codos en las rodillas, se echó hacia adelante—. ¿Qué estás haciendo aquí?

Court miró a su hermano.

—Ésta es mi casa. O lo era. ¿Por qué la has arreglado?

—Porque Jane quiso hacerlo. Nunca pude negarle nada a mi pequeña.

—¿Estuviste aquí con ella? —Court no podía imaginarse ninguna razón por la que esa chica quisiera arreglar su casa, pero sabía que no era porque le preocupara su bienestar—. Creo que ya va siendo hora de que me cuentes lo que ha pasado —dijo Court, y luego escuchó asombrado el relato de su hermano sobre la amenaza de Davis Grey, su muerte, y el matrimonio de Hugh con Jane Weyland.

—... Y la dejé marchar, y ahora ella me odia —terminó Hugh—. Pero diablos, si tú hiciste ese sacrificio por Annalía, yo también puedo hacerlo por Jane. —Soltó un suspiro de un modo tan desolador, como Court sólo había visto antes en Ethan.

Court sabía que ése no era el mejor momento para decirle a Hugh que tan pronto como él se fue de Francia, perdió todo el sentido común y regresó a Andorra para reconquistar a su mujer, que ahora mismo estaba escondida en el armario de la escalera.

De hecho, Court llevaba semanas buscando a sus hermanos, y ahora que por fin tenía la oportunidad, no sabía cómo decirle a Hugh que Annalía estaba embarazada. Ya lo haría cuando estuviera sobrio.

—Iba hacia el norte, de camino a mi casa y, sin saber cómo, aparecí aquí —dijo Hugh antes de apartar la mirada para añadir—: La echo de menos. —Sacudió la cabeza para reñirse y continuó—. Puedes tomar posesión de tu casa ahora mismo. Ya no tiene sentido que yo siga aquí. —De repente, Hugh frunció el cejo—. Creía que te irías al este con tus hombres.

—Cambié de opinión —respondió Court sin más explicaciones.

—Al parecer, llevas la pérdida de tu mujer mucho mejor que yo. Maldita sea, Court, la última vez que te vi estabas hecho una mierda. ¿Tan rápido la has olvidado? —Se pasó las manos por el pelo que era una maraña e hizo una mueca de dolor al tocarse la herida que aún no estaba completamente curada. El movimiento debió de agotarle, porque descansó la frente entre las manos—. Dime cómo puedo hacerlo. Y sé tan engreído como puedas.

—¿Qué demonios te ha pasado en la cabeza?

—Grey me dijo un par de buenos golpes.

—Al menos ese bastardo ha muerto.

Hugh asintió sombrío.

—Court, tengo que decirte algo. Es sobre Ethan.

Court suspiró.

—¿Qué ha hecho ahora?

—Él... Ethan está...

—Courtland —dijo Annalía con suavidad desde la puerta.

Los desorbitados ojos de Hugh amenazaron con salirse del todo al ver a Annalía, pero parecían incapaces de enfocar bien. Se puso de pie de un salto y gritó:

—¿Qué demonios has hecho? —Apuntó a Courtland con un tembloroso dedo y se dirigió hacia él—. Me juraste que no regresarías a buscarla.

Con los nervios, Annalía se llevó las manos a su redonda barriga, una costumbre que había adoptado en las últimas dos semanas, y el movimiento captó la atención de Hugh. Court se dio cuenta del preciso instante en que su hermano lo entendió todo.

Hugh se tambaleó hacia adelante y se cubrió los ojos con las manos.

Luego se desplomó en el suelo.

48

Una hora más tarde, Hugh se sentó de golpe en la cama y casi volvió a desmayarse.

Court lo cogió del hombro.

—¡Bebiendo con una contusión! Tú sabes de sobra que eso no se hace. ¿Qué intentas hacer? ¿Matarte?

Con voz ronca, Hugh dijo:

—¿El bebé es tuyo?

Court apretó los dientes. Por mucho que le molestara, esperaba esa pregunta, y cuando Hugh parecía que iba a despertarse, le pidió a Annalía que se fuera abajo con el ama de llaves, que había optado por regresar.

—El bebé es mío —continuó Court—. Y sé por qué lo preguntas, sé que no te atreves a tener esperanzas. Yo le confiaría a Anna mi vida, pero para que estés tranquilo, te diré que estuve con ella durante semanas, día y noche. Nunca la perdí de vista. —Luchó por mantener a raya su tremendo mal genio—. Sólo te lo diré una vez: no vuelvas a preguntarme eso.

—Pero ella... tú no puedes. ¿Qué pasa con la condenada maldición?

—No es lo que nosotros creíamos. Las últimas líneas deben anular las otras, cancelarlas de algún modo. Todo el mundo cree que allí dice que tenemos que encontrar a la mujer adecuada.

—¿Todo el mundo? ¿Quién diablos lo sabe?

—La familia de Annalía y... Fiona.

—¿Tienes trato con nuestra madre? —Hugh lo miró durante un instante sin decir nada—. No me lo puedo creer.

—Sí, lo sé. Pero ella está muy arrepentida de lo que hizo y quiere hablar contigo. Ahora que estoy casado, puedo... puedo entender que te vuelves loco al perder a alguien a quien amas.

Y Fiona y Leith estaban muy enamorados.

—¿Cuándo averiguaste todo esto? —preguntó Hugh.

—Después de que te fueras no podía parar de repetir las palabras del libro en mi mente —explicó Court—. *No sabrán lo que es amar*. Pero yo lo sabía. Estaba loco por Annalía.

—Yo creía que eso significaba que no sabríamos lo que era que alguien nos amara.

Court lo miró como sintiéndose culpable.

—Ya, pero en esa época no pensaba con demasiada claridad. Estaba desesperado, y dispuesto a creer cualquier cosa. Luego, cuando llegué allí, ella me dijo que me también me amaba. Y que iba a tener a mi bebé. La maldición se equivoca, Hugh.

Court supo el momento exacto en que Hugh sintió una pizca de esperanza, porque al hacerlo soltó unas palabras muy mal sonantes.

—Ah, que Dios me ayude. Tal vez haya dejado embarazada a Jane.

—Reza para que no sea así —farfulló Court entre dientes.

—¿Qué? ¿Por qué lo dices?

—Imagínate a tu mujer dando a luz al bebé de un escocés de dos metros y luego dime si eso no basta para quitarte el sueño durante los nueve meses. Si hubiera sabido que podía dejar a Anna embarazada, jamás lo hubiera hecho. Jamás.

Ante la advertencia, Hugh frunció el cejo.

—Voy a ir a buscarla —resolvió Hugh, y esta vez se levantó más despacio—. A no ser que ya sea demasiado tarde.

Court le dio un empujón para que volviera a sentarse.

—Tienes tiempo de sobra. —Ahora que Court sabía lo que era ser amado por una buena mujer, quería que sus hermanos tuvieran lo mismo. Y seguro que por ahí había mujeres mucho mejores para Hugh que Jane Weyland—. Hugh, ¿cómo puedes estar seguro de que es *ella*?

Su hermano le agarró la muñeca con una fuerza sorprendente.

—¿Estás... estás de broma? —Hugh le miró incrédulo—. La he deseado durante un tercio de mi vida, a día de hoy estoy casado con ella, y estoy tan enamorado que incluso me duele.

¡Esa mujer lo había conquistado! Court supo que no había nada que hacer.

—En este estado ni siquiera lograrías salir de la finca —dijo Court—. Tienes que dormir la mona y te irás cuando yo crea que puedes montar a caballo.

Hugh sacudió tozudo la cabeza y volvió a levantarse.

—¿De verdad quieres ir a ver a Jane recién salido de una borrachera? Y no me gusta ser yo quien te lo diga, pero ¿estás seguro de que querrá seguir casada contigo solo porque os habéis acostado? Tú mismo me dijiste que la dejaste marchar y que ahora ella te odia.

—Sí, y sé que le hecho daño. Pero me dijo que me amaba. En serio. Me dijo que me amaba desde pequeña. —Hugh lo miró furioso—. No me mires así. Ya sé que parece increíble. —Caminó inseguro—. Ella estaba convencida de que nos casaríamos, y luego creyó que la había abandonado.

Court silbó entre dientes. Eso sí que no se lo habría imaginado jamás.

—¿Por eso te atormentaba tanto? Hermano, me temo que te espera una ardua batalla.

—Dime algo que no sepa —murmuró el otro a la vez que empezaba a registrar la habitación en busca de ropa.

Todo el clan pensaba que Court era el de carácter más inestable. A Ethan lo consideraban frío como un témpano de hielo. Y se suponía que, de los tres Hugh era el calmado, el responsable y el ordenado. Si pudieran verle ahora, refunfuñando sobre sus heridas, quejándose sin parar y buscando ropa limpia de entre los montones que tenía en el suelo, no lo reconocerían.

—Aún no estás listo para irte —insistió Court—. Hazme un pequeño favor. Quédate hasta que amanezca.

—Ni lo sueñes.

—¿Y qué me dices de una cena y un café? Tienes que estar sobrio. —Court miró a Hugh preocupado—. Y, hermano, un baño no te haría daño. ¿Sabes que hay aguas termales en la parte de atrás?

Hugh tropezó con una bota y luego carraspeó.

—¿En serio? —dijo, y por algún extraño motivo se sonrojó.

49

A medida que Hugh se acercaba a Londres, y tras haberse pasado el día entero cabalgando como un loco, tenía que hacer esfuerzos por controlar unas ansias tan fuertes que le revolvían el estómago. Después de luchar durante tanto tiempo contra sus propios sentimientos, darles ahora rienda suelta era abrumador.

Y la opresora presencia de la maldición había... desaparecido. Por fin Hugh se atrevía a creer que tenía un futuro con Jane. Había visto a Annalía, y confiaba en el juicio de su hermano. En lo que se refería al *Leabhar*, Hugh también confiaba en su madre, y Court le había dicho que Fiona creía lo mismo que él. Hugh podía entender ahora por qué se había sentido tan bien al estar con Jane, por qué había tenido la sensación de que todo aquello era inevitable y que ellos dos tenían que estar juntos.

Una tormenta sacudía el cielo, a tono con su turbulento estado de ánimo, pero a Hugh no le importaba; iría a buscar a Jane esa misma noche. Lo único que tenía que hacer era estar con ella y reconquistarla.

Un kilómetro más, ya estaba un kilómetro más cerca. Hugh se movió con el viento y frunció el cejo al darse cuenta de que lo único que se interponía entre él y Jane era que él lograra persuadirla.

Nunca en toda su vida, Hugh había necesitado esa habilidad. Él solía conseguir lo que quería utilizando la intimidación o la fuerza bruta.

Ahora tenía que convencerla de que haría un esfuerzo por llevarse bien con su familia, y que lograría encajar en su vida. Si iban despacio, a diferencia de la inmersión total a la que lo habían sometido en Vineland, Hugh estaba seguro que lograría acostumbrarse a ello.

Encontraría el modo de hacerlo. Maldita fuera.

A pesar de que Jane le había prometido que nunca volvería a estar con él, en ese instante, Hugh se sentía capaz de todo. De hecho, no le había dicho a Court lo de Ethan porque estaba convencido de que su hermano mayor aún vivía. Hugh seguiría buscándolo, contrataría a detectives para que investigaran, y luego decidiría si se lo contaba o no a Court, según el estado de ánimo de éste.

A esas alturas, Court ya estaba muerto de miedo por el futuro nacimiento. Hugh había visto con sus propios ojos lo culpable que se sentía cada vez que miraba el redondo vientre de Annalía. A pesar de que era innegable que ella estaba encantada.

Hugh nunca antes se había preocupado por lo que pudiese pasarle a su mujer en el parto. Él siempre había estado convencido que no tendría ni mujer ni hijos, pero ahora, sólo de pensar en Jane dando a luz, lo recorría un escalofrío.

Aunque él mismo había consolado a Court diciéndole que las mujeres tenían niños a diario, se prometió a sí mismo que hablaría con Robert «el chistoso» para preguntarle cuál era el mejor modo de «esperar» para tener hijos, si es que Jane no estaba ya embarazada.

Cuando Hugh llegó a Londres, la lluvia había perdido fuerza, pero él no. Los cascos de su caballo hacían un ruido estrepitoso a medida que atravesaban las calles de la ciudad. Una vida entera con Jane, libre de aquella constante amenaza, dependía únicamente de su capacidad de persuasión.

A Hugh se le hizo un nudo en la garganta.

Maldición, tal vez Weyland no le dejara ni siquiera entrar en su casa.

Hugh le debía a ese hombre mucho más de lo que jamás podría pagarle. Weyland había sido el único que se había dado cuenta de que Hugh y Jane tenían que estar juntos, y había dado los pasos necesarios para conseguirlo. Había obligado a Hugh a reconocer sus sentimientos y, Dios, había evitado que Jane se comprometiera con otro hombre.

Él le había devuelto el favor mandando a su hija de vuelta a casa.

Cuando empezaron a llegar los invitados, Jane se alisó la seda de su nuevo vestido verde esmeralda y se obligó a sonreír. Estaba preocupada, inquieta, y aburrida. Su padre la había obligado a organizar esa fiesta de despedida para celebrar que ella y Claudia se iban de viaje.

A pesar de que hacía semanas que ella y su prima habían decidido ir a Italia, su padre les había puesto trabas siempre que había tenido oportunidad. Pero al día siguiente por fin partirían en el barco de vapor que salía del puerto a primera hora.

Cuando Freddie y Candace llegaron, Jane sonrió sincera. No sólo porque estuviera contenta por esa feliz y enamorada pareja, sino también porque volvió a alegrarse de no haberse casado con él. Los saludó y luego ellos fueron a hablar con más gente. Jane suspiró.

—¿Por qué estás tan seria, Janey? —preguntó Claudia ofreciéndole una copa de champán—. A ti siempre te han gustado estas fiestas tan elegantes.

—Ya lo sé. —A Jane le encantaba cómo olían los arreglos florales que había por toda la casa, el brillo de los candelabros completamente iluminados, y el repicar de las copas de cristal y las botellas de champán.

—¿Te ha preguntado alguien por tu matrimonio?

Jane sacudió la cabeza y dio un sorbo.

—No. Todo el mundo evita el tema. —Casi todos los invitados, que en su mayoría eran familiares y amigos, habían oído rumores sobre el repentino matrimonio de Jane, y de la igualmente repentina separación, pero nadie, excepto sus primas de Londres se atrevían a preguntarle.

—Bueno, pues entonces, ¡anímate! Mañana comienza nuestra aventura. Nos vamos de esta vulgar y pequeña isla.

—Claudie, ¿no te da pena dejar a tu prometido durante tantos meses?

—Hoy se le han llenado los ojos de lágrimas —reconoció ella, y apartó la mirada—. Y por un instante he pensado en echarme atrás. Pero nunca más volveremos a ser jóvenes, Jane.

Ella suspiró.

—Eso es cierto.

Cuando Belinda y Sam se reunieron con ellas, Claudia volvió a tomarles el pelo.

—Reconocedlo, abuelitas, estáis celosas de nuestro viaje. Nos vamos mañana; partimos en busca del sol, la buena comida, la virilidad...

Jane sintió que su padre la miraba preocupado desde el otro extremo de la sala. Ella le sonrió para tranquilizarlo, últimamente se esforzaba por estar más animada y seguir adelante con su vida, pero él seguía vigilándola de cerca. Siempre había estado preocupado por ella, pero desde que había regresado de su aventura era mucho más evidente. Incluso había estado a punto de no permitirle viajar a Italia, hasta que ella le recordó que no necesitaba su consentimiento.

De repente, la cara de su padre se transformó en una mueca de felicidad que disimuló al instante, pues en seguida volvió a ponerse serio.

Jane oyó un pequeño alboroto en la entrada, un golpe seguido de una discusión y después estalló la bomba:

—He venido a buscar a mi mujer.

Unos fuertes y estridentes pasos resonaron en el salón, detrás de ella. No. No era posible.

—Dios mío —murmuró Belinda—. Janey, ¿qué le hiciste a tu escocés?

Jane se dio la vuelta despacio y vio a Hugh en la entrada, ocupándola entera. Al ver el aspecto que tenía abrió los ojos de golpe. Estaba completamente empapado, tenía las botas cubiertas de barro, y el cuello le sangraba por culpa de los múltiples cortes que le habían hecho las ramas al cabalgar. Había perdido peso y el pelo mojado se le pegaba a la cara... que llevaba sin afeitar.

Pero lo que atrapó la atención de Jane fueron sus ojos. Se le veían negros como la noche y ardían con decisión. Hugh la vio y todo su cuerpo se tensó, como si fuera a echarse encima de ella.

Todo el mundo se había quedado callado o boquiabierto. Hugh siguió mirándola como si no pudiera hacer otra cosa y frunció el cejo.

Por fin, apartó la mirada y se dio cuenta de la concurrida fiesta que allí se estaba celebrando. Tragó saliva al ver que todo el mundo llevaba sus mejores galas.

Excepto él.

Adoptó su expresión más impenetrable y echó los hombros hacia atrás.

Acababa de entrar en un lugar lleno de gente, y eso normalmente ya lo superaba. Pero ¿hacerlo con aquel aspecto, como si acabara de salir del infierno, y hacer quedar a Jane en ridículo de ese modo? Hugh volvió a tragar saliva y se secó la lluvia de la cara con la manga de la camisa.

Una mujer mayor dijo:

—¿Ése es el nuevo marido de Jane?

Jane miró a la mujer y sin contemplaciones dijo:

—Oh, cállese.

¿Así que iba a tener que hacerlo allí, delante de todos?

No le importaba. Hugh había ido dispuesto a hacer cualquier cosa. Caminó hacia Jane esquivando a los invitados, que seguían sin hablar, pero que no dejaban de mirarle.

Le ofreció una mano a Jane.

—Ven, Sìne. Necesito hablar contigo.

Sus primas lo miraron con descaro mientras le decían a Jane que lo obligara a marcharse y que no se fuera con él. Ella no parecía dispuesta a hacer lo segundo.

—Estoy segura de que esto puede esperar —respondió ella. ¿Había sonado su acento alguna vez tan antipático?—. Vuelve mañana. Por la tarde.

Cuando un grupo de gente se rió nerviosa al oír esa respuesta, Hugh se dio la vuelta con el cejo fruncido.

Buscó a Weyland con la mirada e intentó saber lo que pensaba; el anciano hacía lo mismo con Hugh.

—Sólo quiero hablar con ella, Weyland. —El acento de Hugh nunca había sonado tan marcado como en ese momento.

Pero en ese instante vio a Bidworth entrar en la sala. A Hugh le rechinaron los dientes, pues jamás se le había ocurrido que Jane pudiera regresar con su antiguo pretendiente. Como tampoco se había imaginado que Bidworth pasara por alto su advertencia de mantenerse alejado de Jane. Cuando Freddie vio a Hugh, palideció, y de sus labios escapó un estrangulado sonido.

Si Bidworth se había atrevido a tocar a la esposa de Hugh... Éste se acercó a él con los puños apretados.

Bidworth se pegó a la pared.

—Maldita sea. Va a volver a pegarme, ¿a que sí?

50

—Esto no me está pasando —murmuró Jane.

—¿De verdad pegará a Bidworth? —preguntó Belinda al ver cómo Hugh caminaba hacia el pobre Freddie.

—Sí —susurró Jane desesperada mientras amenazaba a su padre con la mirada. ¡Él no iba a hacer nada! Se limitaba a observar a Hugh y luego a ella, una y otra vez, estudiándolos—. Está bien. —Jane miró a su padre de nuevo y corrió hacia Hugh—. Yo me ocuparé de esto. —Cuando alcanzó a Hugh, él la cogió por el codo como si temiera que ella fuera a desvanecerse en cualquier momento—. ¿Quieres seguirme al despacho de mi padre? —Él dudó un instante, era obvio que quería golpear a Freddie—. Hugh, si quieres hablar conmigo, yo no tengo intención de hacerlo aquí en medio. —Por fin, permitió que lo alejara del salón.

En el vestíbulo, Hugh aminoró el paso y preguntó:

—¿Por qué demonios está Bidworth aquí? —Jane vio que él miraba su dedo desnudo y bajó la voz—. ¿Has... has vuelto con él?

—No es que sea asunto tuyo, pero él está aquí con su prometida —le contestó calmada, y dejó que se relajara durante unos segundos antes de añadir—... y han venido para desearme suerte en mis viajes.

—*¿Viajes?*

—Sí, acabas de arruinar la fiesta que mi familia nos había organizado, a Claudia y a mí, como despedida. Nos vamos a Italia a pasar allí el invierno.

—¿Cuándo se supone que zarpa el barco?

—Con la marea de la mañana.

—No.

Jane se masajeó las sienes.

—Creo que no te he oído bien. Por un instante, me ha parecido que te atrevías a volver a meterte en mi vida. Renunciaste a ese derecho hace mucho tiempo.

—No, no lo hice. Sigo siendo tu marido. Estamos casados, y vamos a seguir estándolo.

Jane parpadeó.

—Ya me has oído, pequeña.

«Perfecto —pensó Jane tras un suspiro—. Si quiero que este hombre siga casado conmigo, primero tengo que agotarle durante semanas, luego tengo que apuntarle con una arma, darle una paliza, y dejarlo inconsciente. Es la fórmula.»

—¿Y a qué se debe este cambio de opinión? —preguntó ella.

—No he cambiado de opinión.

Jane vio que, detrás de Hugh, su padre les estaba impidiendo el paso a sus primas, que intentaban rescatarla. Seguro que creía que así le daba más tiempo a Hugh para disculparse. Pero a él eso ni se le había ni pasado por la cabeza.

No se había disculpado, no le había traído flores, ni siquiera le había dado ninguna explicación. De hecho, ni siquiera se había molestado en afeitarse antes de invadir la fiesta y amenazar a los sirvientes y asustar a los invitados. ¡Ella había pasado semanas enteras echándose a sus brazos!

—¡Cómo te atreves a aparecer así!

Jane no podía entenderle. Algo había cambiado en él, sí, Hugh no era precisamente famoso por asaltar fiestas elegantes como un enloquecido highlander, pero el cambio era mucho más profundo que eso. Debajo de la superficie, en el centro de su personalidad. Jane podía sentirlo. Y... temerlo. Tal vez aquella herida en la cabeza era mucho peor de lo que él había creido. Tal vez le había afectado.

—No tenía intención de avergonzarte de este modo. Dios sabe que no, pero lo que tengo que decirte no puede esperar.

—¿Y no pudiste decírmelo durante todo el tiempo que estuvimos juntos?

Aparecieron más invitados y Hugh los miró por encima del hombro.

Jane les sonrió apenada y dijo con convicción:

—Ya se iba.

—Ni lo sueñes —la interrumpió Hugh, y añadió en voz baja—. No sin ti.

Jane soltó el aliento.

—¿Y qué es lo que tienes que decirme precisamente ahora?

Hugh abrió la boca para hablar, pero vio que ella volvía a mirar a la gente que se amontonaba a su alrededor.

—Esto no funcionará. —Frunció el cejo.

Jane volvió a mirarlo de golpe.

—Eso es precisamente lo que te estoy diciendo.

—Te vienes conmigo.

—Cuando el infierno se con... ¡oh!

Antes de que Jane pudiera sospechar lo que pretendía, Hugh la levantó y se la colocó encima del hombro. Sus primas se quedaron boquiabiertas.

—¡Hugh! —Le dio unas patadas inútiles—. ¿En qué diablos estás pensando? —Jane sintió cómo se sonrojaba, tanto de vergüenza como por ir cabeza abajo. Ella no se merecía que la tratara así, y no tenía por qué tolerarlo. ¡Era una mujer que tenía listo el equipaje para irse de viaje un montón de meses!

Su padre se acercó a ellos y Jane le dijo:

—¿Cuántas veces más le vas a permitir a Hugh que me trate de este modo?

—Te juro que ésta será la última —dijo él cortante—. ¿Tengo razón, MacCarrick?

—Sí.

—Me alegra oír eso, hijo. Mi carruaje está fuera, puedes cogerlo para llevarte a Jane a Grosvenor Square.

Hugh asintió y se dirigió hacia la puerta principal sin detenerse. Cuando bajó la escalera seguían llegando invitados. Jane cerró los ojos, muerta de vergüenza.

Cuando Hugh la sentó en el carruaje, había perdido el aliento, estaba sin habla y un poco mareada. Tan pronto como se pusieron en marcha, la atrajo hacia él y la sentó en su regazo. Le cogió la cabeza con las manos, y le acarició las mejillas a la vez que con sus labios buscaba los de ella.

Jane se quedó petrificada, aturdida.

—Sìne —suplicó Hugh con voz ronca—. Por Dios, pequeña, bésame. —Volvió a acercar su boca a la de ella, y la besó de aquel modo desesperado, como si fuera el último beso que fuera a darle jamás. Y como una tonta, Jane respondió a su súplica, a la urgencia que sintió. Hugh gimió y profundizó el beso rodeándola con los brazos.

Jane estaba a punto de sucumbir, lo había echado tanto de menos que casi se había olvidado del daño que le había hecho. «¡No, no, no!» Se obligó a apartarse y lo empujó.

—Dijiste que querías hablar conmigo. Y ni siquiera he accedido a eso. No me has dado ninguna explicación.

Tras unos instantes, Hugh la soltó y, en ese preciso instante, el carruaje se detuvo. Cuando el lacayo le abrió la puerta, Jane bajó en seguida, pero al ver la magnífica fachada de la mansión MacCarrick se detuvo.

La rabia y el dolor que había sentido reaparecieron por duplicado. Empezaba a haber un poco de niebla y tuvo que parpadear para enfocar la vista de nuevo.

Todas esas veces que Jane había cabalgado cerca de allí con la esperanza de poder verlo, él la había estado evitando. ¿La había visto desde la ventana y había corrido las cortinas? Al recordar lo mal que lo había pasado y lo mucho que le había necesitado, sintió cómo empezaba a temblarle el labio inferior.

Y ésa sólo había sido la primera vez que lo había perdido.

51

—¿Jane? —dijo Hugh preocupado al ver cómo se le llenaban los ojos de lágrimas. Sólo tenía una oportunidad para reconquistarla... «Y lo único que he logrado es hacerla llorar.» De todas las reacciones que se había imaginado, que Jane llorara no era una de ellas. Le cogió la mano y la llevó dentro para protegerla del frío de la noche. Hugh sabía que ella quería resistirse, pero no parecía tener suficiente energía.

La condujo directamente a su habitación y la sentó en su cama. Le levantó la barbilla con los dedos. Jane cerró los ojos, pero las lágrimas seguían cayendo. A cada lágrima, Hugh sentía como si un puñal se clavara en su pecho una y otra vez.

—Dios mío, pequeña, ¿te he hecho daño? ¿He sido demasiado bruto en el carruaje? —Se quedó sin aliento de golpe—. Dios, lo he sido. —Recordaba muy poco de ese beso que le había fundido el cerebro, pero seguro que la había abrazado demasiado fuerte—. He esperado tanto para esto, y estar tan cerca de ti... No he podido controlarme.

Jane no dijo nada y siguió llorando.

—Esto ha salido muy mal —murmuró Hugh—. Lo sé y lo siento. Jane, esto me está matando.

—Entonces, llévame de regreso —dijo ella, marcando cada palabra.

—No querrás regresar con toda esa gente allí,

—¡Pues llévame a casa de Claudia! —Jane le golpeó el pecho.

—Eso tampoco puedo hacerlo, pequeña.

¿Cómo podía haber salido todo tan mal? Con todo lo que había pasado y tras el desquiciado viaje a Londres, Hugh no pensaba con claridad. Y cuando la vio a la luz de los candelabros, la conciencia de que aquella maravillosa y valiente mujer era su esposa, lo sacudió como si hubiera recibido un puñetazo. Él era el afortunado bastardo que podía cenar con ella cada noche y despertarse a su lado cada mañana. Lo único que tenía que hacer era reconquistarla.

Pero en ese momento vio a Bidworth y se temió lo peor.

—Tengo muchas cosas que contarte y ya no podía esperar más. Yo quería seguir casado contigo. Pero tú ya sabes por qué creía no poder hacerlo.

—Por la *maldición*. —Le brillaban los ojos y su tono de voz era distante—. Yo iría con mucho cuidado al sacar ese tema delante de mí.

—Sí, pero ahora he descubierto que mi hermano va a ser padre. —Qué raro era decir eso, pero Hugh se dio cuenta de que le encantaba cómo sonaba—. Está casado y es muy feliz...

—¿Estás diciendo que la maldición ha sido anulada? —Jane levantó la barbilla—. ¿Tal vez la han derrotado con un amuleto mágico? ¿Tendré que llevar el talismán MacCarrick alrededor del cuello?

—Lo que estoy diciendo es que malinterpretamos las palabras. Lo supe cuando vi a Annalía embarazada...

—¿Te has vuelto loco? Primero no querías seguir casado conmigo por culpa de una maldición, y ahora que una mujer a la que no conozco, llamada Annalía, va a tener un hijo, sí crees que podemos estar juntos. ¿Lo he entendido bien?

—Ya sé que parece una locura. Pero hoy por primera vez me he dado cuenta de que puedo tener un futuro contigo, uno en el que no tenga que sufrir por tu bienestar.

—No es suficiente, Hugh. ¿Y si pasa algo que te hace volver a creer que tal vez puedas hacerme daño? Antes no confiaste en nosotros, ¿por qué ibas a hacerlo ahora? ¿Y si descubres lo que hay oculto debajo de la sangre en el libro y es aún más devastador que lo anterior?

—Court y Annalía creen que esas dos líneas anulan las anteriores, y que dicen que todo eso no pasará si cada uno de nosotros encuentra a la mujer destinada a estar con él. Yo también lo creo.

—¿Y yo soy esa mujer? —Las lágrimas empezaban a ir a menos.

—Yo nunca lo he dudado. —Hugh echó la cabeza hacia atrás.

—¿Así que crees que ahora puedes dejarme embarazada?

—Sí. —Con voz temblorosa, le preguntó—: No lo he hecho, ¿no?

—No, no lo has hecho. —Al ver la cara de alivio de Hugh, Jane dijo—. ¿Tanto te asusta la idea de tener hijos conmigo?

—No, pero imaginarte a ti dando a luz, sufriendo, en peligro... —Hugh tuvo un escalofrío—. Eso sí que me da miedo. Y pequeña, creo que no se me dará nada bien compartirte con los demás, ni siquiera con mis propios hijos.

Ante esa confesión, Jane ladeó la cabeza y su mirada parecía ahora mucho más tierna.

—Pero no me has dejado embarazada, ¿va a hacer eso que cambies de opinión?

—No, nada me hará cambiar de opinión.

—Dijiste una y otra vez que no era sólo por la maldición. Me diste un montón de razones por las que creías que no íbamos a congeniar.

—No, eran sólo excusas...

—¿Me mentiste?

—Nunca te he mentido. Esas excusas me las decía a mí tanto como a ti. —Al ver que Jane levantaba las cejas, añadió—: Todas esas razones eran ciertas, pero ahora ya no tienen importancia, porque estoy dispuesto a ser todo aquello que tú quieras que sea. —Hugh le secó las últimas lágrimas con el pulgar, y aunque Jane seguía sollozando, se lo permitió.

—Hugh, tú no puedes evitar ser un solitario. Yo no lo soy, y no quiero llevar una vida de ermitaña. ¿Me mantendrías alejada de mi familia?

—No, nunca. Si eso es lo único que se interpone entre nosotros, si hace falta me mudaré a vivir con ellos.

Jane abrió un poco más los ojos.

—¿De verdad? —dijo despacio, de ese modo que a él le gustaba tanto—. ¿Harías eso por mí?

—Pequeña, nada de lo que he descubierto importa si no puedo estar contigo. Si no tengo un futuro contigo, es como si no tuviera ninguno.

—Pero yo... tengo miedo, Hugh. Algo podría hacerte cambiar de opinión y entonces te perdería por tercera vez. —Apartó la mirada un instante y confesó—. No podría soportarlo una tercera vez.

—¿Sabes cuántas ganas tenía de rebatir todos tus argumentos en Beinn a'Chaorainn y decirte que sí podíamos estar juntos? Pero no podía hacerlo. E incluso entonces no quería dejarte marchar. Fue muy egoísta por mi parte, pero yo nunca le pedí a Quin que viniera a buscarte.

—¿No lo hiciste?

Hugh sacudió la cabeza y, despacio, descansó las manos en los hombros de Jane para masajearle la nuca y la espalda.

—Yo siempre intenté encontrar el modo de poder quedarme contigo, y ahora lo he encontrado. Si me aceptas, nunca jamás podrás librarte de mí.

—¿Así que esta noche has venido a buscarme porque quieres que estemos completamente casados? —preguntó Jane mordiéndose el labio—. ¿Quieres que vivamos juntos?

—Sí, Sìne, si me perdonas. —A Hugh se le hizo un nudo en la garganta y la rodeó con los brazos, pero ella estaba tensa, callada. Pasó el rato...

Cuando por fin Jane también lo rodeó con los brazos, Hugh volvió a respirar, y se dio cuenta de que había estado conteniendo el aliento.

Hugh se apartó un poco, le cogió la cara con las manos y la miró a los ojos.

—Jane, ya te he dicho antes de ahora que no soy un buen hombre...

—Pero ¿serás bueno conmigo?

—Oh, Dios, sí. Siempre.

—¿Me amarás?

Hugh juntó las cejas y, con voz ronca, respondió:

—Hasta el día en que me muera. —Y esas palabras sonaron como un juramento—. ¿Y tú? ¿Puedes amarme sabiendo todo lo que he hecho?

—Hugh, ahora entiendo mejor tu profesión. Sé que salvaste la vida a miles de soldados y que nunca nadie te lo ha reconocido. Tal vez no obtengas medallas por haberlo hecho, pero yo, me siento muy orgullosa de ti.

—¿Orgullosa? —Hugh se atragantó al decir la palabra—. ¿Sabes cuánto me aterrorizaba tener que contarte esto?

—Yo siempre me he sentido orgullosa de ti, y eso no ha cambiado. —Entonces lo miró a los ojos—. Y quiero que sepas que si yo hubiera sido un chico, habría tenido tu trabajo.

—No tengo ninguna duda —dijo él, y sus labios esbozaron una sonrisa antes de recuperar la seriedad—. ¿Sabes lo que significa esto? Piénsalo bien porque te juro, pequeña, que nunca más voy a dejar que te vayas.

Mirándolo a los ojos, Jane dijo:

—¿Nunca vas a dejar que me vaya? Me gusta cómo suena.

Hugh parpadeó como si no pudiera entender lo que estaba pasando. Jane sabía perfectamente lo que era ese sentimiento. Pero ella notaba que por fin habían cruzado la línea.

Aquella horrible sensación de angustia había... desaparecido. Por fin Jane estaba donde se suponía que tenía que estar.

—Tengo dinero, ¿sabes? —dijo él como si tuviera que convencerla de que se quedara con él—. Puedo mimarte. Y tenemos una casa en Escocia, a orillas del mar.

—¿Voy a vivir en tu casa del mar?

—En nuestra casa. Y sí, dado que la compré pensando en ti...

—¿Eso hiciste? —preguntó ella sorprendida y encantada al mismo tiempo. Semanas atrás, cuando él le contó lo de esa casa, Jane soñó con estar allí con él y nunca se imaginó que él había hecho lo mismo con ella.

—Sí, y creo que te sentirás orgullosa de decir que es tu hogar. Si quieres, podemos partir hacia allí ahora mismo. Podemos irnos esta misma noche.

Jane se mordió el labio y susurró:

—O podríamos quedarnos aquí... y acabar lo que empezamos en el carruaje.

—Voto por eso —dijo Hugh al instante, y eso la hizo reír. Pero cuando él le besó el cuello, la risa se convirtió en un dulce gemido de placer. Con la lengua, le fue dando deliciosos besos hasta que Jane empezó a temblar y a agarrarse con fuerza a sus hombros. Contra su húmedo cuello, Hugh susurró—: Necesito tanto volver a estar contigo... he soñado tanto con ello...

—Yo también. —Jane gimió mientras Hugh la tumbaba con delicadeza en la cama y le subía la falda hasta la cintura.

—Después de tanto tiempo —dijo con voz entrecortada—, por fin puedo decir que eres mía. —Deshizo los lazos de su ropa interior y la desnudó para deleite de sus ojos. Tras la primera caricia de Hugh, Jane separó las rodillas y miró fascinada cómo él cerraba los ojos de placer—. Te lo advierto —añadió él, remarcando cada palabra—. Nunca me saciaré de ti, pequeña.

Jane abrió los brazos y se acurrucó entre ellos.

—Soy toda tuya.

Al escuchar esa frase, Hugh se emocionó y la miró con los ojos llenos de sentimiento.

—Después de esta noche, amor, nunca más volverás a dudarlo.

52

—¿Estás preparada para ver nuestro hogar, Sìne? —preguntó Hugh cuando llegaron al camino de setos que marcaba la entrada de Waldegrave.

Jane asintió entusiasmada.

—Estoy más que lista. —Acababan de llegar y faltaban pocos minutos para que anocheciera—. ¡Hace una semana que me muero de ganas de verla! —Tuvieron que quedarse una semana en Londres para solucionar ciertos temas. Si Jane no hubiera estado ya completamente enamorada de Hugh, cuando él le pidió que le ayudara a comprar los juguetes que le habían pedido sus sobrinos, habría sucumbido del todo.

Hugh respondió incómodo:

—Es sólo una estrategia para caerle bien a tu familia. Sobornaré a las generaciones más jóvenes antes de las vacaciones y así me aseguraré de que están de mi lado.

Jane se mordió el labio para no sonreír y respondió:

—Juguetes: eres muy maquiavélico.

Jane aprovechó para pedirle perdón a Claudia por haber cancelado su viaje, y para darle las gracias a su padre, repetidas veces, por lo que él llamaba «su magnífica campaña matrimonial». Hugh habló con el doctor Robert, y regresó a casa completamente sonrojado y con una caja llena de... provisiones. Ella y Hugh habían decidido que esperarían un año antes de plantearse tener hijos. Al fin y al cabo, Jane también quería tener a Hugh para ella sola durante un tiempo.

Él le cogió la barbilla con los dedos y le acarició el labio inferior.

—Si no te gusta estar aquí, sólo tienes que decírmelo.

—Estoy segura de que me encantará —le aseguró ella. Pero entonces entrecerró los ojos y vio que Hugh no estaba en absoluto preocupado. Jane se dio cuenta de que él sabía que iba a gustarle, y que eso lo había dicho sólo para crear suspense. Le dio un golpecito cariñoso en el pecho—. Si es que llego a verla algún día. Te prometo que me gustará, incluso si se parece a Ros Creag.

—Es un poquito más adusta. Pero sé que eso te encanta. —Hugh sonrió y Jane recordó lo extremadamente atractivo que estaba al hacerlo. Jane había convertido en su misión personal lograr que sonriera más a menudo.

A pesar que Hugh se había ofrecido a llevarla de luna de miel a cualquier lugar del mundo, ella sólo había querido ir allí. En el futuro ya viajarían, pero ahora tenían que estar como mucho a un día de viaje de Inglaterra, pues Hugh estaba seguro de que los detectives que había contratado encontrarían pronto alguna pista sobre Ethan. Y Jane, quería estar cerca de Beinn a'Chaorainn para asistir al nacimiento del futuro sobrino, o sobrina, de Hugh, incluso a pesar de que Courtland también estuviera allí. Si Hugh hacía un esfuerzo con su familia, ella tenía que hacer lo mismo por él...

—Y si quieres, aquí también puedes hacer cambios —dijo Hugh con deliberada lentitud—. El color de...

—¡Por favor, Hugh, ya no puedo soportarlo más! —lo cortó Jane entre risas—. Quiero ver nuestra casa junto al mar.

—Ya sabes que no puedo negarte nada. —La cogió de la mano y la guió hacia la entrada.

Al ver las vistas, Jane se quedó boquiabierta y sobrecogida. Cuando se le humedecieron los ojos, Hugh le apretó la mano.

—Di algo, pequeña.

—Es como... un sueño. —La mansión era impresionante, tanto por su belleza como por su tamaño. Estaba construida con ladrillos color crema y tenía los clásicos ventanales negros y un enorme balcón de mármol que daba al mar. El paisaje era pintoresco y terminaba en aquellos majestuosos acantilados. *Y las olas...* Jane se quedó sin aliento y susurró—. Realmente se puede ver el sol a través del agua.

Al escuchar sus palabras, Hugh se sintió tan orgulloso de sí mismo que creyó que iba a estallar.

—Me alegro de que te guste —se limitó a decir—. ¿Estás lista para conocer el interior?

—¿Podemos quedarnos a ver la puesta de sol? —preguntó Jane.

—Claro. —Hugh la puso delante de él para que se apoyara en su torso, la rodeó con los brazos y descansó la barbilla en su cabeza.

Juntos se quedaron allí mirando cómo el sol se ocultaba.

—Pero es una pena que no necesite mejoras —dijo ella rompiendo el silencio.

—Oh, sí. —Hugh se rió, con aquella risa que aún era tan poco habitual en él pero que cada día iba a más. Jane adoraba ese sonido—. ¿Estás contenta de haberte casado conmigo?

—Un poquito —respondió ella, y se dio la vuelta en sus brazos—. Llevo esperando este momento desde el primer día en que te conocí y me llamaste «pequeña» con tu seductor acento escocés.

—Me acuerdo de ese día. Me acuerdo de que pensé que, cuando te hicieras mayor volverías loco a algún hombre. —La acurrucó contra su pecho—. Ah, pequeña —susurró a la vez que le besaba el pelo—, lo que nunca me habría imaginado es que ese hombre sería yo.